SHER LEE

UM namorado PARA viagem

Tradução
João Pedroso

Copyright © 2023 by Sher Lee
Copyright da tradução © 2024 by Editora Globo S.A.

Esta edição foi publicada mediante acordo com Random House Children's Books, um selo da Penguin Random House LLC.

Os direitos morais do autor foram assegurados. Todos os direitos reservados, incluindo o direito de reprodução total ou em partes em qualquer formato. Nenhuma parte desta edição pode ser utilizada ou reproduzida — em qualquer meio ou forma, seja mecânico ou eletrônico, fotocópia, gravação etc. — nem apropriada ou estocada em sistema de banco de dados sem a expressa autorização da editora.

Título original: *Fake Dates and Mooncakes*

Editora responsável **Paula Drummond**
Editora de produção **Agatha Machado**
Assistentes editoriais **Giselle Brito e Mariana Gonçalves**
Preparação de texto **Ana Sara Holandino**
Revisão **Yonghui Qio**
Diagramação **Guilherme Peres**
Adaptação de capa **Renata Zucchini**
Projeto gráfico original **Laboratório Secreto**
Ilustração de capa © **2023 by Myriam Strasbourg**
Design de capa original **Casey Moses**

Texto fixado conforme as regras do Acordo Ortográfico da Língua Portuguesa (Decreto Legislativo nº 54, de 1995)

CIP-BRASIL. CATALOGAÇÃO NA PUBLICAÇÃO
SINDICATO NACIONAL DOS EDITORES DE LIVROS, RJ

L519n

    Lee, Sher
        Um namorado para viagem / Sher Lee ; tradução João Pedroso. - 1. ed. - Rio de Janeiro : Alt, 2024.
        272 p. ; 21 cm.

        Tradução de: Fake dates and mooncakes
        ISBN 978-65-85348-48-5

        1. Ficção singapurense. I. Pedroso, João. II. Título.

24-88257   CDD: 895.1808
                      CDU: 82-3(265.727)

Gabriela Faray Ferreira Lopes - Bibliotecária - CRB-7/6643

1ª edição, 2024

Direitos de edição em língua portuguesa para o Brasil adquiridos por Editora Globo S.A.
R. Marquês de Pombal, 25
20.230-240 – Rio de Janeiro – RJ – Brasil
www.globolivros.com.br

*Para minha mãe e meu pai,
por sempre terem acreditado*

Capítulo um

Tem alguma coisa queimando. Tia Jade diz que, se a fumaça é branca, então tudo bem. Mas se for amarela, aí é um problema. O que significa que vou ter que escolher entre salvar o rabanete frito e a panqueca de ovo que esqueci de virar ou os cinco espetinhos de satay de carne de porco que estão escurecendo na grelha.

Quando o cheiro de queimado se espalha pela cozinha, vou direto para os cubos de carne suína no espeto. A gordura na carne solta muita fumaça quando queima, e se o alarme de incêndio disparar e os jatos de água forem ativados, estamos ferrados.

Megan arranca a frigideira com a panqueca fumegante do fogo. Ela me encara.

— Dylan, não era pra você ficar de olho no chye tow kuay?

— Faltam três minutos pra dar *zebra* com o pedido de número trinta e oito de dezesseis xiao long bao! — exclama Tim pela janela de serviço. Ele tem onze anos, então não pode entrar na zona de guerra, mas está cuidando do balcão como um profissional, anotando os pedidos feitos pela internet e presencialmente. Tim usou um algoritmo que reúne dados e determina a *zebra*, o momento em que clientes famintos se irritam e cancelam as compras. — E a tia Heng ainda tá esperando o hokkien mee frito com camarão dela!

— Tô cuidando do xiao long bao!

Um namorado para viagem 7

Arranco a tampa da cesta para cozimento a vapor e, com cuidado, coloco os bolinhos dentro de uma caixa revestida de papel-manteiga. Trata-se de um prato instável, pois um xiao long bao tem recheio de carne moída de porco envolto por uma mistura volátil de caldo, tudo dentro de uma fina camada de massa. Se a massa se romper, o caldo vaza. Um de nós ainda comeria o bolinho arruinado, mas era para estarmos vendendo comida, e não enchendo o bucho.

Os chineses acreditam que os nomes têm um efeito poderoso em como algo ou alguém vai acabar sendo, e é por isso que a maioria dos restaurantes são chamados de alguma variação de *Feliz*, *Da sorte* e *Dourado*. Algo sereno, positivo... sem violência. Quando tia Jade montou seu delivery sino-singapurense aqui no Brooklyn, em Nova York, deveria ter pensado melhor antes de batizá-lo como Guerreiros do Wok.

Mas talvez esse nome guarde mais verdade do que imaginamos. Tia Jade é uma guerreira no fogão — capaz de se desligar do caos e ficar completamente concentrada em dominar o arroz frito com ovo que é sua especialidade. O wok de ferro fundido pode ficar tão quente quanto o sol, mas ela nem pestaneja quando as chamas rugem ao redor. Minha tia agarra o cabo e usa o lado curvo do wok para virar o arroz frito no ar. Jogar a comida em um movimento contínuo é o segredo para capturar o elusivo wok hei, ou "respiro do wok", um aroma defumado delicioso com toques chamuscados que permanecem na língua.

Tim coloca a cabeça pela janela de novo.

— O Chung ligou. O pneu furou! O que a gente faz com esses pedidos que já tão prontos pra sair?

Merda. Nossas entregas no Brooklyn cobrem a região que vai do Sunset Park até Bay Ridge, e normalmente contamos com dois motoboys. No entanto tio Bo está doente (chamamos todas as pessoas com idades parecidas a de nossos pais de tio ou tia, mesmo que não sejamos parentes), então Chung tá operando sozinho hoje à noite. É feriado do Dia do Trabalho, e os pedidos não param.

Olho para tia Jade e para meus primos. Ela está com uma mancha de molho de soja na manga. Megan está usando um cortador de pizza em vez de uma faca para picotar as cebolinhas mais rápido. Tim, de cenho franzido, está conferindo o horário de cinco pedidos já prontos esperando para serem entregues.

Tem uma frase em cantonês que tia Jade costuma dizer: "*Sup gor cha wu, gau gor goi*". Há dez bules, mas somente nove tampas para cobri-los.

— Eu vou. — Arranco o avental e o penduro. — Tem a minha bicicleta.

Tentamos não acumular mais de três clientes para cada corrida, porque assim a comida não esfria, mas não temos escolha. Tim e eu colocamos as caixas em uma enorme bolsa térmica, que fica tão cheia que é capaz de desequilibrar a bicicleta. Tomara que eu não perca o controle e bata numa lixeira ou arranhe um carro estacionado em fila dupla nas avenidas. O que daria todo um novo significado para o nome do nosso delivery, já que o guerreiro perderia a batalha e teria que voltar a pé para casa. Megan odeia minhas piadinhas ruins.

Prendo o capacete e pedalo pelo cantinho da estrada, evitando as poças cheias de sujeira e folhas mortas nas valetas. É o primeiro fim de semana de setembro, e, mesmo depois que o sol se põe, a cidade continua um forno gigante. Uma tempestade encharcou as ruas mais cedo, e agora o ar não só está quente, mas também insuportável de tão úmido. Antes de chegar no primeiro destino, minha camiseta já fica ensopada de suor.

Faço quatro entregas e peço desculpas pela demora em cada uma. A última parada é num apartamento em Bay Ridge, na rua 74. Entro no saguão do prédio e mostro para o porteiro a nota que Tim sempre grampeia com capricho no cantinho da sacola de papel. O pedido é para "Adrian R.". Tomara que ele mande deixar a comida na recepção para eu poder dar logo o fora daqui.

O porteiro pega o telefone e digita um número.

— Boa noite, sr. Rogers. Tem um entregador aqui com um pedido pro senhor. Claro, vou falar para subir.

Essa noite não tá fácil para mim.

Sou encaminhado para a cobertura. Quando o elevador se abre, há um cara de quase vinte anos parado no batente da porta. Ele veste uma camiseta oversized da Fendi por cima da bermuda. Com o cabelo loiro platinado e as maçãs do rosto acentuadas, esse garoto poderia muito bem estar desfilando numa passarela da Fashion Week de Nova York. Mas ele não faz meu tipo, ainda mais pelo jeito que está olhando para mim, como se eu fosse um pedaço de chiclete preso na sola de seus mocassins de couro de vitelo.

— Adrian R.? — pergunto, e caminho apressado em sua direção.

— Já tava na hora — vocifera Adrian. — Não importa que o arroz frito de vocês seja maravilhoso, não deveria levar uma hora pra chegar aqui. As pessoas precisam comer, sabe.

Estou com os lábios ressecados de sede. Meus dedos estão em carne viva de tanto ralar gengibre. Meus pés estão doloridos de ficar correndo pela cozinha e pedalando mais rápido do que nunca. Mas claro. As pessoas precisam comer.

— Desculpa pela demora. — Estendo o saco de papel. Atrás dele, há uma vista estonteante do horizonte no Brooklyn através das janelas que vão do chão ao teto. — Bom apetite.

Estou a cerca de um metro e meio do elevador quando um surto me faz dar meia-volta.

— Que merda é essa? — Com uma careta de nojo, Adrian segura a caixa de arroz frito. — Não foi isso que eu pedi!

Com cautela, refaço meus passos. Tim raramente erra nas instruções.

— Dez espetinhos de satay de porco e duas caixas de arroz frito com ovo e camarão?

— E SEM CEBOLINHA! — Adrian arranca a nota da embalagem e joga o papel no meu rosto. — Tá bem aqui na comanda!

10 SHER LEE

Então por que é que o meu jantar tá coberto desse monte de nojeira verde?

Tim chegou até a destacar esse detalhe em amarelo. Mas, em meio ao caos, todos nós deixamos passar. As cebolinhas foram polvilhadas por cima e daria para removê-las. Mas tenho a impressão de que sugerir isso pode fazer com que nosso cliente irritado perca as estribeiras.

— Desculpa, foi tudo culpa nossa — digo. — O pagamento foi feito on-line, e o reembolso vai direto pro cartão de crédito que você…

— Não quero reembolso. Quero o que eu PEDI! — vocifera Adrian. A raiva no trânsito é ruim, mas a raiva causada pela entrega de comida é coisa de outro nível. — Você espera que eu fique feliz por receber de volta o MEU PRÓPRIO dinheiro por causa de um jantar que EU PAGUEI, mas não RECEBI depois de passar mais de UMA HORA esperando? Que tipo de otário você acha que eu sou?

— Deixa disso, bebê. — Outra voz masculina vem lá de dentro. — A gente pede pizza, tá bem?

O cara que aparece me faz perder toda a minha linha de raciocínio. Ele tem mais ou menos a minha idade e parece ter ascendência asiática e branca. Não está usando nada além de uma cueca boxer (o que significa que os pais de Adrian não devem estar em casa e os dois têm o apartamento inteirinho só para eles). E tudo o que eu consigo pensar é: por que é que Adrian está surtando com o coitado do entregador quando poderia estar, sei lá, lambendo chantilly direto daquele abdômen no lugar da janta e da sobremesa?

— Fica fora disso, Theo. Eu tô resolvendo. — Adrian me olha com raiva. — E se eu tivesse uma alergia fatal a cebolinha? Tudo o que sabe dizer é "desculpa"? A sua chef é cega ou analfabeta?

Sinto um fluxo de sangue subir à minha cabeça. Tia Jade trabalha seis dias por semana, do amanhecer à meia-noite. Ela nunca consegue descansar a cabeça (e é sério, porque nunca tira a touca higiênica), fazendo o tipo de serviço árduo que, com toda a certeza, esse sujeitinho aqui nunca fez na vida.

— Você tem toda a razão em ficar chateado por sua comida não ter sido preparada do jeito que você queria — respondo. — Mas não tem o direito de insultar a chef, que por acaso é minha tia.

— Olha, sendo bem sincero, não tô nem aí. — Adrian aponta um dedo para o meu rosto. — Quer saber? Já que você nem tá arrependido, eu quero uma compensação.

Pisco.

— Você não comeu a comida. E vamos te dar reembolso total...

— Quero ser compensado pelo sofrimento emocional que vocês me causaram. Indenizações punitivas existem de verdade. Meu pai é um sócio sênior no escritório de advocacia dele.

Mordo o lábio inferior para controlar a raiva. Fazer uma ameaça jurídica é maluquice, mas se ele tiver mesmo alergia, poderia ter passado mal por nossa culpa. O preparo da comida é uma responsabilidade, e dessa vez erramos feio.

Como nos atrasamos com essa leva de entregas, acabei recebendo mais caras feias do que gorjetas hoje à noite. Remexo no bolso e puxo algumas notas de cinco amassadas. Pelo andar da carruagem, Clover não vai ganhar seus petiscos de bacon favoritos essa semana.

— Desculpa, mas isso é tudo o que tenho aqui — digo. — Se quiser mais, vai ter que ligar pro restaurante e falar com a minha tia...

— Adrian, chega. É sério.

O cara que ele chamou de Theo vem até a porta. Seu cabelo castanho é curto nas laterais e está arrepiado em pontas molhadas no topo. A cueca boxer dele tem ARMANI estampada no cós. Sempre me pergunto por que as pessoas se dão ao trabalho de esbanjar roupas íntimas de marca sendo que praticamente ninguém mais vê. Talvez seja para momentos assim, quando o entregador teve uma noite difícil e precisa se animar um pouquinho. Tá bom, Dylan. Para de ficar encarando. Você não quer dar outro motivo para o namorado dele te assassinar.

— Beleza, que seja. — diz Adrian para Theo antes de semicerrar os olhos para mim. — Nunca mais peço no delivery de vocês. E vou deixar avaliações de uma estrela em todos os sites e dizer pra todo mundo que vocês poderiam ter me MATADO.

Ele empurra a caixa de arroz frito para minhas mãos e fecha a porta na minha cara.

Fico parado ali, atordoado, antes de ir embora. Quando saio do edifício, recebo uma mensagem de Chung dizendo que consertou o pneu furado e pode cuidar do restante das entregas dessa noite.

Sufocantes ondas de calor e exaustão preenchem o ar enquanto me sento no meio-fio, próximo à minha bicicleta acorrentada. Meu estômago deixa um ronco escapar, e abro a caixa de comida. Dizem que os mestres da culinária servem o arroz frito com um pouquinho de ovo preso a cada grão. Devo ser suspeito para falar, mas aposto que tia Jade poderia deixá-los no chinelo. Pego a colher de plástico e enfio a comida na boca. Mesmo que tenha esfriado, ainda parece a melhor coisa do mundo depois desse turno dos infernos.

Capítulo dois

— **O inferno com certeza** tem a ver com essa história — comenta Megan, enquanto limpamos a cozinha depois de fecharmos. — O nome não é Mês do Fantasma Faminto por acaso.

Durante o sétimo mês lunar (que começa no fim de agosto ou no início de setembro), budistas e taoístas acreditam que os portões do inferno se abrem e que os fantasmas dos mortos vagam livremente pelo nosso mundo. Os supersticiosos não ficam na rua depois do pôr do sol e nem vão nadar, com medo de que os espíritos dos afogados venham pegá-los. Minha mãe nunca acreditou nessas tradições, e nem eu. Mas este ano, Por Por e Gong Gong, meus avós lá da Singapura, irão fazer os rituais para ela pela primeira vez: colocar comida no altar, acender incensos e queimar cédulas de dinheiro.

— Bom, o cara faminto na minha última entrega quase arrancou minha cabeça fora porque tinha cebolinha no arroz frito dele — conto para Megan. — Falou que eu podia ter envenenado ele e ameaçou fazer a gente pagar uma indenização punitiva.

— É sério? Que babaca.

Despejo o chá que sobrou sobre a bancada gordurosa, que funciona como desengordurante e é mais sustentável do que produtos químicos. A mesma coisa com a grelha, que Megan está limpando com um resto de cebola. As enzimas da cebola amolecem a sujeira e esfregam muito melhor do que escovões de aço, ainda mais levando em consideração que as cerdas ficam presas entre as grades.

Dou um suspiro.

— Ele vai jogar a média das nossas avaliações lá pra baixo. Deve acabar chamando um monte de amiguinhos ricos pra ajudar. Mas ele recuou quando o namorado se meteu.

Caras atléticos são a minha criptonita, mesmo que eu não seja exatamente atlético (a maior parte do meu cardio consiste em ficar correndo para lá e para cá pela cozinha, cuidando para que a comida não passe do ponto).

— Como você sabia que era namorado dele? — pergunta Megan.

— Hum, foi bem óbvio. O namorado tava quase pelado. Era magro, todo definido e a parte debaixo do abdômen dele tinha umas entradinhas perfeitas que...

Tim, que está contabilizando notas fiscais na janela de serviço, franze o nariz.

— Dylan, isso é informação demais.

— O que é informação demais?

Tia Jade entra na cozinha.

— O Dylan foi massacrado numa entrega — conta Megan. — Mas ele só sabe ficar falando do namorado gostosão do cliente como se o cara fosse um pedaço de carne.

— Que mentira!

— As palavras são suas, Dylan. Magro, definido, entradinhas perfeitas... do jeitinho que você gosta.

— Eca, não fala assim. Parece tão degradante.

Megan dá um sorriso debochado.

— Não se preocupa. Todo mundo é meio superficial de vez em quando.

Ela tem dezesseis anos, um a menos que eu. Minha mãe e tia Jade tinham só um ano de diferença também. Meus pais se conheceram na Universidade de Nova York e continuaram trabalhando na cidade. Depois do divórcio, ele foi embora para abrir uma empresa em Xangai. Tia Jade estudou culinária em Hong Kong, onde conheceu o pai de Megan e Tim. Quando se separaram, ela se mudou para cá com os filhos.

O sonho de tia Jade é abrir o próprio restaurante para servir autênticos pratos sino-singapurenses. Esse pequeno delivery é tudo o que ela tem por enquanto. O Sunset Park é onde fica a Chinatown do Brooklyn, mas o aluguel na Oitava Avenida é caro demais. Já que trabalhamos apenas com retirada e delivery, ficamos escondidos num espaço mais sossegado perto da rodovia, imprensados entre uma lavanderia self-service e uma loja de gibis. Essa cozinha doida e caótica... é nosso lar. Literalmente. Moramos num apartamentinho de dois quartos no segundo andar, que se conecta ao restaurante por um lance de escadas que fica atrás da bancada. Eu divido um quarto com Tim, e Megan com a tia Jade.

Tim vai contar o dinheiro no caixa, e tia Jade arrasta dois sacos de lixo pela porta dos fundos.

Megan me cutuca.

— Você anda pegando a correspondência dessa semana?

Meneio a cabeça em negação.

— Pensei que era você que não desgrudava da caixa de correio por causa dos seus produtos do Blackpink.

Megan suspira.

— De novo não.

Tia Jade só faz questão de pegar a correspondência quando há alguma carta que não quer que a gente veja... como avisos de aluguel atrasado. Ela nunca diz nada, mas sabemos que a grana está apertada. Os fornecedores estão com prazo mais curto, o custo dos ingredientes disparou, a competitividade acirrada faz com que aumentar os preços seja difícil. Tim pegou um violino emprestado da escola de música depois que a madeira do seu antigo rachou, e Megan arrumou a tela do celular com fita transparente e parou de pedir um novo aparelho.

— Você vive no TikTok — digo para ela. — Não dá pra fazer um vídeo engraçadinho do Guerreiros do Wok pra gente receber um zilhão de visualizações?

— Se viralizar fosse tão fácil assim você acha que eu já não teria feito isso? — Megan esfrega um wok com uma escova especial. Os woks de ferro fundido que usamos são feitos à mão por um ferreiro chinês de Shandong que tem uma lista de espera de dois anos. — Tô aumentando nossos posts nas redes sociais, mas o povo tem a atenção de um peixinho-dourado...

Passos se aproximam lá de fora, e nos afastamos quando tia Jade volta. Ela está pensativa demais para ter prestado atenção na nossa conversa. Megan e eu trocamos um olhar.

Vou para a rua para buscar a tabuleta que anuncia o cardápio especial da semana. Nesta, a promoção são oito xiao long bao por 5,95 dólares. O vento sopra e faz algumas folhas velhas voarem. O som é parecido com o de quando lavamos arroz, com os grãos crus girando dentro de uma panela. Um folheto colado na nossa vitrine farfalha com a brisa e chama minha atenção: CONCURSO DE BOLOS DA LUA DO FESTIVAL DE MEIO DO OUTONO — A NOVA GERAÇÃO.

O Festival de Meio do Outono é a segunda maior celebração depois do Ano-Novo Lunar. É no décimo quinto dia do oitavo mês lunar, o que corresponde ao fim de setembro ou começo de outubro — nesse ano, vai acontecer no fim de setembro. Todas as Chinatowns de Nova York são decoradas com lanternas e, no Sunset Park, as comemorações na Oitava Avenida vão da rua 50 à 66. Milhares de pessoas comparecem para assistir às apresentações, visitar bazares de rua e, é claro, comer bolos da lua deliciosos.

Foi minha mãe que viu esse folheto ano passado, mas, na época, o período de inscrição já tinha passado. O público-alvo são confeiteiros adolescentes — estudantes que tem aula em período integral de dezesseis a dezenove anos. Cada um pode ser acompanhado por um sous-chef de qualquer idade, alguém como um irmão, avô, pai ou amigo. Oito duplas são selecionadas para a competição.

— Vamos entrar no concurso ano que vem — sugerira minha mãe. — Quando eu era pequena, costumava ajudar sua Por Por a fazer os bolos da lua de casquinha de neve que eram a especialidade dela. Eram de um azul lindo de morrer. Ela aprendeu a receita com a avó. Nós dois vamos ensinar pra eles como é que se faz. — Ela sorria.

Pego o folheto. Sinto algo apertar meu peito como uma corda puxada com força demais. Nessa época no ano passado, ela ainda não tinha descoberto o tumor. De repente, estou com um nó na garganta e a sensação é de que tem areia nos meus olhos. O luto tem um jeito de pegar a gente desprevenido. Uma música, uma frase, um cheiro… e então caímos num vazio lá dentro de nós que achávamos que já tínhamos fechado. Um vazio que acreditávamos ser capaz de aguentar o fardo.

Me obrigo a voltar a atenção para o concurso. Vai acontecer no estúdio culinário de Lawrence Lim, um chef famoso da Malásia que agora mora em Manhattan. Seu programa, *Cozinha Fora da Caixinha*, destaca restaurantes culturalmente diversos por toda Nova York. É uma das produções de maior audiência da TV aberta, e gerou um livro de receitas best-seller, cursos de culinária e uma infinidade de temperos prontos que vendem como água. (Até mesmo tia Jade concorda que o sayur lodeh — um prato indonésio de vegetais cozidos em curry de coco — é o mais perto possível de chegar a algo decente saído de uma caixinha.)

O vencedor do concurso de bolos da lua ganha não apenas a chance de aparecer no programa de Lawrence, mas também o direito de escolher o restaurante que aparecerá em um episódio.

Fico todo empolgado. Para a maioria dos competidores, aparecer no programa com ele já seria empolgante o bastante — mas, para mim, levar os Guerreiros do Wok para o *Cozinha Fora da Caixinha* é o prêmio de verdade.

Minha mãe sempre dizia que o Meio do Outono é uma época para a família. Para a união. Essa vai ser a primeira vez que ela não vai estar no festival com a gente. Entrar no concurso é o jeito perfeito de homenageá-la e de dar a grande chance que tanto desejamos para nosso delivery. Tudo o que preciso é fazer o bolo da lua vencedor com uma receita que tenha sido passada de geração a geração.

Levo o folheto para dentro e tranco as portas. Alguns meses atrás, invadiram o lugar, arrebentaram o caixa e pegaram quinhentos dólares. Chung ajudou tia Jade a instalar um sistema de alarmes e a colocar uma campainha ativada por movimento na entrada. Nós quatro moramos aqui com minha cachorra, uma corgi chamada Clover. Ela é meio brava, mas de cão de guarda não tem nada. Pensar em alguém arrombando o restaurante e subindo as escadas enquanto dormimos... dá mais medo do que fantasmas. Até mesmo os famintos.

Capítulo três

É domingo de manhã. Ainda falta uma hora para abrirmos, mas o calor é tão insuportável que deixo a porta escancarada para que entre um ventinho. A maioria dos deliveries de comida chinesa são vermelhos, uma cor auspiciosa. Mas tia Jade escolheu o verde, que também dá sorte e chama a atenção.

Há uma bancada e algumas banquetas de madeira na frente do estabelecimento para o pessoal que fica ali esperando pelos pedidos. Ao lado do caixa, sobre o balcão, há um gato da sorte de porcelana branca, com a patinha direita que acena ritmicamente para receber os clientes e trazer prosperidade. Esse lugar era um bar no passado, e tia Jade não teve como bancar reformas além da cozinha. Então o interior de nosso delivery de comida chinesa parece um pub, com vigas expostas no teto e painéis de madeira sobre paredes de tijolinho. Acontece às vezes de os clientes mencionarem a decoração esquisita, mas é a comida boa que os faz continuarem vindo.

Pego o avental da Hello Kitty de Megan de um gancho na parede. O meu, todo branco, está lavando, e não quero que a minha camiseta limpa fique cheia de farinha. Coloco minha franja pro lado com as costas da mão. Preciso cortar o cabelo. Este verão, Megan insistiu para que eu tentasse o corte dividido ao meio que os famosos coreanos amam — comprido em cima e com um acabamento reto e com textura, que pode ser usado de vários jeitos diferentes. Ela foi comigo a um salão na

Chinatown e até mesmo mostrou para a cabeleireira exemplos do que tinha em mente:

— Deixa ele com cara de galã.

Eu não queria nada ousado demais. Não faço parte de uma boy band, e não tenho tempo para usar o secador ou fazer chapinha toda manhã. Além do mais, de que adianta se a temperatura na rua passa dos trinta graus?

Escolhemos um *undercut* com o cabelo mais ou menos comprido no topo, que posso estilizar para trás usando pomada ou deixar caidinho, como uma franja. No fim das contas, ficou melhor do que eu esperava. Até Megan gostou.

— É sua namorada? — perguntou a cabeleireira.

Dei uma risada.

— Minha prima.

Megan está sentada na janela de serviço, arrancando as extremidades de brotos de feijão. Ela está de fone, assistindo ao novo clipe do Blackpink no celular. Tia Jane foi ao mercado comprar alguns legumes que não chegaram no carregamento do fornecedor hoje cedo. Tim está no balcão, imerso num livro didático de matemática de segunda mão. Clover está correndo por aí, ora perseguindo sua bolinha de borracha pontuda favorita, ora atacando os cadarços dos meus tênis.

Sento na pequena mesa interna que parece mobília de bar, perto do balcão, onde dispus os ingredientes para fazer xiao long bao. Primeiramente, rolar a massa até virar uma cobra comprida e fininha, e arrancar pedaços pequenos com os dedos. Amassá-los até virarem círculos com o rolo e pegar uma colherada de carne de porco moída que deixei congelando durante a noite. Outros deliveries de comida chinesa vendem esses bolinhos com recheios variados, como carne de caranguejo, vieiras e camarão. Mas, como nossa especialidade são os pratos sino-singapurenses, nos atemos ao tradicional recheio de porco.

O sininho da porta ressoa. Clover late.

Ergo a cabeça.

— Desculpa, mas é que estamos...

Perco o fio da meada. O namorado gostoso da noite passada está ali, parado na entrada.

— Hum... oi. — Theo me dá um sorriso incerto. Ele veste uma calça jeans e uma camiseta preta com uma logo que não reconheço, o que provavelmente significa que deve ser ridícula de tão cara. O cabelo está só um pouquinho desgrenhado para parecer que ele já acordou assim. — Não sei se você lembra de mim, da entrega de ontem à noite...

— Lembro — exclamo.

Megan tira os olhos do clipe de k-pop. Com os dentes à mostra, Clover avança até ele.

— Clover! — Rapidamente, agarro-a pela coleira. Ela odeia estranhos e rosna para qualquer um que não conheça. — Desculpa, ela foi resgatada da rua e se assusta fácil. Tô treinando ela pra mudar isso. Espera aí, deixa eu tentar uma coisa.

Aponto a mão para Theo e a deixo estendida. Dou um passo para mais perto dele e toco em seu ombro — é um sinal que ando ensinando Clover e indica um estranho amigável. Funcionou com algumas pessoas que sempre vão ao parque para cães, mas é a primeira vez que estou testando com alguém que ela nunca viu antes.

De repente, percebo que estou tocando Theo. Espero que ele se afaste, mas não é o que acontece.

Clover o encara com um olhar maligno, mas já parou de rosnar. Ela se vira para mim, só para confirmar.

— Boa garota — digo. — Muito bom. Fica.

Tim olha para Theo.

— Seu amigo é o cara que deixou uma avaliação de uma estrela no Yelp e num monte de outros sites com o usuário ALÉRGICO A IMBECIS?

— Ah, meu Deus. É sério? Fiz ele jurar que não faria isso.

— Theo parece estar morrendo de vergonha. — Vim pedir desculpa pelo que rolou.

22 SHER LEE

— Foi erro nosso — respondo. — Fiz questão de estornar o dinheiro.

Theo pega um pouco de dinheiro da carteira.

— Aqui. Considera isso uma gorjeta.

Encaro a nota de cem dólares.

— Hum... não era pra ser uma de dez, não?

Ele dá uma risadinha.

— Não, não era.

— Pra que isso tudo? — pergunta Megan, se metendo. — Quer que ele dance no seu colinho, é?

Theo vira a cabeça com tudo na direção dela, que sai da janela de serviços pisando firme e o encara com uma expressão hostil.

— Qual é o seu nome?

Ele parece ter sido pego desprevenido pela hostilidade de minha prima.

— Theo Somers.

Megan cruza os braços.

— E como é que você tem um sobrenome desses? Você não parece branco.

— Meu pai é branco, e a família da minha mãe é de Hong Kong...

— Bom, pelo visto você não se ligou que dar gorjeta é um insulto gigantesco na cultura chinesa — repreende ela, interrompendo-o. — Tenta essa gracinha na China e a garçonete vai sair correndo atrás de você, devolver o dinheiro e te encarar como se você fosse bosta de panda.

Franzo o nariz. Sutileza não é muito o estilo de Megan.

Theo fica murcho.

— Desculpa, não sabia...

— Deixa eu ver se entendi — ela o interrompe de novo. — Primeiro você deixa o seu namorado dar uma de doido pra cima do meu primo por causa da cebolinha no arroz frito. E agora você tá tentando resolver a situação jogando dinheiro na cara dele como se precisasse da sua caridade pra se sustentar?

Um namorado para viagem 23

O zunido do ventilador de teto fica ensurdecedor no silêncio abrupto. Theo está com cara de quem acabou de engolir uma garfada de um miojo que passou tempo demais na geladeira, mas está se esforçando para não deixar transparecer.

Megan cai na gargalhada.

— Sério, a sua cara! Impagável. Queria ter filmado. — Ela dá um empurrão no braço de Theo. — A gente tá no Brooklyn, não em Pequim! Claro que a gente ama cliente que dá gorjeta boa! O potinho da gorjeta fica bem ali, perto do caixa!

Ele não consegue esconder o alívio. Nem eu.

Megan dá um sorriso para o garoto, como se Theo tivesse acabado de passar em algum tipo de teste.

— Já que você tá aqui, quer comer alguma coisa?

— O especial dessa semana é xiao long bao — diz Tim. — Oito por 5,95 dólares, então cem dólares dão cento e trinta e quatro bolinhos.

Ele nem precisa tocar na calculadora.

Theo aponta para o xiao long bao na bandeja à minha frente.

— Você que fez?

— Todo dia sai fresquinho. Minha tia nunca ia deixar que servíssemos aqueles que já vêm congelados. Quer experimentar oito por enquanto?

— Claro — responde Theo. — Ainda mais se foi você que fez.

Não consigo segurar o sorriso.

— Beleza, saindo oito xiao long bao. — Megan pega a nota de cem dólares da mão dele. — O troco vai pagar o sushi no dia de folga da minha mãe.

— Espera aí, ele ia dançar no meu colo, não ia? — Theo fala na cara de pau.

Sinto um nó na garganta e quase engasgo.

Megan dá uma piscadinha e aponta para Theo.

— Gostei desse cara. — Ela pega a bandeja de bolinhos. — Vou ligar o vaporizador. Vocês ficam aí conversando, tá bom, meninos?

Meu rosto pega fogo enquanto Megan desaparece cozinha adentro. Meus primos terem deixado escapar que falei de Theo depois da entrega de ontem à noite é mais constrangedor do que o avental da Hello Kitty que ainda estou usando. Tiro-o rápido.

— Foi mal, a Megan adora zoar os outros — digo. — Juro que eu nem imaginava que ela ia pegar pesado assim.

— Depois do que rolou com o Adrian, nem se preocupa com isso — responde Theo.

Meneio a cabeça.

— Mas ela tá certa. Os garçons e garçonetes da China consideram gorjeta um insulto porque acreditam que servir bem faz parte do trabalho. Mas a gente errou feio no jantar do seu namorado mesmo.

Estou na esperança de que Theo diga *"ele não é meu namorado"* e ofereça uma explicação perfeitamente razoável de por que os dois estavam tão à vontade no apartamento de Adrian. Ou do motivo de tê-lo chamado de *bebê*.

Mas não. Em vez disso, ele caminha até a parede perto do balcão, que está repleta de fotos em molduras que não combinam entre si. Alguns são de tia Jade com celebridades de Hong Kong que visitavam os restaurantes em que ela trabalhou, mas o restante é da família. Tia Jade e minha mãe quando crianças, com Por Por e Gong Gong. Megan, aos seis anos, mostrando a janelinha deixada pelos dois dentes da frente que caíram enquanto segura Tim, ainda bebê, na frente do primeiro bolo de aniversário dele. Megan, Tim e eu no zoológico do Prospect Park alguns anos atrás, dando comida para uma alpaca.

— Isso aqui é na Singapura, né?

Theo aponta para a mais recente foto de nós cinco: minha mãe, tia Jade, Megan, Tim e eu. No fundo, estão as três torres do emblemático Marina Bay Sands com os jardins no topo que parecem um enorme navio atracado.

— É. A gente foi visitar meus avôs em dezembro do ano passado. Tim está naquela fase todo magricela e desajeitado, o que deixou Por Por preocupada e dizendo que ele está magro

Um namorado para viagem 25

demais. Megan, alta e com braços e pernas longos, faz pose com um olhar provocante que aprendeu com seus *idols* do k-pop. O cabelo ondulado de tia Jade, liberto da redinha de sempre, tremula ao vento. A aba do chapéu de minha mãe projeta uma sombra sobre seu rosto pálido. Seu cabelo tinha começado a crescer, mas ela não queria chamar a atenção. Estava de óculos de sol — a quimioterapia a deixava supersensível à luz.

— Você nasceu lá? — pergunta Theo.

— Não, mas minha mãe e a tia Jade, sim. — Aponto para uma foto das duas com vinte e poucos anos na Disney de Tóquio. — Foi a primeira vez que tiraram férias juntas, só as duas.

Theo se vira para mim.

— Você estuda aqui perto?

— Na Sunset Park High. — Fica a alguns quarteirões daqui, e Megan é aluna de lá também. — Vou começar o último ano semana que vem. E você?

— Vou pro último ano também, na Bay Ridge Prep. Fica perto de onde eu moro.

É engraçado o jeito com que ele responde, como se frequentasse uma escola particular que custa cinquenta mil dólares por ano só porque fica no fim da sua rua. O Bay Ridge faz parte dos bairros onde fazemos entregas e, sempre que passo por esse colégio, não consigo deixar de observar os adolescentes ricos que ficam de bobeira nas escadarias da frente. Com os suéteres amarrados no pescoço e as mangas da camisa dobradas, são o tipo de gente que se sentiria super em casa no campus de uma universidade de elite. Theo não é exceção.

— Camiseta legal, inclusive — acrescenta ele.

Minha camiseta diz FILHOTINHOS MERECEM ABRIGO, NÃO CASTIGO. É do mutirão de adoção que a clínica veterinária faz todo verão. Mesmo sem minha mãe, me ofereci como voluntário este ano.

— Foi onde eu peguei a Clover. — Puxo uma banqueta até a mesinha perto do balcão. — Que tal você se sentar aqui um pouquinho enquanto eu dou uma olhada nos seus bolinhos?

Quando entro na cozinha, Megan está no vaporizador, o fogão ferve a água e o vapor irrompe pelos buraquinhos como gêiseres.

— Você tem razão, Dyl. Ele é um gostoso — comenta Megan.

— Shhhh! Ele tá bem aqui do outro lado da porta. Vai te ouvir!

— O que é que você veio fazer aqui, afinal de contas? — Ela coloca os oito bolinhos em um pano de algodão dentro de uma grande cesta de bambu. — Dei a oportunidade perfeita pra vocês dois passarem um tempo sozinhos.

— Não sei direito que assunto puxo com ele. Não quero ficar gaguejando igual um idiota.

— Você podia perguntar o tamanho da cueca dele. Eu diria que deve ser M. — Ela dá um sorrisinho. — Meio difícil saber com ele de calça.

— Meg, juro por Deus que se você não estivesse segurando os bolinhos eu te matava.

Ela morre de rir enquanto coloca a cesta de bambu sobre o vaporizador. O vapor que sobe pelos buracos passa pela base perfurada e cozinha a comida. Tia Jade nos contou que, quando trabalhava num restaurante de dim sum, tinha que dar conta de pelo menos cinco cestas, e cada uma com tempos de cozimento diferentes.

Dez minutos depois, volto da cozinha com uma cesta coberta. Theo está no balcão com Tim, examinando as cordas no violino que meu primo pegou emprestado da escola de música. Tim está contando alguma coisa a respeito das cravelhas, que estão frouxas. Fico surpreso por vê-los conversando. Tim é um garoto introvertido, e não se abre com estranhos a menos que seja para falar de matemática ou música.

— Valeu pela dica, vou tentar — diz Tim.

Ele enfia o violino debaixo do braço antes de desaparecer escada acima com Clover.

Theo vem até a mesa, e coloco a cesta em sua frente. Quando levanto a tampa, um *uooosh* dramático de vapor preenche o ar entre nós.

— O cheiro tá uma delícia. — Ele se inclina adiante e dá uma olhadinha nos oito bolinhos ali dentro. — Minha mãe diz que comer xiao long bao é quase uma arte. Se estiver quente demais, o caldinho dentro queima a língua. Mas se deixar ficar gelado, a camada externa de massa fica seca e se quebra quando a gente tenta pegar.

— É um conselho bem útil. — Dou uma colher rasa para ele, um par de kuàizi e um pote de vinagre preto e gengibre fresco fatiado. — Quando você estiver pronto, vai fundo.

— Tenho uma pergunta. — Theo faz um gesto com a mão para os ingredientes do xiao long bao dispostos do meu lado da mesa. — Já comi isso aqui um milhão de vezes e ainda não faço a menor ideia de como dá pra colocar o caldo dentro do bolinho.

Me sento à sua frente.

— Bom, primeiro a gente ferve os ossos de porco com carne, coa o caldo e deixa na geladeira. Quando o caldo esfria e fica tipo uma gelatina, se adiciona a carne moída de porco e coloca dentro do bolinho. Quando vai pro vaporizador, o calor derrete a gelatina e vira caldo de novo.

— Que genial. — A luz do sol que atravessa a vitrine deixa o cabelo de Theo num tom mais claro de castanho. — Como é que se fecha a massa com todas aquelas dobrinhas em cima?

— Ah, é aí que complica — respondo. — Destruí dezenas antes de pegar a técnica. O segredo é apertar as pontas antes de fazer as dobras e girar num nó. Em restaurantes com estrelas Michelin, os chefs só servem bolinhos com dezoito dobrinhas exatas.

— Que doideira, ainda mais levando em conta como são pequenos. — Theo pega os kuàizi. — Agora vou saborear ainda mais cada xiao long bao depois de descobrir como são trabalhosos de fazer.

Ele pega um sem rasgar a massa. O que é bem impressionante. E está segurando os kuàizi do jeito certo também. A mãe dele ensinou direitinho. Ele mergulha o bolinho no pote com o vinagre e o gengibre fresco, coloca-o na colher e morde as dobras no topo para deixar um pouco do vapor sair antes de comê-lo inteiro.

— Humm, tá fantástico — elogia, de boca cheia. — A massa é macia, a carne moída e o caldo dentro são supersaborosos. Amei.

— A gente deveria te colocar pra falar isso num comercial — brinco.

Ele sorri.

— Me avisa qual emissora você quer, que eu faço uns contatos.

É difícil saber se está falando sério. Não consigo nem imaginar a cara de tia Jade se uma equipe de filmagem aparecesse aqui no delivery.

— Hum, era só brincadeira. A gente não tem como bancar um comercial.

Há pouco tempo para comer os bolinhos antes que esfriem. Não consigo tirar os olhos de Theo enquanto ele os devora um depois do outro. Me sinto como um xiao long bao no vaporizador — cada vez que ele lambe os lábios, derreto um pouquinho mais por dentro.

É muita sorte mesmo que quando eu *finalmente* esbarro em alguém que faz meu tipo, ele está passando tempo com o namorado numa cobertura na primeira vez em que nos vemos.

— Que isso? — pergunta Theo.

Sigo seu olhar até o panfleto do concurso. Prendi o papel no quadro para não esquecer de conversar com tia Jade a respeito.

— Ah, é uma competição de bolos da lua pra adolescentes aspirantes a confeiteiros organizada pelo Lawrence Lim, um chef famoso. — Pego o panfleto do quadro. — Cada participante pode se inscrever com um parceiro, e oito duplas são escolhidas. O julgamento vai ser durante o Festival de Meio do Outono, e o vencedor vai participar do programa de culinária dele, o *Cozinha Fora da Caixinha*.

— Maneiro. Já vi esse programa algumas vezes. Fui experimentar um dos restaurantes vietnamitas que ele recomendou, mas quando cheguei lá a fila ia até a metade do quarteirão. Então é ele que tá patrocinando o concurso?

— Aham. As celebrações de Meio do Outono são bem importantes em Singapura e na Malásia... que foi onde ele cresceu.

Theo olha para o formulário de inscrição, em que preenchi meu nome e o de tia Jade.

— Que tipo de bolo da lua você vai fazer?

— Minha avó tinha uma receita especial de bolo da lua com casquinha de neve azul que tá na nossa família há gerações — respondo.

— Qual é o gosto? Tem sabor de mirtilo?

— Nunca experimentei — confesso. — Bolinhos da lua só são feitos durante o Festival de Meio do Outono, e a gente costuma visitar meus avós durante as férias de verão ou no recesso do Natal. Mas minha mãe dizia que a cor azul vem de um chá feito com cunhã.

Meu maior arrependimento é não ter feito mais perguntas a respeito dos bolos da lua de Por Por quando minha mãe falou de entrar no concurso ano passado. Simplesmente deduzi que iria ter mais tempo para descobrir.

— Então, tem outra coisa em que eu tava pensando... — Theo solta os kuàizi. — Por que é que vocês não entram no Uber Eats ou em qualquer outro aplicativo de delivery da cidade em vez de fazer tudo sozinhos?

Ergo uma sobrancelha.

— Foi tão ruim assim ter recebido a comida de mim, é?

Ele ri.

— Não, nem de longe foi isso que eu quis dizer. É que me lembro do Adrian reclamando de ter que pedir on-line pelo site, e não por um aplicativo. Parece mais fácil terceirizar as entregas porque aí você e a sua tia podem se concentrar no que são bons em fazer sem se preocupar com quem tá entregando a comida.

— Verdade, mas essas empresas cobram uma comissão de mais ou menos trinta por cento, o que é um rombo pra um negócio pequeno como o nosso. Minha tia usava alguns desses aplicativos quando começou, mas depois de um ano decidiu que preferia ter uma equipe própria. Ela conhece o Chung, nosso principal entregador, desde a época em que trabalhava em Hong Kong… ele era o único encanador que apareceu quando um cano estourou durante o turno dela num restaurante. Minha tia ajudou ele a solicitar um visto de trabalho e deu esse serviço. E o tio Bo perdeu o emprego depois de cair de uma escada. Ele tá de cama, então é por isso que fiz a entrega pra vocês ontem à noite.

— Amo a ética de trabalho da sua tia — afirma Theo. — Ajudar os amigos é mais importante do que cortar gastos trabalhando com uma empresa enorme e impessoal.

Fico surpreso por ele compartilhar o mesmo ponto de vista de tia Jade.

— Pois é. Ela é o tipo de pessoa que tá sempre cuidando dos outros.

— E o sobrinho dela também. Você se prontificou e ajudou com as entregas. — O olhar de Theo encontra o meu. — E, só pra deixar registrado… você ter ido levar a comida foi um golpe de sorte. — Ele faz um gesto com a mão para a cesta de bambu vazia. — Senão, eu não teria tido a chance de experimentar esse xiao long bao caseiro ridículo de tão gostoso.

Fico vermelho. Quem me dera ter uma piadinha sarcástica agora.

Theo se levanta e verifica a hora em seu celular — de última geração.

— Desculpa, tenho que ir. Meu treinador vai me matar se eu me atrasar pra aula de tênis de novo.

Ele tem cem por cento o físico de um jogador de tênis. Tia Jade que é a fã desse esporte aqui em casa, mas eu bem que deveria começar a acompanhar por… alguns motivos.

— Ah, sim. Claro. — Acompanho-o até a porta. — Obrigado por ter passado aqui.

— Obrigado pela comida deliciosa.

— Dá pra escrever isso? — pergunto. — Nossas avaliações na internet bem que precisam de uma alavancada.

— Com certeza. — Ele dá uma piscadela. — O Guerreiros do Wok deixou mais um cliente satisfeito.

O sininho ressoa quando ele vai embora. Conforme Theo caminha pela rua, tia Jade vem chegando ao restaurante pela outra direção com os braços cheios de compras. Os dois passam um pelo outro, e Theo some na esquina.

Rindo e toda empolgada, Megan sai da cozinha num turbilhão.

— Isso foi *tudo*.

O sininho ressoa de novo e abro a porta para minha tia. Ela percebe a expressão de Megan.

— O que foi?

— Lembra do gatinho? Daquela entrega de ontem à noite que o Dylan fez? Ele acabou de sair daqui. Veio pedir desculpa pelo amigo. Deu uma gorjeta de cem dólares pro Dylan e os dois tiveram um encontro improvisado.

— Quê? Não foi um encontro. — Pego as compras de tia Jade. — Ele pediu comida e pagou.

— Ah, pois é, mas eu não te vejo olhando todo apaixonadinho pra outros clientes.

— Eu não tava todo apaixonadinho! Você por acaso ficou espionando a gente?

— Claro que fiquei. Você parecia que queria engolir ele de canudinho. — Ela dá um sorrisinho. — Quando ele volta?

Theo disse que o Guerreiros do Wok tinha deixado outro cliente *satisfeito*. E não que gostaria de *repetir* a experiência. Talvez seja uma questão de semântica, mas tenho a sensação de que ele não iria querer que o namorado ALÉRGICO A IMBECIS soubesse que estava comendo no nosso delivery. Nem meu número ele pediu.

Meneio a cabeça, negando.

— Foi só por educação.

Enquanto Megan e Tim levam as compras para a cozinha, tia Jade percebe o panfleto sobre a mesinha.

— O que é isso aí?

— É do concurso de bolos da lua que a minha mãe queria entrar no ano passado. — Mostro o formulário de inscrição. — Mas pensei em nós dois entrarmos, tia. A gente podia fazer o bolo da lua com casquinha de neve azul, aquela versão da Por Por, como minha mãe queria.

— A ideia é ótima. — Ela morde o lábio inferior. — Só tem um probleminha. Não tenho a receita.

Pisco.

— Como é que é?

— Sua mãe gostava de confeitaria, mas eu me interessava mais em cozinhar mesmo. Sua Por Por tinha um caderno com todas as receitas secretas, mas depois que a demência apareceu ela não conseguia mais lembrar onde guardou. — Tia Jade dá um suspiro. — Sua mãe sabia a receita, mas com tudo o que tava acontecendo eu nem pensei em pedir pra ela deixar escrito em algum lugar pra mim.

Vai ser muito mais difícil do que imaginei. Tentar reconstituir a receita esquecida de uma sobremesa que nunca nem experimentei não me parece uma combinação que levaria à vitória.

— Mas a gente com certeza deveria participar desse concurso junto — acrescenta ela. — Ainda mais por ser algo que a sua mãe queria. Vamos botar a mão na massa na minha folga e dar o nosso melhor pra reconstruir a receita, tá bom? — Tia Jade coloca a mão no meu braço. — Não se preocupa que a gente vai trazer os bolos da lua de Por Por de volta à vida.

Capítulo quatro

No fim do primeiro dia de aula, encontro Megan na calçada. Ela acabou de cortar a franja para ficar parecida com Lisa do Blackpink. Percebo alguns rapazes a olhando de soslaio.

— O que rolou? — pergunto. — Por que é que a gente não pode conversar em casa?

— Porque eu bisbilhotei no quarto da minha mãe e achei a carta que ela não queria que a gente visse no fundo da gaveta da mesinha de cabeceira. — A expressão de Megan fica séria. — É um aviso de despejo.

Fico com um nó na garganta.

— Puta que pariu. Quantos meses de aluguel a gente tá devendo?

— Não tenho certeza. Tive que ler rápido e dar o fora antes dela me pegar. Mas o último parágrafo dizia que se a gente pagar cinco mil até o fim da semana, vão nos dar mais um tempinho pra propor um cronograma de pagamento pro restante.

— E se não?

— Vão começar o processo de despejo.

Passo as mãos pelo cabelo.

— Caramba.

Agora me sinto mal por ter pedido para tia Jade ser minha sous-chef no concurso de bolinhos da lua. Ela já está com tanta coisa na cabeça... e mesmo assim concordou.

O ronco grave e poderoso do motor de um carro esportivo faz todo mundo se virar. Um conversível preto da Ferrari encosta na calçada com um ruído rápido dos pneus. Dá para ouvir o pessoal ao nosso redor começando a cochichar. São bem poucos os professores e alunos que vão dirigindo para a escola — quase todos vão a pé, de bicicleta, ônibus ou metrô.

O teto metálico do carro está erguido, e o para-brisa reflete o brilho do sol vespertino. Não consigo ver quem é o motorista.

A porta se abre, e Theo sai.

Perco o ar quando ele vem caminhando em nossa direção. A camiseta polo azul-marinho tem o brasão da escola Bay Ridge Prep estampado.

— E aí.

— Hum... oi. — Pigarreio. — O que você tá fazendo aqui?

Megan me dá um sorriso tal qual o Gato de Cheshire.

— Ah, por acaso eu esqueci de te contar? O Theo ligou pro restaurante ontem quando você saiu. A gente pegou o número um do outro, e eu passei o seu pra ele também. — Ela se vira para Theo. — Você falou que queria ir dar uma olhada nos bolos da lua na Chinatown ou alguma coisa assim, não foi?

— Aham, o Dylan me contou aquele dia que tá pensando em fazer a receita da avó de vocês pro concurso. — Theo olha para mim. — As padarias na Chinatown começam a vender os bolinhos da lua antes do Festival de Meio do Outono, então pensei que a gente poderia ir lá dar uma conferida junto.

Meu coração erra o compasso. Dá para sentir meus colegas da escola nos observando. Ainda não acredito que Theo apareceu. Pensei que nunca mais fosse vê-lo.

— A não ser que... você já tenha um compromisso, sei lá — sugere ele, provavelmente porque estou o encarando como se eu fosse um burro recém-nascido.

— Não tenho — exclamo.

— Pois é, a única coisa que ele faz depois da aula é ficar vendo vídeo de bicho no TikTok e babando com os atores

Um namorado para viagem 35

chineses gatinhos no Weibo — diz Megan, colocando lenha na fogueira.

Eu a encaro com um olhar afiado. Theo dá um sorriso.

— Ainda não almocei, então tô morrendo de fome. A gente pode parar pra comer alguma coisa no caminho.

Megan me dá uma piscadela.

— Divirtam-se, meninos!

A Oitava Avenida fica a poucos quilômetros daqui. Theo deixa o carro estacionado na frente da escola, e começamos a caminhar. Meus batimentos continuam em alvoroço, e as palmas das minhas mãos estão um pouco suadas. Será que isso é um encontro? Claro que não. Somos apenas dois caras indo fazer pesquisa de campo de bolos da lua em Chinatown. Algo completamente platônico.

Passamos por boutiques exibindo camisetas de grife falsificadas e lojas de 1,99 que vendem lembrancinhas cafonas. As descrições nas placas vêm primeiro em chinês e depois em inglês. Barracas de frutas com caixas de pomelos empilhadas como torres de Jenga se espalham pela calçada. O Festival de Meio do Outono é a época dessas frutas. Senhoras mais velhas percorrem o mercado público vendendo iguarias chinesas, como pepinos-do-mar e cogumelos reishi. Elas arrastam atrás de si os carrinhos de feira, só para fazer as outras pessoas tropeçarem.

Uma moto sai de um beco adiante e entra com tudo na rua em frente a Theo.

— Cuidado!

Agarro seu braço e o tiro do caminho bem na hora.

Ele bate com os ombros no meu peito e fecha a mão ao redor do meu braço para se equilibrar. Seus dedos fazem a minha pele sacolejar, como energia estática.

— *Nei mou ngaan tai ah?* — grita o motoqueiro enquanto passa zunindo por nós.

Theo me solta.

— Valeu. Tenho quase certeza de que ele não tava me mandando tomar cuidado em mandarim.

Foi algo mais do tipo "*você tá precisando de óculos, é?*".

— Era cantonês, na real.

— Ops. Não sei nem qual é a diferença — diz, num tom amargurado. — Queria conseguir entender algumas palavras. Meus avós emigraram de Hong Kong quando minha mãe tinha dois anos. Eles moram em San Francisco, então a gente não se vê muito.

— Minha mãe me ensinou os dois dialetos — respondo. — Mas pelo meu sotaque os lojistas ainda assim percebem que fui criado aqui.

As barracas de comida, em polvorosa, servem pratos para uma multidão animada no meio da tarde. As pessoas comem em mesas bambas ao longo da rua. Theo aponta para os patos assados inteiros e para as galinhas com pele crocante penduradas pelo pescoço na vitrine.

— Eu amo comida de rua, mas meu pai não consegue lidar com as cabeças ainda ali — comenta Theo. — Os olhos deixam ele apavorado. Como se não soubesse que eles tinham olhos antes de acabarem no seu prato.

Encontramos uma mesa na calçada. Theo compra pato assado e frango com molho de soja numa porção de arroz, enquanto eu entro na fila da barraca que vende arroz misto. É a típica refeição da classe trabalhadora chinesa — em Singapura, chamam de jaap jaap faan, que significa literalmente "arroz aponta-aponta". As pessoas fazem o pedido apontando para a carne ou legumes que querem. De vez em quando, dá para ouvir um rompante de desânimo quando o vendedor pega o ingrediente errado.

— Não, tia, errou! Esse não, *lah*!

Volto com um prato de carne de porco agridoce, bife fatiado com melão de São Caetano e um monte de ovos cozidos sobre uma porção de arroz branco. Enquanto comemos, coloco umas fatias de bife no prato de Theo e ele me dá alguns pedaços de pato e frango. Dividir comida com amigos é uma prática comum na cultura chinesa, mas fazer isso com Theo me parece mais íntimo do que deveria.

— No fim das contas, fazer os bolinhos da lua vai ser um pouco mais difícil do que eu esperava — conto. — A tia Jade não aprendeu a receita com a minha avó antes dela ficar com demência, e não temos nenhuma cópia escrita. Vamos ter que nos esforçar mais pra recriar a casquinha de neve azul.

Theo inclina a cabeça.

— Se você não se importar de responder, por que é que você vai entrar no concurso com a sua tia e não com a sua mãe?

Meus dedos apertam o garfo e a colher. Forço uma voz firme.

— Minha mãe morreu no começo do ano.

Há um momento de silêncio.

— Sinto muito — diz ele, num tom calmo. — Quer conversar sobre isso?

Dou de ombros. Aconteceu tudo tão rápido que quase nem pareceu real.

— Num mês a gente tava comendo bolinhos da lua no festival e, no outro, no hospital planejando ciclos de quimioterapia e perguntando pros médicos se ela ficaria bem o bastante pra ir até a Singapura ver meus avós.

— Nossa, e é uma viagem demorada. Ela conseguiu ir?

— A gente quebrou o porquinho pra comprar as passagens da Singapore Airlines, a única que fazia voos direto saindo do aeroporto daqui. Foram dezoito horas, mas minha mãe tava muito otimista. Ela falou que tava de saco cheio de ficar presa no hospital. — Consigo dar um sorriso tenso. — Acabou que, quando fomos pra praia na manhã seguinte depois de a gente chegar, o Tim pisou num ouriço-do-mar. No fim das contas, passamos o resto do dia no pronto-socorro.

— E o seu pai?

— Ele se mudou pra Xangai depois do divórcio com a minha mãe. — Meu pai e eu não somos muito próximos... acho que guardo mágoas pelo tanto que ele a fez infeliz enquanto estavam juntos. — Minha mãe e eu morávamos a alguns quarteirões do restaurante, e eu ajudava nos fins de semana e nas férias de verão.

Depois de perdê-la, o delivery se tornou a coisa mais próxima de um lar para mim... e não consigo nem imaginar perder isso também.

Theo fica quieto por um instante.

— Eu tinha cinco anos quando a minha mãe morreu — confessa ele. Eu o encaro, sem conseguir acreditar. — Outro motorista teve um infarto e bateu no carro dela. Ela entrou em coma e nunca acordou.

— Meu Deus, que horror. — Theo mencionou a mãe algumas vezes, mas nunca tive a impressão de que ela não estava mais por aqui. — Sinto muito. Então é só você e o seu pai agora?

— Mais ou menos. — Algo cintila nos olhos dele. — Naquele dia, quando você falou de fazer os bolos da lua da sua vó, eu me dei conta de como sei pouco a respeito da cultura da minha mãe. Comi bolinhos da lua só algumas vezes, e achei que essa podia ser uma boa chance de me reconectar com as minhas origens.

É a primeira coisa pessoal que ele compartilha comigo.

— Então foi por isso que você sugeriu que a gente viesse pra Chinatown dar uma olhada nos bolos junto?

Theo estreita o cantinho dos olhos de um jeito fofo.

— Aham, foi um dos motivos.

Pelo menos posso culpar o calor sufocante pelo rubor que aparece no meu pescoço. Gotas de suor salpicam a testa de Theo. Ele está bem longe dos salões climatizados dos clubes exclusivos em que deve estar acostumado a comer, mas parece não se importar.

— Então... você tá saindo com alguém? — indaga ele, como quem não quer nada.

A pergunta me pega desprevenido. *Bem que eu queria...* (na cara demais). *Solteiro por enquanto...* (o que nem é verdade, já que eu nunca namorei). Teve Simon, um cara que conheci enquanto passeava com Clover. A gente saiu algumas vezes, e eu achei que estávamos na mesma vibe... até que ele apareceu no parque para cães com a nova namorada.

— Hum... não, no momento não. — Tento não deixar transparecer o desconforto que estou sentindo. — E você e o Adrian? Vocês se conheceram na escola?

— Nossas mães eram melhores amigas, então a gente se conhece desde que éramos pequenos. Só que, falando nisso, ele não é meu namorado.

Até parece.

— Sério? Porque quando entreguei o pedido dele você tava... hum... de cueca. E chamou ele de — seguro a vontade de vomitar — *bebê*.

Theo dá um sorriso largo.

— É, acho que dá pra dizer que ele foi o primeiro cara com quem tive algo. Mas tô falando dos encontros de mentirinha de quando éramos criança. Eu não chamaria as coisas que a gente fez no primeiro ano do ensino médio de namoro, mas de, sei lá, *experimentos*.

Sinto um frio na barriga.

— Mas nós dois concordamos que não valia a pena ficar se pegando pra depois estragar nossa amizade — continua Theo.

— Aquela noite, você me ouviu chamar ele de BB, mas não, tipo, *neném*. Quando a gente era criança, o Bumblebee era o Transformer favorito dele, e foi daí que veio o apelido.

Solto o ar, nervoso.

— Então... você não tá saindo com ninguém?

Seus olhos encontram os meus.

— Não.

Parece que brotou asas no meu coração. Pela primeira vez o cara por quem eu tenho uma quedinha não é ou fatalmente hétero ou já comprometido.

Depois da refeição, vagamos pela Chinatown e vamos parando em diferentes padarias asiáticas. A maioria nessa região tem um estilo antigo, com corredores estreitos e prateleiras lotadas de fileiras de pães com uma infinidade de recheios — feijão-vermelho doce, creme de gemas cozidas e salgadas ou carne-assada com molho. Não há nada descrevendo os produtos, mas os fregueses de sempre conseguem reconhecê-los. As pessoas fazem fila com uma bandeja e um par de pinças nas mãos e tentam agarrar o maior pedaço de seus favoritos sem receber uma encarada ameaçadora dos outros por demorar demais.

— Dá pra reconhecer os bolinhos da lua pela casquinha marrom — explico para Theo. As padarias cortam os bolinhos da lua em pedaços pequenos para os clientes experimentarem. — Os recheios tradicionais são pasta de semente de lótus, feijão-vermelho ou gergelim preto. Os com casquinha de neve, por outro lado, não precisam ir pro forno, mas precisam ficar congelados. Vêm com várias misturas de sabores, tipo manga com pomelo e matcha com azuki.

— Experimentei tantos que vou ficar com dor de barriga mais tarde — diz Theo, após sairmos da quinta padaria.

— Olha, eu tive uma ideia depois daquela padaria que trocou a gema de ovo curada pelo recheio de pasta de amendoim e chocolate — respondo. — Ainda quero tentar recriar a receita da minha vó, mas como a minha mãe não gostava da gema no meio, vou usar outra coisa. Talvez um recheio de trufa de chocolate branco? Era o favorito dela.

— A gente devia dar um nome que ficasse na cabeça — aponta ele. — Pra ganhar pontos extras pelo trocadilho.

— Águas passadas não movem bolinhos? — falo, brincando.

— Água mole pedra dura bolinho da lua? — sugere Theo.

— Bolinho sozinho não faz outono? — arrisco.

Ele estala os dedos.

— E temos um vencedor. Amei.

Já passou das cinco da tarde quando começamos a caminhar de volta à minha escola, onde o carro de Theo ficou estacionado. Pelo trajeto, passamos por uma construção vazia de dois andares e eu paro na frente da placa de ALUGA-SE.

— Esse é o lugar dos sonhos da minha tia pro futuro restaurante dela — conto. — Se ela ganhasse na loteria ou alguma coisa assim, viria pra cá na mesma hora.

— Pro delivery, você quer dizer? — pergunta Theo.

Meneio a cabeça em negação.

— Ela sempre quis ter um restaurante de verdade pra servir a autêntica culinária singapurense. Esse ponto fica numa localização ótima e tem um estacionamento do outro lado da rua. Os nova-iorquinos iriam poder experimentar os pratos mais famosos lá do outro lado do mundo, na Singapura, e os singapurenses que moram em Nova York iriam poder aproveitar suas comidas favoritas com gostinho de casa bem aqui.

Theo vai até as portas da frente, que estão fechadas com tábuas e trancadas por correntes. Ele espia por um buraco entre as tábuas.

— Tinha outro restaurante aqui antes?

— Um bistrô. O que significa que o ponto já tem o básico pra uma cozinha comercial. A gente poderia economizar nas reformas e eliminar grande parte do trabalho pra tirar os alvarás e passar nas inspeções. — Aponto para o segundo andar. — A melhor parte é que tem um apartamento residencial no segundo andar. Daria pra morar lá em cima, que nem a gente já faz lá no delivery.

— Pelo visto você já planejou tudo — comenta Theo. — Quando posso fazer uma reserva? Vou querer uma mesa pra dois.

Sinto uma pontada. Ele está brincando, mas essas palavras são outro lembrete de como o sonho de tia Jade é inalcançável no momento. Já estamos nos esforçando para não sermos despejados do nosso apartamento atual. Ter condições de bancar esse ponto não passa de uma esperança impossível.

— Como eu falei, a gente teria que ganhar na loteria. — Tento deixar o assunto para lá, mas sinto um peso nos ombros. — Só de achar um investidor-anjo ou uma ONG que desse um subsídio de cinco mil pra um pequeno empreendimento familiar, tipo, pra ontem, já me deixaria feliz pra caramba. Mas, é claro, algo sério. Não um agiota que vai roubar nossos rins se a gente não pagar no prazo.

Theo ergue uma sobrancelha.

— Cinco mil? Por que você precisa desse valor específico tão rápido?

— Hum... é que chegaram alguns gastos inesperados lá pro delivery. — Não quero contar do aviso de despejo. Tia Jade nem imagina que Megan e eu sabemos. — Minha mãe deixou uma pequena herança pra mim, só que não posso mexer até os dezoito anos. Já falei um milhão de vezes pra minha tia usar o dinheiro pra pagar contas urgentes, mas ela não toca num dólar sequer. Tenho certeza absoluta de que se a minha mãe estivesse aqui, teria emprestado tudo, e sem juros.

Theo fala baixinho:

— A sua mãe e a sua tia devem ter sido bem próximas.

Não consigo disfarçar a frustração e o desamparo na minha voz:

— A tia Jade tá sempre cuidando de todo mundo... mas quem é que vai cuidar dela? A minha mãe fazia isso, mesmo que fosse um ano mais nova. Mas agora ela se foi. Ela iria querer que eu assumisse esse papel, de ser alguém com quem minha tia pode contar, mas é que... eu não sei como. — Meus olhos parecem arder. Desvio o olhar rápido e me obrigo a dar uma risada. — Foi mal, você se inscreveu pra um rolê de bolos da lua, e não pra ser meu terapeuta.

Theo não perde a deixa.

— A primeira consulta é de graça.

Consigo dar uma risadinha.

— Que bom, porque a grana tá meio curta.

Ele fica com uma expressão séria.

— Mas falando sério, Dylan, dá pra ver que você tá fazendo o melhor que pode. Tá ajudando a sua tia na cozinha, fazendo os pratos e cuidando das entregas quando falta alguém. — Theo coloca a mão no meu ombro, o que gera um calorão aterrador que percorre todo o meu corpo. — Sua mãe ficaria orgulhosa de te ver suando a camisa pra manter o delivery funcionando.

Por um instante insano, minha vontade é de colocar a mão sobre a de Theo. Mas mal nos conhecemos. Nem sei direito por que ele quis sair comigo hoje. Não faço ideia se isso aqui significa alguma coisa... e não quero estragar tudo.

— Obrigado — respondo. — De verdade.

Ele tira a mão. O sol do fim de tarde aquece minha nuca quando voltamos a caminhar. Uma garota numa lambreta vem em nossa direção. Theo se aproxima mais de mim para deixá-la passar e seu braço roça no meu.

Quando chegamos no carro, me viro para ele.

— Foi óti...

— *Sou eu, atende aí!* — chama uma voz familiar, cantarolando, o que nos assusta.

Theo xinga e atende.

— Adrian, eu falei pra não bagunçar os meus toques de chamada.

Meu coração perde o compasso. Adrian continua o blá-blá-blá do outro lado da linha, e Theo revira os olhos.

— Calma, já tô indo, tá bom? Eles vão segurar a reserva por quinze minutos. Mas só não surta com eles. Se irritar o pessoal de lá, a gente nunca vai conseguir os lugares no balcão.

Ele desliga.

— Combinou de jantar com o Adrian? — pergunto.

— Aham, ele não para de falar de um restaurante omakase que abriu no Midtown. — Theo digita rápido no celular. — Os melhores lugares são os do balcão, onde dá pra ver o chef de cozinha preparando a comida. Ele me rastreou pelo Buscar Meus Amigos e agora ficou puto porque eu não tô nem perto de lá. — Ele ergue o olhar. — Desculpa. Você tava dizendo alguma coisa?

— Ah. Nada importante.

Ele guarda o celular no bolso.

— Posso te dar uma carona pra casa?

Meneio a cabeça em negação.

— O delivery fica só a uns quarteirões daqui, e você vai pro outro lado. Não quero deixar o Adrian esperando.

Theo dá de ombros.

— Ele pode esperar. Não é um encontro.

— Não tem problema, eu juro — digo, mentindo. — Preciso fazer umas compras no mercado que fica no caminho.

Theo se recosta na lateral do carro.

— A gente bem que poderia sair de novo um dia desses.

— Aham, com certeza. — Mantenho um tom leve de voz. — Você sabe onde eu estudo. E onde eu moro. Calma, não era pra fazer você parecer um stalker...

Theo remexe a boca, querendo rir.

— Eu te entendo.

Fico parado na calçada enquanto ele sai e pega um sinal verde. Nunca que vou querer que ele se atrase para seu não encontro com seu não namorado.

Talvez eu esteja entendendo errado, assim como aconteceu com Simon, do parque para cães. Theo se interessa por caras, mas isso não significa que gosta de *mim*. Ele não escondeu que já ficou com Adrian no passado, e os dois ainda parecem superpróximos. Vai saber se essa história não vai se repetir, né?

O vislumbre de decepção que achei ter visto nos olhos de Theo quando recusei a carona deve ter sido coisa da minha imaginação... mas, quando começo a caminhar para casa, o desânimo que sinto no peito é completamente real.

Capítulo cinco

É sexta à tarde e graças a Deus que o fim de semana está chegando, porque tenho um monte de coisas para ler. Estou fazendo quatro matérias avançadas esse ano; se eu não tirar uma nota decente, já posso considerar perdida uma bolsa de estudos na faculdade. Não sou lá o melhor da turma, então preciso me esforçar mais para não ficar para trás.

Megan está em seu quarto, assistindo a um tutorial no YouTube de como pintar o cabelo de duas cores diferentes, a última moda entre as estrelas do k-pop. Deito no sofá da sala de estar e fico jogando a bolinha favorita de Clover, toda pontuda, pelas paredes. Ela fica doida correndo atrás do brinquedo, abanando o rabinho curto. Corgis foram criados para pastorear gado, mas as únicas criaturas que ela pastoreia por aqui são meus primos e eu.

Um estrondo alto ecoa lá debaixo, e logo depois tia Jade solta uns palavrões. Me levanto num pulo, e Megan sai correndo do quarto com metade do cabelo preso no topo da cabeça.

— Mãe? Você tá bem? — grita minha prima, enquanto corremos escada abaixo.

— Desculpa, crianças. Tô bem. — Tia Jade está parada no balcão, com os pés cercados de moedas e notas de dinheiro do pote de gorjetas que derrubou com a bolsa. Com o rosto pálido, ela agarra um envelope. — Sou tão atrapalhada...

Eu a levo até uma banqueta de madeira.

— O que aconteceu?
Ela me entrega uma folha de papel. Meu coração bate forte. Deve ser o último aviso de despejo...

Cara Senhora Jade Wong,

Meus parabéns! Como proprietária do Guerreiros do Wok, você foi premiada com o primeiríssimo Subsídio para Pequenos Negócios da Fundação Revolc, uma iniciativa que visa apoiar profissionais experientes da indústria que comandam empresas familiares. A Fundação Revolc, com sede no Brooklyn, em Nova York, é uma organização sem fins lucrativos financiada confidencialmente por doadores anônimos.

Por favor, confira o cheque administrativo aqui presente no valor de Cinco Mil Dólares Estadunidenses ($5.000,00)...

— Fiquei tão chocada quando vi o valor que cheguei a derrubar o pote da gorjeta. — Ela solta uma risada trêmula. — Sua Por Por dizia que derrubar dinheiro é mau agouro, mas pra mim é um bom sinal.

— É sério? — Megan segura o cheque no nome de tia Jade contra a luz, como se pudesse identificar se é falso. — É algum tipo de golpe?

— Vocês acham que eles podem ter se enganado? — pergunta tia Jade. — Não lembro de me inscrever em nenhum subsídio.

Ai. Meu. Deus. Lembro de ter falado disso. E especificamente de mencionar uma ONG que se dispusesse a oferecer uma ajuda de cinco mil para um negócio pequeno e familiar. O mesmíssimo valor que tia Jade recebeu.

— Vamos pro banco agora. — Megan pega o braço da mãe e a puxa até a porta. — A gente pode garantir que o dinheiro é de verdade e sacar antes que qualquer pessoa tenha a chance de mudar de ideia. Dylan, você vem?

— Não. Eu, hum... preciso ir no banheiro — minto. — Vão indo na frente. Quando voltarem não esqueçam de me contar o que o pessoal do banco falou.

Espero até tia Jade e Megan (ainda com metade do cabelo pintada e presa para cima) sumirem de vista. Elas levaram a carta, mas deixaram o envelope para trás. O endereço de remetente da Fundação Revolc fica no Brooklyn. Em Bay Ridge, para ser mais exato.

Merda. Eu deveria estar aliviado, agradecido... mas dever tanto assim para Theo me deixa apreensivo. Desconfortável. Pegar dinheiro emprestado dele não era uma opção — a gente acabou de se conhecer! —, mas agora esse "subsídio" é mais do que um empréstimo. É uma doação. E não posso devolver, já que tia Jade e Megan estão a caminho do banco para sacar o cheque. Por outro lado, esse dinheiro pode ajudar a manter o restaurante funcionando por tempo o bastante para que eu tenha a chance de ganhar um espaço no *Cozinha Fora da Caixinha* e atrair atenção de verdade para o delivery.

Minha bicicleta está presa com um cadeado a um poste da rua, e eu a destranco e coloco o capacete. Pedalo pelas ruas do Sunset Park, adentro a região vizinha do Bay Ridge e, por fim, paro em frente a uma mansão espaçosa cercada por muros altos. Pego o envelope amassado e confiro o endereço duas vezes. Os números de cobre na pilastra ao lado do gigantesco portão de ferro fundido indicam que estou no lugar certo.

Prendo a bicicleta a um poste da calçada — algo que se tornou um hábito desde a vez em que cheguei pedalando na entrada de uma garagem para fazer uma entrega e me xingaram por quase ter arrancado o retrovisor do Bentley de algum ricaço — e aperto o interfone.

Uma voz masculina com um forte sotaque britânico ressoa pela caixa de som.

— Residência da Família Somers. Como posso ajudar?
— Vim pra falar com o Theo — respondo.
— O sr. Somers está te esperando?
Reviro os olhos.
— Não, mas pode dizer pra ele que o Dylan quer conversar.

Os minutos em que espero parecem se arrastar. Fico lá parado, com o suor escorrendo pela nuca por causa da longa jornada de bicicleta. Bem quando estou começando a achar que Theo não está interessado em atender minha visita sem aviso prévio, os portões deslizam suavemente pelos trilhos de metal e se abrem.

Dou um passo adiante. Num lugar tão lotado quanto o Brooklyn, é como atravessar um portal para outro mundo. O lugar todo é maior do que minha escola. Há uma fonte de rocha preta que verte água no pátio e preenche o ar com borrifos calmantes. A Ferrari está estacionada ao lado de um Porsche prateado. O que será que deve ter nos fundos? Um heliponto, talvez.

Caminho pela longa entrada em direção à mansão. O exterior é de tons terrosos e pedra branqueada, como um daqueles destinos luxuosos no mediterrâneo em revistas de viagem, a diferença é que não fica no topo de um penhasco na Toscana ou algo assim.

Há duas árvores bonsai em ambos os lados da porta da frente. O pessoal que acredita em feng shui não concorda quanto a bonsais serem bons ou ruins. Há quem diga que concedem paz e boa sorte, enquanto outros acreditam que trazem azar porque seu crescimento foi atrofiado. A poda desse tipo de árvore deveria ser um tipo de arte, mas não consigo deixar de ter pena da planta, ali espremida em um vaso pequeno demais, podada até desistir de tentar crescer mais do que noventa centímetros.

A porta se abre antes que eu possa bater. Um homem de aparência notável, de quarenta e poucos anos e vestindo uma camisa branca engomada com colete cinza e paletó preto aparece. Ele olha para minha calça jeans desbotada e para os cadarços desgastados do meu Converse acabadinho antes de, sem sorrir, abrir espaço. Sem graça, bato as solas dos tênis no capacho antes de ir adiante.

A entrada é enorme. O teto, com iluminação natural, fica a pelo menos nove metros de altura. Tem tanto espaço... e é um espaço tão lindo e vazio. Uma escadaria de mármore curva leva ao segundo andar, e um lampejo de movimento lá em cima me chama a atenção.

Theo vem descendo. Para ser mais exato, vem deslizando pelo corrimão largo numa combinação de empolgação pueril e com tanta graciosidade que chega a ser ridículo. Ele pousa com perfeição no tapete à nossa frente e dá um sorriso.

— E aí!

O sujeito de terno suspira.

— Theo, sou obrigado a pedir, mais uma vez, que o senhor evite deslizar pelo corrimão.

— Por quê? Duvido que meu pai dê bola pra essa regra. Ele nem mora mais aqui.

— Tem menos a ver com as regras do seu pai e mais com o fato de que o senhor pode cair e se machucar. Temos um elevador que funciona perfeitamente.

— Eu sei, Bernard, mas ir de escada faz bem pro coração. — Theo escancara um sorriso provocador antes de se virar para mim. — Vem, vamos conversar no meu quarto.

Eu o sigo pelos degraus de mármore. A luz natural se estende pelas janelas em arco e suaviza a quietude, iluminando-a e transformando-a em algo mais pitoresco. Na parede de um longo corredor há o retrato emoldurado de uma mulher asiática de vinte e poucos anos vestindo um estonteante cheongsam preto e vermelho. Um homem branco de smoking está com o braço ao redor da cintura dela. O sorriso dele é contido, e a lateral de seu cabelo loiro é tão lisa que parece ter sido escovada com uma navalha em vez de um pente. A expressão da moça é mais suave, mais calorosa e mais viva, como os cachos do cabelo escuro sobre seus ombros. Nos braços dela, há um bebê com não mais que dois anos de gravata-borboleta e suspensório. O sorrisão largo dele ilumina toda a foto.

Entramos no quarto de Theo, que é do tamanho do nosso apartamento em cima do delivery. A primeira coisa que me salta aos olhos é como tudo é imaculado. Nenhum adesivo nas portas do guarda-roupa. Nenhum porta-retratos na mesa de cabeceira. Não há bagunça nenhuma no chão. Tudo arrumado, perfeito e vazio. O dono desse quarto poderia muito bem ser um fantasma, e não um adolescente.

— Então, onde é que o seu pai mora? — pergunto.

— Ele se casou de novo ano passado e se mudou pra casa dos sonhos dele em Long Island — explica Theo. — O arquiteto foi o Moshe Safdie. É o cara que projetou o Marina Bay Sands e o Aeroporto Jewel Changi em Singapura.

Nossa. O Marina Bay Sands é uma parte emblemática da vista de Singapura. O Jewel, bem ao lado do aeroporto, é um shopping enorme com a maior cachoeira interna numa cúpula de vidro e aço do mundo. Minha mãe adorava os jardins de cada andar. Quão rico exatamente é o pai de Theo para poder bancar o mesmo arquiteto que construiu esses premiados monumentos internacionais?

— O seu pai por acaso é dono de algum banco *offshore* ou de uma plataforma de petróleo? — questiono de brincadeira, mas um pouco sério também.

— Semicondutores. — Theo não ri. — Mas e aí, o que rolou?

— Acho que você sabe. — Ergo o envelope. — O endereço me trouxe aqui.

— Ah, pois é. A Fundação Revolc tem vínculos com a minha família.

— Eu pesquisei. Não tem registro nenhum dessa ONG.

Theo dá de ombros.

— Eles tentam ser discretos. Você tava procurando uma organização que desse subsídios a pequenos negócios, e é isso que a Fundação Revolc foi criada pra fazer...

Um namorado para viagem 51

— Você sabia que a minha tia não ia aceitar o seu dinheiro, então inventou um subsídio de mentira e mandou um cheque de *cinco mil dólares* pra ela? — Dou um passo decidido para a frente. — Ela pode até ser de boa e ter a mente aberta, mas ainda não abriu mão de certos valores chineses tradicionais, tipo não aceitar caridade de ninguém...

— E foi exatamente por isso que fiz questão do subsídio vir pela Fundação Revolc.

— Entendi. Clover de trás pra frente. Um nome bem adequado em homenagem à minha cachorra que, assim como eu, sabe que não dá pra confiar em estranhos.

Theo assume uma expressão irônica.

— Eu tinha a impressão de que ficou um pouco na cara demais. Você falou que tava preocupado pensando em quem iria cuidar da sua tia quando ela precisasse de ajuda...

— Eu tava falando de *mim* — exclamo, interrompendo. — A gente se conhece faz só alguns dias. Por que é que você iria fazer isso tudo pela minha família?

Uma sombra atravessa o rosto de Theo, mas eu pisco, e ela some.

— Olha, eu sei que você não confia em mim — diz ele. — Entendi. Mas quero ajudar. Queria que você acreditasse nisso.

— Minha mãe me falava pra não aceitar favores porque nunca dá pra saber quando eles vão ser cobrados. — Encarei-o nos olhos. — Cinco mil é grana demais. Só posso aceitar se você me deixar te pagar de volta. Em janeiro eu faço dezoito anos e vou poder pegar o dinheiro que a minha mãe deixou pra mim...

— Se a sua tia se recusa a pegar dinheiro emprestado da sua herança, eu nunca vou aceitar nem um centavo. — De repente, um brilho aparece em seus olhos. — Mas, espera, não iria contar como um favor se você me ajudasse com algo que eu preciso, né?

Franzo o cenho.

— Como assim?

Ele pega um convite com detalhes em dourado, impresso num papel-cartão grosso, e me entrega. Um pouco do glitter gruda na ponta dos meus dedos.

Sr. e Sra. Jefferson Wallace Leyland-Somers
&
Sr. e Sra. Miguel Paulo Sanchez
adorariam o prazer de sua companhia,
Sr. Theodore Somers & acompanhante,
no casamento de seus filhos
NORA CLAIRE
&
ANGELO JUAN

— Minha prima por parte de pai vai se casar nos Hamptons no final de semana que vem — diz Theo. — Preciso de um acompanhante.

— E daí?

— E daí que... O que você vai fazer fim de semana que vem?

— Espera aí... você quer que *eu* vá com você? Tipo de *casal*?

— Meus parentes vivem tentando me empurrar pra cima de alguém — responde ele. — Se eu aparecer nesse casamento sozinho, vão me meter em encontros às cegas até o fim do ano. Você pode ser meu namorado de mentirinha, caso queira retribuir o favor.

Minha mente está a mil.

— Seus parentes sabem que você é gay?

Theo assente.

— Não se preocupa que eles são de boa. Viram o Adrian e eu nos beijando debaixo de uma guirlanda de Natal uns anos atrás, e foi aí que eu saí do armário pra família.

Fico um pouco na defensiva.

— Então por que é que você não leva o Adrian?

— Ele vai tá na Califórnia com os pais pra um evento de degustação de vinhos. — Theo está de olho na minha reação enquanto não deixa nada transparecer. — Mas se você acha que vai ser estranho demais, deixa pra lá. Não quero que você concorde com nada que vá te deixar desconfortável.

Passo uma das mãos pelo cabelo. Uma viagem com tudo pago para os Hamptons parece tudo de bom... mas é minha paixonite cada vez mais forte pelo garoto que vou ter que fingir estar namorando que me deixa com medo de que tudo tome um rumo diferente. Theo não é o único nesse quarto em quem não posso confiar.

Ergo o envelope da Fundação Revolc.

— Se eu fizer isso ficamos quites?

Theo dá um sorriso largo.

— Posso fazer um contrato, se você quiser.

Capítulo seis

O delivery fica fechado nas segundas-feiras, então tia Jade e eu estamos na cozinha para nossa primeira sessão de bolos da lua. Não recebi nenhuma resposta dos organizadores do concurso dizendo se fui aceito na competição, mas nós dois estamos empolgados para colocar a mão na massa.

— Tem gente que acha que os bolos da lua com casquinha de neve são mais fáceis de fazer do que os assados só porque vão pro congelador, e não pro forno, e aí não precisa se preocupar de queimarem — explica tia Jade. — Mas como dá pra perceber pelo nome, conseguir essa textura nevada é a parte mais complicada. Hoje é na casquinha que vamos trabalhar.

À nossa frente, há uma grande tigela de farinha de arroz glutinoso preparada — o ingrediente principal para essa receita, feito ao cozinhar uma mistura de farinha de arroz glutinoso com farinha de arroz normal em fogo alto. Diferentemente de outros tipos de farinha, a textura fica grossa e arenosa, e não macia e fina.

— Quando a gente acrescenta água, a combinação fica grudenta como massa de mochi — continua tia Jade. — Não dá pra usar nada diferente disso porque senão o bolo da lua se despedaça. — Ela aponta para uma tigela com pétalas azuis secas. — São flores de cunhã. A sua avó tinha uma no quintal de casa, mas essas eu comprei na loja de iguarias indianas ali na esquina. São muito usadas em pratos do sul e do sudeste asiático.

Tia Jade acrescenta água quente à tigela de pétalas. Enquanto esperamos pela infusão, colocamos luvas e misturamos a farinha com açúcar, farinha de trigo, gordura vegetal e água. Ela cuida da consistência e vai acrescentando o líquido com uma jarra aos poucos enquanto sovamos a mistureba macia.

Tem outra coisa que preciso conversar com tia Jade. Ando fugindo do assunto, mas não dá para continuar atrasando o inevitável.

— Então, é que... o Theo me convidou pra ir numa festa da família dele nos Hamptons esse fim de semana. — Não menciono que é um casamento e que vou fingir ser o namorado dele para retribuir o favor que lhe devo. — Posso ir? A gente iria sair na sexta à tarde e no domingo já tô de volta.

Tia Jade solta a jarra.

— Eu estava mesmo pensando em quando é que você ia me contar dele.

O tom carregado me deixa em alerta.

— Como assim?

Ela dá um sorriso.

— Ah, para de fingimento, garoto. Eu sei do seu planinho com o Theo.

Meu coração erra o compasso. Como foi que ela descobriu?

— Eu posso explicar. Não é o que...

— O Theo ligou pro restaurante hoje mais cedo — diz tia Jade, me interrompendo. — Se apresentou...

Ai, meu Deus. Será que ele contou do namoro de mentira?

— ... e queria conferir se a gente tinha recebido o cheque da fundação da família dele! Falou que se inscrever foi ideia sua e que ele só ajudou com a papelada! — Ela me envolve num abraço apertado. — Ah, meu amor, por que você não me disse nada?

Que bom que ela não consegue ver minha cara de espanto sobre seu ombro.

— Hum... eu... queria que fosse surpresa?

— E não quis levar o crédito. — Ela se afasta, reluzente. — Esse dinheiro chegou na hora perfeita. E sim, pode ir com o

Theo no fim de semana. As aulas acabaram de começar, mas a gente não devia recusar o convite depois que a ONG da família dele nos ajudou. — Ela me cutuca. — A Meg acha que ele tá caidinho por você.

— Ela tem é uma imaginação fértil demais.

— Bom, o Theo foi um cavalheiro pelo telefone. Ele parece um partidão. Fica à vontade pra mandar sua tia enxerida aqui ir cuidar da própria vida, mas... o que tá te impedindo?

Dou de ombros.

— Ele mora numa mansão enorme e dirige uma Ferrari. Eu ando numa bicicleta com um pneu dianteiro que fica rangendo. Nossos mundos são tão distantes quanto o sol e a lua.

— O sol e a lua se alinham de vez em quando — argumenta tia Jade. — E os eclipses são bem impressionantes.

Mas acabam antes mesmo que a gente perceba, é o que penso, mas não digo.

Adicionamos o chá de cunhã à massa e sovamos até o montinho assumir um tom claro de azul. Quando tia Jade fica satisfeita com a textura, divide a massa em pedacinhos menores, os quais abrimos até virarem discos planos com mais ou menos sete centímetros de diâmetro.

— O recheio hoje vai ser pasta de feijão-vermelho — diz ela. — Sobrou um pouco das panquecas crocantes de ontem à noite. Na próxima a gente faz a pasta de semente de lótus, tá bom?

Colocamos um pouco da pasta de feijão-vermelho no meio do círculo de massa e pressionamos as bordas juntas para que envolvam todo o recheio.

— A massa tá bem grudenta, e o que a gente não quer é que os bolos da lua fiquem presos no molde. — Minha tia polvilha o interior de um molde de madeira com farinha. — Dá uma sacudida pra tirar o excesso antes de colocar a massa. Aperta firme, mas não forte demais. Se não encaixar, molda mais uma vez e tenta de novo.

Ela inverte o molde, bate-o na superfície da bancada e então o ergue para revelar um bolo da lua azul decorado com padrões florais. Os meus acabam com formatos esquisitos, mas pelo menos parecem bolos da lua.

Mordo um, e o gosto parece bom para mim, mas tia Jade franze o cenho.

— A casquinha tá muito áspera. Devia ser mais lisa. Faz um tempo que não faço esses bolinhos, então tô meio enferrujada. Mas não se preocupa, vamos deixar tudo nos trinques antes do concurso começar.

Tirando a competição, ando quebrando a cabeça em busca de outras formas de divulgar o delivery. Tia Jade está sempre experimentando receitas, e de vez em quando acrescenta novos pratos e tira outros do cardápio. Não foi para ficar cozinhando a mesma coisa o tempo inteiro que virou chef, e ela se orgulha da variedade de iguarias que consegue produzir.

— E se a gente fizer um cardápio especial do Festival de Meio do Outono pro restaurante durante o oitavo mês lunar? — pergunto. — Dava pra criarmos umas versões meio diferentes dos nossos pratos mais populares usando comidas da estação, tipo osmanthus, pato, abóbora, pomelo, caranguejo...

O rosto de tia Jade se ilumina.

— Que ideia brilhante, Dylan! Dá pra fazer o nosso arroz frito com ovo tradicional e colocar carne de pato. E pode ser que abóbora picada combine bem com o chye tow kuay, né?

— Carne de caranguejo ficaria perfeito com o hokkien mee frito com camarão — comento.

— Os Melhores Do Hawker Center de Singapura, Edição Especial de Meio do Outono. — Tia Jade brinca com a manchete do cardápio. — Que tal?

Ficou um pouco comprido demais e daria para deixar mais chamativo. Nem sei ao certo se a maioria dos nova-iorquinos iria saber o que é um Hawker Center. É uma coisa bem típica de Singapura: instalações ao ar livre no centro de conjuntos habitacionais com mais de uma centena de barraquinhas vendendo todo tipo de comidas locais baratas. São minúsculas, então cada vendedor é especialista em um ou dois pratos. As pessoas compram de diferentes bancas e comem em mesas comunitárias. Todo mundo aproveita a variedade e os comerciantes conseguem manter os preços baixos.

— Que tal Tá Frita Aquela Lua? — sugiro. — Quase todo mundo sabe que o Festival de Meio do Outono tá chegando, então vão entender o trocadilho. A Megan pode fazer um cardápio especial pra gente colocar do lado de fora do restaurante e postar nas redes sociais.

— Adorei! Podemos lançar a promoção semana que vem, depois da sua viagem com o Theo. — Tia Jade dá uma piscadela. — Você merece se divertir um pouquinho.

Capítulo sete

Depois do último sinal, enquanto saio da escola, meu celular toca.

Atendo a ligação.

— Theo?

— Oi, Dylan — diz ele. — A gente tem um horário com o meu alfaiate hoje à tarde.

Pisco.

— Como é? A gente? Pra quê?

— O casamento é com traje de gala. Você precisa tirar as medidas pro terno sob medida.

Eu tenho um paletó preto, mas acho que não deve nem ter marca. Tia Jade comprou para que eu usasse no enterro da minha mãe, então definitivamente não quero usá-lo de novo.

Franzo as sobrancelhas.

— No seu mundo, duvido que você use um smoking sob medida mais de uma vez... mas na minha, é só alugar um. Essa história toda é pra ser um jeito de eu retribuir o favor, lembra? Não quero ficar te devendo ainda mais.

— Se as regras dependessem de mim, você nem precisaria de terno pro casamento — responde Theo. — Você poderia muito bem aparecer com essa camiseta lindinha com estampa de lontra que tá usando.

Abaixo a cabeça rapidamente para a lontra patética na minha camiseta, que diz não sou como as ontras. Me viro e o busco em meio à multidão de alunos na calçada. Há alguns apontando para o outro lado da rua...

Theo está recostado contra a Ferrari, com o celular na orelha e usando uma camisa branca de manga comprida com a gola erguida e alguns botões abertos a mais do que deve ser permitido na escola dele.

Um friozinho esvoaça pelo meu peito e vai parar no estômago. Tenho plena ciência das encaradas dos meus colegas do colégio enquanto atravesso a rua em sua direção.

Theo me dá um sorrisinho de lado.

— Vem. Sobe aí.

Ele aperta um botão no chaveiro. O teto dobrável de metal se recolhe e revela um par de assentos luxuosos de couro vermelho. Alguns adolescentes assoviam. Megan diria que isso aqui vai dar uma levantada na minha moral, mas minhas bochechas continuam queimando. Meu lugar não é num carro desses.

Me concentro em não deixar parecer que é minha primeira vez entrando num veículo de meio milhão de dólares. O banco é bem mais rebaixado do que eu imaginava, e preciso esticar as pernas para ficar confortável. Aperto o cinto e verifico para garantir que é seguro, do mesmo jeito que sempre faço quando estou me arrependendo de qualquer montanha-russa apavorante que Megan me ludibriou a experimentar.

Theo pisa fundo. Voamos pela Terceira Avenida como um foguete em lançamento. A textura áspera do asfalto parece a menos de quinze centímetros da minha bunda... e deve estar mesmo. Agarro os cantos do assento.

Theo olha para mim.

— Tudo bem aí?

O vento estapeia meu rosto e passa num *uoooosh* pelos meus ouvidos.

— Aham. Só tô me acostumando com o meu intestino dando volta na espinha.

Theo dá uma risadinha enquanto aceleramos rumo ao Túnel Battery.

A verdade é que não estou lá muito empolgado para tirar minhas medidas por causa de um terno ridiculamente caro. Compro minhas roupas em liquidações e brechós. Minha família lava a própria roupa e, quando levamos algo para secar, é em alguma das lavanderias da Chinatown, que cobram o mesmo preço por qualquer peça. Essa visita ao alfaiate de Theo é outro lembrete do quanto somos diferentes.

Estacionamos na frente de um estabelecimento discreto na avenida Madison com painéis na fachada tão escuros que não dá para ver o interior. Claramente não precisam de vitrines para atrair clientes, e a placa de VISITAS EXCLUSIVAMENTE COM AGENDAMENTO confirma isso.

Conforme nos aproximamos, uma jovem em calças listradas em preto e branco abre a porta para nós.

— Boa tarde, sr. Somers. Entre, por favor. O sr. Kashimura logo vem receber vocês.

— Obrigado, Sue. Mas o senhor Somers é o meu pai... por favor, me chama só de Theo.

Lá dentro, há uma mesa de madeira coberta por livros de amostra de tecidos. De uma parede decorada com ripas, pendem panos e ternos terminados. Há um par de poltronas vintage ao lado de um armário com portas de vidro e prateleiras repletas de abotoaduras, prendedores de gravata e gravatas em si. Tudo sem etiquetas de preço.

Sue coloca duas xícaras de porcelana com chá de matcha na nossa frente. Antes que eu possa dar um gole, um homem com sessenta e poucos anos, cabelo grisalho e uma fita métrica ao redor do pescoço aparece de uma escadaria nos fundos do estabelecimento.

— Ah, Theodore! Que maravilha te ver de novo. — Todo animado, o sujeito aperta nossas mãos. — Você... Qual é a expressão que vocês jovens usam mesmo? Me deixou no vácuo?

Theo dá uma risada.

— Aprendeu com a sua neta, sr. Kashimura?

O alfaiate fecha os olhos, o que faz suas pálpebras enrugarem.

— Foi. Minha Mika acabou de entrar no oitavo ano. — Ele passa a olhar para mim. — Você falou no telefone que precisa de dois ternos, um é pra você e o outro pro seu amigo?

— Esse é o Dylan — conta Theo. — Precisamos dos ternos pra esse fim de semana. Desculpa ter vindo tão em cima da hora. O senhor acha que dá pra dar um jeito?

— Dar um *jeito*? — Sr. Kashimura arqueia uma sobrancelha. — Um terno é mais do que alguns pedaços de tecido costurados. Cada peça é uma obra de arte. Assim como qualquer obra-prima, leva tempo. Queria que você não tivesse esperado até a última hora pra resolver algo tão importante.

Tenho plena certeza de que Theo tem um terno sob medida que os parentes nunca o viram usando... então minha falta de indumentários é que deve ser o motivo dessa visita de emergência até o estúdio do sr. Kashimura.

Theo dá um sorrisinho.

— Todo mundo sabe que uma roupa feita na pressa pelo senhor é melhor do que qualquer coisa que outra pessoa faça em seis semanas.

Sr. Kashimura me encara com um olhar alegre.

— Ah, esse seu amigo aqui é bom de lábia. Consegue se safar de qualquer coisa na base da conversa.

Algo nas palavras dele não me cai bem, mas não sei direito o quê.

— Mas é verdade — diz Theo. — E eu insisto que o senhor inclua uma taxa de urgência no preço.

Sr. Kashimura dá uma risada.

— Jamais. Quando vim pra Nova York e montei esse estúdio trinta anos atrás, seu pai foi um dos meus primeiros clientes. Ele apostou em mim... e desde então eu que fiz cada terno dele e seu. E falando nisso, como ele tá?

— Ótimo. — A resposta de Theo parece um tanto suspeita. — Foi muito elogiado pelo terno que o senhor fez pro casamento dele.

— Ah, fico feliz de saber! — Sr. Kashimura pega a fita métrica do pescoço. — Vamos tirar essas medidas?

Theo assente.

— Dylan, você primeiro.

Sue posiciona um banquinho de madeira no meio do recinto. Subo ali, me sentindo ridículo por meus tênis surrados e jeans desbotado.

— Você sabe o comprimento da sua perna, rapaz? — perguntou sr. Kashimura.

— Hum... M? Eu acho?

Sr. Kashimura troca um olhar entretido com Theo, que se aproxima sem pressa.

— Acho que grafite vai ficar incrível nele — comenta Theo. — Vamos de ombreiras mais discretas, lapelas altas e cintura só um pouquinho marcada.

Não faço ideia do que nada disso significa. Sr. Kashimura tira minhas medidas e as anota num caderno. Ele e Theo conversam a respeito dos detalhes do terno e, num determinado momento, Theo passa a mão pela minha coxa esquerda enquanto os dois debatem os prós e os contras de um corte mais *slim* ou tradicional.

Seu toque faz meu corpo inteiro formigar de um jeito que... de ambíguo não tem nada. É o pior momento possível para uma reação dessas.

— Vamos de corte reto — declara Theo.

Se esse garoto não tirar a mão da minha perna a última coisa que a frente dessa calça vai ficar é reta.

Felizmente sr. Kashimura faz um gesto com a mão para que eu desça do banquinho.

— O jovem aqui tem um par de sapatos sociais que combinem?

— Ainda bem que você falou — responde Theo. — Pode fazer tudo pra ele: sapatos de couro, camisa social, cinto e gravata.

Sue traz um aparelho para medir o tamanho do meu pé enquanto sr. Kashimura confere de novo as medidas de Theo e diz para pegarmos os ternos na sexta-feira antes da viagem.

Quando saímos do estúdio, a caminho do carro, ele estende o chaveiro pra mim.

— Quer pular pro banco do motorista dessa vez?

Encaro o emblema da Ferrari no chaveiro.

— Acho que não é uma boa ideia.

— Não se preocupa, você vai pegar o jeito. Só vai com calma no acelerador... é bem sensível e muda de marcha rápido. — Ele me dá uma piscadela. — Nada se compara à primeira vez.

O duplo sentido em tudo o que ele diz talvez fosse me deixar com tesão se eu não estivesse tão envergonhado com outra coisa.

— É que... hum... eu não tenho carteira de motorista.

— Ah. — Theo entende numa boa. — Você e metade de Nova York.

Dirigimos de volta para o Brooklyn, e ele para na frente do restaurante.

— São duas horas de viagem até os Hamptons se a gente não pegar engarrafamento. Te busco aqui às quatro da tarde na sexta?

— Claro. — Estendo a mão para a maçaneta da porta. — Vou fazer a mala na noite anterior porque aí dá pra sair quando eu chegar em casa da escola.

— Não esquece de levar a sunga — acrescenta Theo. — Se continuar calor assim, a gente pode ir nadar.

De repente, começo a rezar por um calor sufocante no fim de semana.

— Parece uma boa.

Na noite de quinta, estou sentado na cama com uma apostila de química e um marcador de texto, quando meu celular apita com um e-mail do sr. Wu, o organizador do concurso de bolos da lua.

Prezado Dylan Tang,

Ótimas notícias! Entre dezenas de inscritos, você e sua sous-chef, Jade Wong, foram selecionados para o Concurso de Bolos da Lua do Meio do Outono no estúdio culinário do famoso chef Lawrence Lim. Nosso objetivo é contar com participantes que estejam ativamente envolvidos na cena gastronômica local, e a sua experiência de trabalho no Guerreiros do Wok...

Sem nem bater na porta, Megan entra com tudo no meu quarto.

Levanto a cabeça.

— Adivinha. Fui selecionado pro concurso!

— Que bom! — Ela agarra meu telefone e lê o e-mail. — O Lawrence Lim é aquele gostoso do *Cozinha Fora da Caixinha*, né? Velho demais pra mim, mas já que a minha mãe vai ser a sua sous-chef... não seria doido se eles se apaixonassem durante a competição? Tipo uma comédia romântica, sabe? Isso sem mencionar que seria tudo de bom pro Guerreiros do Wok. A fila daria a volta na esquina! — Ela pula para o pé da minha cama. — Falando em romance... já fez a mala pro seu encontro de final de semana com o Theo?

— Não. E não é um encontro...

— Aham, sei. Porque aparecer na escola e te catar na Ferrari dele é bem coisa de amigo. — Ela revira os olhos. — Você não faz ideia de como é sortudo. Vou fazer dezessete anos daqui a uns meses, mas a minha mãe se recusa a me deixar dormir na casa da Hannah porque ela tem dois irmãos mais velhos que moram lá. Dá pra acreditar numa coisa dessa? E ainda assim ela não liga de te deixar passar o fim de semana nos Hamptons com o cara que tá te fazendo subir pelas paredes, e provavelmente vai ter... olha que surpresa... só uma cama pra vocês dois, né?

Eu nem tinha pensado nisso. Humm.

— Talvez porque seja bem pouco provável que eu engravide?

— Que hipocrisia ridícula. — Megan senta sobre a cama de pernas cruzadas e inclina a cabeça para o lado. — Então... essa festa é a primeira vez que você vai conhecer a família do Theo, né? Já descobriu como vai fazer pra deixar eles comendo na sua mão com todo o seu charme de classe média, que nem a Rachel em *Asiáticos Podres de Ricos*?

Solto um arzinho pelo nariz.

— Eles deixaram um peixe morto na cama dela com sangue e tripas pra tudo que é canto. E tudo o que o namorado dela foi capaz de falar foi "fizeram só isso?". Isso que é manipulação.

— O Theo deixou o senhor ALÉRGICO A IMBECIS com o rabinho entre as pernas, não deixou? Aposto que vai acabar com qualquer um que tente fazer algum comentário sarcástico sobre você. Olha, eu quero todos os detalhes quando você chegar lá. E muitas fotos.

— Certeza que posso mandar umas fotos bem lindas do pôr do sol.

— Muito engraçado. Tô falando sério. Acho bom que eu consiga viver cada detalhe por você. — Ela fecha a cara. — E se algum dos parentes do Theo começarem a te encher o saco, me avisa.

Ergo uma sobrancelha, entretido.

— E você vai... fazer o quê, exatamente?

— Vou pensar em alguma coisa. Tenho quase certeza de que o Chung tem algumas conexões com a tríade lá de Hong Kong. — Megan se levanta. — Hora de ir. Tenho que entrar no site dos ingressos e mofar lá antes que todo mundo faça aquela bosta cair.

Ela não para de falar do Blackpink desde que a turnê nos EUA foi anunciada.

— As vendas começam hoje à noite? — pergunto.

— Aham. Se eu não conseguir comprar direitinho, não vou ter grana pra comprar dos cambistas.

— O mercado clandestino? — digo, brincando. — Será que depois você devia não tentar no mercado coreano, não?

Um namorado para viagem

— Idiota.

Megan caminha até a porta.

Fecho a apostila e vou até o guarda-roupa. Talvez a razão de estar postergando fazer as malas para a viagem seja porque eu sei que basicamente nada do que tenho é bom o bastante. O terno está resolvido, mas e o resto das roupas? Nenhuma tem uma logo reluzente de grife. Minhas melhores calças são um jeans da Levi's e uma de sarja da Uniqlo.

Coloco minha única camisa social e algumas camisetas polo na mochila. Odeio vestir camisa no calor, mas ficar deslocado porque não estou vestido à altura da ocasião em algum resort chique vai ser bem mais desconfortável do que um colarinho todo suado.

Tem outra coisa me incomodando. Quando perguntei o porquê de não levar Adrian como acompanhante, Theo falou que Adrian já tinha outros planos. Nem tentou fingir que eu era sua primeira escolha. Theo afirma que já não há mais nada rolando entre os dois... mas Adrian tem seu próprio toque de chamada, e Theo não vê problema algum em ficar quase pelado perto dele. Até mesmo seus parentes os viram se beijando no Natal. Quando eu aparecer com Theo, vão me comparar com Adrian... e nem precisa se esforçar muito para deduzir quem se encaixa melhor naquela realidade rica e luxuosa.

Tia Jade perguntou se há alguma coisa me impedindo de me apaixonar por Theo. O sorriso dele tem a capacidade de iluminar meu dia inteiro, mas é aí que está o problema... para ele, parece tão fácil quanto ligar um interruptor.

Esse seu amigo aqui é bom de lábia. Consegue se safar de qualquer coisa na base da conversa.

Não sei ao certo o motivo das palavras do sr. Kashimura terem me incomodado, mas esse desconforto só piorou. Porque quando Theo desligar o interruptor, vou ter que encarar a verdade de que... o sentimento cada vez mais forte que tenho por ele pode ser a única coisa real que existe entre nós.

Capítulo oito

— **Dylan!** — chama tia Jade lá debaixo. — O Theo chegou.
Estou na frente do espelho da minha cômoda tentando arrumar o cabelo, que está comprido demais e perdeu o corte. Eu deveria ter ido no cabeleireiro essa semana, mas não deu tempo.
— Tô indo! — Agarro a mochila, corro pelas escadas e... paro com tudo.
Theo está no meio do restaurante, vestindo uma calça cáqui e uma camisa branca da Lacoste com o ícone do crocodilo no lado esquerdo do peito. As mangas estão dobradas, e os óculos de sol estilo aviador encaixados no topo da cabeça. Ele é tão gato que os meus neurônios perdem o rumo por um longo instante.
— Você chegou — digo surpreso, de um jeito estúpido.
Tim ri.
— A minha mãe acabou de dizer exatamente isso.
Tento não ficar parecendo um peixinho-dourado fora d'água que acabou de ser colocado de volta no aquário.
— Pensei que ela quisesse dizer que ele tava esperando lá fora. No carro.
— Quis entrar e dar um oi pra sua tia — explica Theo. — É a primeira vez que encontro ela pessoalmente.
— Como eu falei, um cavalheiro com C maiúsculo — comenta tia Jade. Ela dá um sorriso enorme quando vê minha camiseta polo e calça de sarja. — Você tá tão bonito!

Fico vermelho. Theo está *bem ali*.

Megan se mete.

— Eles vão pros Hamptons, mãe, e não Coney Island.

Tia Jade estala os dedos.

— Pegou protetor solar?

— Aham, peguei. — Abraço-a com um braço só. — A gente se vê no domingo.

Ela me dá um beijinho na bochecha.

— Se divirtam, meninos.

— Manda fotos! — grita Megan enquanto Theo e eu vamos para a rua.

Ele abre o porta-malas, que fica escondido atrás do teto recolhido. Dentro há um monte de capas protetoras para roupa, caixas de sapatos e uma enorme mala de mão. Só para um fim de semana. Não consigo nem imaginar o que ele deve levar para uma viagem de duas semanas. Jogo minha mochila ao lado da mala e entro no carro. Tia Jade, Megan e Tim continuam acenando para nós pela vitrine.

Theo dá uma risadinha.

— Parece até que você tá se mudando pra faculdade.

— Não precisava ter estacionado e entrado só pra conhecer minha tia — digo.

— O Bernard diz que é grosseria buscar alguém sem parar um minutinho pra cumprimentar os responsáveis da pessoa. — Ele para e pensa. — Será que eu devia ter trazido um presente pra sua tia também? É assim que funciona?

— Não, com certeza não — garanto. — A cultura chinesa tem um monte de tabus com presentes, então é melhor aparecer com uma mão na frente e outra atrás do que com um presente errado. Um ministro britânico cometeu uma gafe enorme uma vez quando levou um relógio de pulso pro prefeito de Taipei.

— É mau agouro ou algo assim?

Assinto.

— A frase em mandariam pra quando se dá qualquer tipo de relógio, sòng zhōng, é igual ao que se diz em funerais, o que dá a entender que você quer que a outra pessoa morra. O que provavelmente não era a mensagem que o ministro quis passar.

Theo ri.

— Nossa. Mais alguma coisa que eu deva saber?

— Humm. Tia Jade diz que cestas de fruta são uma boa contanto que não tenha peras... "dividir uma pera" em mandarim tem a mesma pronúncia de "cada um para seu rumo". E nunca dê nada em múltiplos de quatro, porque "quatro" e "morte" soam parecidos.

— Acho que vou continuar no meu lance de dar uma garrafa de vinho. — Theo liga o carro. — Não tem problema, né?

— Não. Você vai ganhar muitos pontos se levar um Moscato pra minha tia. Ela iria adorar.

Me recosto no descanso de couro conforme entramos na rua movimentada adiante. Cabeças continuam se virando em nossa direção por qualquer lugar em que passamos, mas estou me acostumando com a velocidade, a adrenalina e o poder da máquina em que estamos viajando. Não sou assim — normalmente estou é correndo para não perder o trem —, mas aí é que está: não é para eu ser como sou nesse fim de semana. Devo ser o tipo de cara que Theo Somers levaria para apresentar à família.

— Como você quer que eu me comporte na frente dos seus parentes? — pergunto, já que o "guia de namoro de mentirinha" não estava na lista de leituras do meu último ano do ensino médio.

Theo dá de ombros.

— Agimos como casal quando eles estiverem por perto. Quando estivermos sozinhos, aí é só sermos nós mesmo. Se você não tiver certeza do que fazer, segue a minha deixa.

Não é lá de muita ajuda, já que não chegamos a definir o que "nós" somos. E agora que sou o namorado de mentira dele, vai ser ainda mais difícil de a gente se pegar... quer dizer, conversar para entender a situação.

— Relaxa — diz Theo. Parece até que pressentiu o que estava se passando pela minha cabeça. — Vamos pros Hamptons. Talvez você até se divirta um pouco.

— E o seu pai? Como ele vai reagir?

Theo meneia a cabeça.

— Ele não vai no casamento. Tá viajando a trabalho, como sempre.

Apesar de ter comprado um terno sob medida para mim, Theo não parece tão nervoso assim com a impressão de que vou passar para sua família. Tento parar de me preocupar. Afinal de contas, nunca mais vou vê-los depois desse fim de semana.

Quando saímos do Brooklyn e pegamos a via expressa de Long Island rumo ao leste, Theo liga a música. É difícil conversar com o teto recolhido e o vento açoitando nossos rostos. A playlist dele conta com uma bela mistura de artistas, como Taylor Swift, Sam Smith, Cardi B, Olivia Rodrigo e BTS. Megan com certeza aprovaria.

Quando uma música de Two Steps From Hell começa, não consigo evitar e ergo uma sobrancelha.

— É sério?

— Você não gosta de épico instrumental? Tem música deles na trilha sonora de um monte de filmes.

— Eu amo. É só que a maioria das pessoas coloca Two Steps from Hell pra imaginar que o Honda velho que tão dirigindo é uma Ferrari.

Theo dá um sorrisinho e aumenta para o último volume.

A última vez visitei os Hamptons foi no verão de uns três anos atrás. Minha mãe queria fazer uma viagem curta antes que eu começasse o ensino médio, e a gente se espremeu num carro alugado com Clover e passamos alguns dias lá. Ficamos num hotel da rede B&B que aceitava animais no leste da cidade, de onde era possível caminhar até a avenida principal e a praia.

A proprietária, Barbara, era uma antiga colega de trabalho de minha mãe e nos deu um desconto. Naquela época, estávamos servindo de lar temporário para Clover, e ela ainda era meio arisca e inquieta. Mas, lá na praia... algo mudou. Ela floresceu e se transformou num cachorro diferente. Minha mãe e eu olhamos reluzindo um para o outro enquanto ela corria em círculos sobre a areia branca e macia. Foi então que soubemos que queríamos ser a família dela para sempre.

Theo passa pela avenida principal e continua no sentido norte. Barbara nos contou que a estrada leva à ponta da baía no extremo norte, onde um conjunto de bangalôs privativos e casas de luxo têm uma praia particular.

Theo faz um gesto quando passamos por uma placa que diz THE SPRINGS.

— O que você acha do Jackson Pollock?

O nome não me é estranho, mas eu não tenho certeza de quem esse sujeito era.

— O Pollock morava em Springs — explica Theo, num tom que parece entusiasmado. — O expressionismo abstrato começou em Nova York, e ele foi um dos artistas pioneiros. O estúdio dele ficava num barracão que antigamente servia de depósito pra equipamento de pesca, e a casa dele agora é um museu. Quer dar uma olhada enquanto a gente estiver aqui?

— Aham, com certeza.

Não faço a mínima ideia do que expressionismo abstrato seja. Faço parte de um limbo esquisito, já que não me interesso nem por arte e nem por esportes. Não sei qual peça recebeu mais prêmios Tony esse ano, e não tenho a menor noção de que time chegou mais vezes ao Super Bowl. Mas consigo dizer a raça ou a mistura de quase qualquer cachorro, ou se um ovo está realmente fresco só de segurá-lo.

Chegamos ao portão principal de uma ampla vila. Theo mostra o convite, e então os funcionários o cumprimentam e acenam para que passe. Há casas de hóspedes espalhadas pelo complexo, e a construção principal é uma mansão rural de três andares com teto inclinado e mosaico de pedras nas paredes. É tão pomposa e luxuosa quanto a de Theo, e deve ser por isso que ele nem parece surpreso.

Theo para na entrada coberta em frente ao saguão. Um porteiro ajuda com nossa bagagem. Theo entrega o chaveiro para um jovem manobrista junto com uma gorjeta. Fico ali parado, sem saber direito o que fazer. Não estou acostumado a ter pessoas me servindo.

Um grito estridente ressoa.

— Theo?

Uma mulher loira em saltos agulha vem caminhando ligeira em nossa direção. Ela está elegante, num vestido envelope com mangas bufantes e um brinco de pérolas que devem ter sido arrancadas de um par de ostras tamanho Godzilla. A única coisa que não combina com o restante de sua aparência é o cenho franzido entre as sobrancelhas perfeitas. Será que minha camiseta polo e calça de sarja não são boas o bastante para ela?

— O que você tá fazendo aqui? — vocifera a mulher.

Percebo que está falando com Theo, e não comigo.

— Oi, tia Lucia. — Theo dá um sorriso tranquilo. — Seria muita grosseria da minha parte perder o grande dia da Nora.

Lucia cruza os braços.

— Desculpa te decepcionar, mas a vila tá toda lotada. Não nos preparamos pra convidados inesperados.

Espera aí... como é que é?

Pleno, Theo ergue o convite.

— Então não era pra eu ter recebido um desse?

Lucia encara o cartão. O choque se transforma em irritação.

— Imagino que deve ser isso que a Terri considera uma pegadinha — exclama ela, brava.

Eita, porra... o Theo não foi nem *convidado*?

— Falando na Terri, ela acabou de fazer vinte e um anos mês passado, não foi? — Theo está com um brilho no olhar. — Não tenho idade pra beber, mas pelo bem de todo mundo, tomara que não falte bebida no casamento por causa dela.

Lucia tensiona a mandíbula. Ela não me olha nem uma única vez. Pensei que tivesse me julgado pelas minhas roupas, mas... eu sou invisível para essa mulher. Que nem um fantasma.

— Theo? — chama outra voz feminina. — Não acredito! É você?

Ah, que beleza. Me preparo para outro massacre de parentes hostis quando duas mulheres de idades parecidas com a de tia Jade (uma negra e outra branca) vêm apressadas em nossa direção. Estão usando terninhos que combinam um com o outro.

— Que maravilha te ver, Theo. — As mulheres o abraçam. — Faz tempo demais! Quando foi a última vez? Há dois anos?

A mulher branca se vira para mim com um sorriso tão reluzente quanto seu cabelo ruivo cacheado.

— E quem é esse gatinho aqui?

— Tia Catherine, tia Malia... esse é o Dylan. — Theo pega minha mão, e eu quase tenho um treco. — Meu namorado.

— Ah! Que prazer te conhecer, Dylan. — Caso Catherine tenha percebido que estou com cara de quem levou um choque de um desfibrilador, ela não demonstra.

As tranças de Malia estão amarradas com um lenço de seda estampado.

— Sabia que foi o Theo que levou as alianças no nosso casamento? Ele tinha quatro aninhos.

— Não sabia. — Mais um dos *muitos* detalhes que Theo convenientemente deixou de mencionar. — Não vejo a hora de ele me contar tudo.

— Fiquei tão feliz por você ter convidado ele — fala Catherine para Lucia, enquanto aperta-lhe a mão. — O que quer que esteja acontecendo entre você e o Malcolm não tem nada a ver com o filho dele.

Por sua expressão, daria para dizer que Lucia levou um jato de nitrogênio líquido no rosto.

Um namorado para viagem 75

Theo dá uma risadinha sarcástica.

— Sendo bem sincero, tia Catherine, não tô na lista oficial de convidados. Mas senti muita saudade de todo mundo e queria parabenizar a Nora e o Angelo em pessoa. Infelizmente, tia Lucia acabou de nos contar que não tem nenhum quarto sobrando.

— Mas que coisa! — exclama Catherine, enquanto Malia parece ficar desconcertada. — Não tem nenhum quartinho extra nesse lugar inteiro? Por que é que vocês não ficam com a gente?

— Ah, não, não podemos aceitar — diz Theo. — Devo uma desculpa pra tia Lucia por ter chegado de supetão no casamento. Deve ser um estresse ter convidados inesperados aparecendo assim. O Dylan e eu vamos pegar um hotel na cidade...

— Theo, você é igualzinho ao seu pai mesmo, nunca deixa eu terminar de falar — se intromete Lucia e coloca as mãos na cintura. — Não tem mais quartos com vista pra piscina, mas com certeza podemos mandar arrumar um dos outros quartos pra você e pro seu acompanhante. — Ela solta uma risada perfeitamente calculada. — Que absurdo sugerir que eu deixaria meu próprio sobrinho ir pra um hotel na cidade! Certeza que a Nora vai ficar comovida por você ter se esforçado tanto pra nos fazer essa... surpresa.

— Ótimo! — conclui Catherine. — Agora, caso isso esteja resolvido, a gente tá indo pro bar. Muito tempo na estrada pra vir lá de Boston, e teve um engavetamento terrível na rodovia interestadual...

— Como eu falei, a gente devia ter pegado a balsa de Cross Sound — argumenta Malia.

— Depois que ficamos presas por duas horas naquela balsa meio afundada entre Montego Bay e Ocho Rios, prefiro meios de transporte em que não haja chance do oceano se meter. — Catherine se vira para Theo. — Aí vai um conselho, carinha. Quando estiver com dúvida, escuta o seu companheiro. Se o plano dele não funcionar, pelo menos depois você não vai ouvir um "*eu te falei*".

Malia dá uma cotovelada de brincadeirinha nela, e as duas riem enquanto partem de braços dados.

Assim que saem de nosso campo de visão, a atitude efusiva de Lucia desaparece. É óbvio que nos dar um quarto é a última coisa que essa mulher quer fazer. Ela faz um gesto para o concierge, que está esperando com uma prancheta.

— Os empregados vão levar vocês pro quarto. — Seu timbre é como um iogurte azedo. — Fiquem à vontade pra usar a praia particular.

Theo lhe oferece um sorriso largo.

— Muito bom te ver de novo, tia Lucia. — Ele não solta minha mão. — Mal posso esperar pra colocar o papo em dia com todo mundo.

Bom, eu posso... ainda mais depois de descobrir que os noivos nem nos convidaram. Pelo rosto de Lucia, essa deve ser a única coisa em que ela e eu concordamos.

Capítulo nove

Cada casa de convidados na vila é dividida em suítes privativas. O concierge abre a porta da nossa e entrega os cartões-chave.

Entro na suíte, que é de conceito aberto. A cama com dossel é tão grande que, se dormirmos cada um de um lado, vai ser como se estivéssemos em colchões separados. Há uma TV gigantesca na parede, assim como um closet, um divã de veludo e um espelho de corpo inteiro com moldura em rose gold. A jacuzzi fica lá fora, na sacada... mas não é isso que me chama a atenção.

No meio do quarto há um chuveiro cascata. Cercado por painéis de vidro transparente. Que não são nem ao menos fumê.

Sinto um nó na garganta. Dividir uma cama grande é uma coisa — Megan vai amar esse detalhe —, mas eu não esperava que fosse ver Theo tomando banho. O turbilhão é logo afogado quando me dou conta de que *eu* vou ter que tomar banho na frente *dele*.

Mando esse pensamento para longe. Mais tarde me preocupo com isso.

Enquanto Theo dá uma gorjeta para o concierge e fecha a porta, me viro para ele.

— Quer me contar o que é que tá acontecendo? Talvez seja uma boa começar pela parte em que você nem devia tá aqui. Você falsificou o convite também?

— Não, o convite é de verdade... a tia Lucia só não sabia que eu tinha sido convidado. — Sua voz soa irônica. — Pode ser que eu tenha esquecido de mencionar que ela e o meu pai estão numa rinha que envolve um processo bilionário. A revista *The Economist* soltou uma reportagem umas semanas atrás com todos os detalhes sórdidos. É por isso que meu pai e eu não estamos na lista de convidados.

— Então você decidiu invadir o casamento só pra se vingar da sua tia?

— Minha tia não é o alvo. É o meu pai.

Pisco.

— Seu pai? Mas você falou que ele não vem.

— E me proibiu de ir em qualquer evento da família depois que a maioria ficou do lado da minha tia. Quando ele descobrir que tô aqui, vai surtar.

Alarmes deveriam ter soado quando Theo contou que era um casamento da família dele. *Asiáticos Podres de Ricos* deixou uma coisa evidente: gente rica pode ser... maluca. Minha mãe dizia que quem não quer virar comida de tubarão não deve entrar na água. Mas agora é tarde demais.

Eu o encaro com um olhar firme.

— Concordei em ser seu namorado de mentirinha, Theo, e não cúmplice em algum plano diabólico pra estragar o grande dia da sua prima!

Ele meneia a cabeça.

— Vou invadir o casamento pra irritar o meu pai, mas não tenho a menor intenção de estragar a festa da Nora.

— A maioria do pessoal da nossa idade quando quer irritar os pais chega tarde em casa, estraga o carro, mata aula... coisas assim. — Minha risada de desprezo sai um pouco mais alta do que o esperado. — E não dão as caras num casamento gigantesco e extravagante da família pro qual nem foi convidado.

Theo dá de ombros.

— Eu nunca tive horário pra voltar pra casa. Gosto do meu carro e amo minha média alta na escola. — Uma sombra atravessa seu rosto. — Fazer coisa idiota e estragar o futuro só funciona com pais que se preocupam com os filhos.

Tirando escorregar pelo corrimão, manter distância dos parentes (e principalmente de Lucia) é a única regra com que o pai de Theo ainda se importa. E Theo está determinado a desrespeitá-la do jeito mais espetacular possível. Será que ele faria uma coisa dessas se sua mãe ainda estivesse viva?

— E a sua prima Terri? — pergunto. — Você foi bem debochado com a Lucia falando do problema com bebida dela. Ela é a próxima na lista de pessoas que você tá tentando tirar do sério?

A expressão de Theo fica ainda mais sombria.

— Se você quer saber, ela ficou muito bêbada numa festa de fraternidade ano passado, na Columbia, e bateu a Mercedes dela. O nível de álcool no sangue dela tava duas vezes acima do limite. Ela podia ter matado alguém.

A mãe de Theo morreu num acidente de carro. Não tinha sido um motorista embriagado, mas o que aconteceu com sua prima deve ter cutucado aquela ferida. Deixo essa discussão para lá, mas me dou conta de outra coisa.

— Se você não foi convidado, então não precisava de um acompanhante. — Semicerro os olhos. — Por que me arrastou pra cá?? Seu pai vai ficar ainda mais furioso porque você trouxe um cara qualquer de classe média que trabalha no restaurante da tia e entrega comida de bicicleta? Foi por isso que você me convidou em vez do Adrian?

Theo franze a testa.

— Claro que não...

— Theodore Oliver Somers! — chama uma voz feminina impaciente do lado de fora, seguida por algumas batidas altas à porta. — Eu sei que você tá aí! Você tem muita coisa pra explicar!

Fico tenso quando Theo abre a porta. Há uma jovem num esvoaçante vestido floral parada ali, com o cabelo loiro-acobreado num coque bagunçado, mas estiloso. Seu cenho franzido e braços cruzados me fazem lembrar de Lucia.

— Você aparece com seu namorado novo e eu fico sabendo pela minha mãe? — Ela entra e cutuca o ombro de Theo. Os dedos com unha feita estão decorados com borboletas em 3D. — Por que não me contou?

— Eu queria que fosse surpresa, esquila — responde Theo. — Dylan, essa é a minha prima, Terri.

— Oi, Dylan! — Terri se ilumina e me dá um abraço. — O Theo não me contou absolutamente *nada* sobre você... o que significa que você deve ser especial, já que ele sempre guarda os melhores segredos só pra ele.

Theo resmunga.

— Para, Terri. Tô ficando com dor de dente de tanta melação.

Terri ri.

— A minha mãe ficou *puta* por eu ter te convidado. Gritou falando que eu tô tentando ofuscar o casamento da minha própria irmã. Mas sério, tô muito feliz que você veio! Ser um peão solitário que é empurrado pra lá e pra cá no tabuleiro à serviço da rainha é exaustivo.

— Sério? A Nora não me parece aquelas noivas malucas — diz Theo.

— Tô falando da minha mãe. A Nora já tá ficando de saco cheio também. Umas noites atrás peguei ela preparando iogurte às três da manhã quando fui na cozinha fazer cupcake de tão estressada que eu tava. Juro por Deus que se eu sobreviver a essa festa e encontrar alguém que queira casar comigo, a gente vai é fugir..

Theo parece preocupado.

— Tem certeza de que você tá bem?

— Claro. Por que não estaria? — Terri dá de ombros. — Tá bom, hoje à noite vou ficar presa no ensaio, o que pode demorar uma eternidade já que a minha mãe provavelmente vai querer repassar a programação pelo menos umas vinte vezes. Nossa fotógrafa, a Georgina Kim... que é a Annie Leibovitz dos casamentos de celebridades coreanas... quer começar a tirar as fotos das

Um namorado para viagem

madrinhas e dos padrinhos mais cedo amanhã, logo depois do brunch. As fotos da família vão ficar pra depois da cerimônia... Bem, você não tá na lista, né, mas devia aparecer do mesmo jeito.

Theo dá uma risadinha.

— Sua mãe nunca vai me perdoar se eu for imortalizado no álbum.

Terri confere a hora.

— Droga, tenho que ir. A Nora não vai começar o ensaio sem mim. Beverly, a nossa rainha fofoqueira da casa, vai acabar espalhando um boato de que eu tava ocupada pegando um garçom gatinho ou algo assim. — Ela olha para mim. — Nós três *precisamos* achar um tempo pra gente fazer alguma coisa nesse fim de semana. Quero ouvir tim-tim por tim-tim de como você roubou o coração do meu primo favorito.

— Pega leve — fala Theo, com a voz amena. — Não quero que você assuste ele.

— Que nada, tenho certeza de que qualquer cara que consiga lidar contigo sabe se cuidar. — Terri dá uma olhada nas pétalas de rosa espalhadas sobre os lençóis. — E falando nisso... A Nora ficou com a suíte de lua de mel, mas pelo visto vocês ficaram com o quarto mais sexy. Inclusive, tem camisinha na gaveta da cômoda.

Meu rosto pega fogo. Theo parece gostar.

— Que lembrancinha de casamento mais bem pensada.

Terri dá uma piscadela.

— Queremos garantir que nossos convidados tenham uma estadia maravilhosa.

Depois que ela se vai, me viro para Theo.

— Era dessa prima que você tava falando mal hoje mais cedo?

Theo assente.

— Mas eu não tava fazendo piada com o problema dela com bebida. O cutucão era pra mãe dela. Se a tia Lucia não estivesse tão obcecada em fazer as filhas parecerem perfeitas naquela época e deixado as duas serem caóticas e elas mesmas, talvez a Terri não tivesse acabado assim. Pelo menos o promotor aceitou arquivar as acusações se ela fosse pra reabilitação. Senão a infração por ter dirigido bêbada ficaria na ficha dela pro resto da vida.

— A Terri também acha que a gente é um casal de verdade? Ela não sabe que é de mentira?

— Eu vou contar depois do fim de semana. Ela já tá com muita coisa na cabeça agora. — Theo se mostra empático e parece estar com remorso. — Olha, desculpa não ter contado que a gente ia invadir o casamento logo de cara. Sou duro na queda, óbvio, mas devia ter pensado em como você poderia se sentir desconfortável. Se não quiser mesmo ficar, eu posso te levar embora.

— Mas a gente acabou de chegar. — Inclino a cabeça para o lado. — O que todo mundo vai dizer se descobrirem que o seu namorado te abandonou antes do casamento?

Theo faz uma cara de coitadinho.

— Acho que eu iria ter que arranjar algum barman gato no East Hampton no caminho de volta e pagar pra ele aparecer amanhã no seu lugar.

— Bom saber que eu sou completamente substituível.

— Se você quer saber a verdade... — Theo estende o braço para pegar minha mão e me puxa para mais perto. — Eu preferiria mil vezes ficar contigo.

Inspiro bruscamente. Muito inteligente da parte dele: primeiro, frita meu cérebro e desativa minhas funções executivas com seu toque, e, depois, acrescenta um pouquinho de bajulação para deixar o negócio mais interessante. Continuo irritado por ele não ter contado que entraríamos de penetra. Terri o convidou, mas, tecnicamente, ela não tem autoridade para fazer uma coisa dessas, e não avisou ninguém. Mas acontece que não posso deixá-lo desamparado, não depois de ele ter sido a luz no fim do túnel de que nosso restaurante precisava. Eu lhe devo esse favor. As circunstâncias não importam, né?

Puxo a mão de volta.

— Beleza. Eu concordei em ser seu namorado de mentirinha. Vou manter minha parte do acordo. — Paro por um instante. — Como foi que o seu pai e a sua tia acabaram brigando no tribunal? Os dois sempre foram rivais?

Theo meneia a cabeça.

— Quando eram crianças, eram os mais próximos dos quatro irmãos. Eles têm só um ano de diferença, tipo você e a Megan. Se davam tão bem que meu avô deixou com os dois o controle da maior empresa antes de morrer. Mas minha tia tava mais interessada na vida de socialite do que em administrar um negócio, e meu pai ficou com rancor de ter que tapar todos os buracos sozinho. Uns anos atrás, ela descobriu que o meu pai andava direcionando ideias e desviando funcionários da empresa pra uma nova empreitada dele.

— Pelo visto ela não engoliu muito bem.

— Rolou uma briga terrível, e ela entrou com um processo por indenização contra ele. — A voz de Theo soa séria. — Mas não era o dinheiro que ela queria. Minha tia ficou magoada e com raiva por ele ter feito tudo escondido. A família inteira sabe que o que mais importa pro meu pai é a reputação. O processo foi o maior tapa na cara que ela podia dar nele.

E agora, ao aparecer neste casamento, Theo está fazendo a mesma coisa. A pergunta é a seguinte: o que foi que o pai dele fez para deixá-lo tão magoado e irritado a ponto de querer se vingar assim?

Theo pega uma jaqueta.

— Vem, o jantar é por minha conta. Prometo que não vou reclamar se você der em cima do garçom.

Ninguém que conhecemos até agora, nem mesmo Terri, perguntou a respeito da minha família. Todos parecem deduzir que também venho de uma origem abastada... porque quem mais Theo Somers namoraria? Partindo do histórico dele, não é de se esperar nada menos do que um arrogante mimado como Adrian.

— A Terri não é a única pessoa que vai ficar curiosa pra saber como a gente se conheceu — digo. — Não tenho vergonha da minha família ter um restaurante de delivery, mas tem certeza que você quer que a sua saiba disso? Ainda mais que não temos nenhuma estrela Michelin, sabe?

— Você é meu namorado de mentira, mas eu nunca esperei que você viesse com uma identidade falsa — respondeu Theo. — De qualquer jeito, não acho que essa história iria se sustentar.

Cruzo os braços.

— Como assim?

— Você me olhou como se achasse que Jackson Pollock fosse algum tipo de peixe do Atlântico.

Ops.

— Ah, hum... é que não tem aula de história da arte na minha escola.

— E é por isso que você tem que ser você mesmo. Não se preocupa com os meus parentes. Meu pai é a ovelha desgarrada, e eu infelizmente sou o cordeirinho biológico dele, mas ninguém vai te incomodar.

— Como é que você pode ter certeza?

Ele dá um sorrisão que chega a ser irritante.

— Porque eu não vou deixar.

Capítulo dez

Theo e eu dirigimos até o East Hampton para jantar. A avenida principal está lotada de turistas, e as filas para entrar nos estabelecimentos já começaram a se formar.

— O que você prefere? — pergunta Theo.

— Por mim, tanto faz. — Minha família raramente sai para comer (sempre sobra muita coisa) e, quando saímos, Megan quase sempre escolhe comida japonesa. — Você decide.

Espero que ele entre em um daqueles restaurantes chiques e de luxo, mas passamos por esses e ele acaba escolhendo uma hamburgueria. A atmosfera é descontraída e tranquila, e nos sentamos em uma mesa ao ar livre. Escolho um frango grelhado temperado com lemon pepper com salada e batatas fritas onduladas. Theo escolhe um hambúrguer de carne black angus com bacon agridoce defumado num pão brioche.

O pedido me faz lembrar que Clover sempre ganha um petisco sabor bacon nas sextas-feiras. Não sei ao certo se cachorros entendem o conceito de dias da semana, mas não quero que pense que eu a esqueci.

Quando Theo se levanta para ir pedir, mando uma mensagem para Megan:

Me ajuda? Dá um petisco sabor bacon pra Clover?

Dou uma olhada em Theo para garantir que ele está no balcão antes de começar a pesquisar o sobrenome dele. Algo que eu deveria ter feito *antes* de concordar em vir para os Hamptons como seu namorado de mentirinha.

O Google me revela que Malcolm H. Somers é o diretor-executivo da Somers Technology, uma empresa de semicondutores que faz parte do top 500 da revista *Fortune*, que conta com a Intel e a Qualcomm como maiores rivais. Seu segundo casamento, com Natalie Cruz (herdeira de uma das dez principais empresas de tecnologia do Vale do Silício), virou notícia nacional no verão passado, junto com a mansão de vinte milhões de dólares em Long Island projetada pelo arquiteto Moshe Safdie. As notícias mais recentes estão dominadas pela atual ação judicial que envolve sua irmã, a socialite Lucia Leyland-Somers, com manchetes como *O Embate dos Somers* e *Framing Britney Spears – Brigas de Família no Mundo Corporativo*.

— Dica de profissional: coloca meu nome também pra limitar o que aparece — diz a voz de Theo de trás do meu ombro. — Ou vai aparecer um monte de coisa chata do meu pai.

Baixo o celular em um movimento rápido.

— Eu não tava te pesquisando.

— Certeza? — O quadril de Theo esbarra no meu ombro enquanto ele pousa o número do pedido na mesa. — Pode ser que você ache uma foto que não me valoriza em nada do quarto ano enterrada nos resultados.

Em vez de se sentar na minha frente, ele escolhe a cadeira ao meu lado. Meu sensor de proximidade dispara.

— O que você tá fazendo?

— Pensei que a gente podia fazer um exercício de atuação enquanto a comida não vem. — Theo me encara como se eu fosse a única pessoa aqui. — Vai ser um bom treino pra amanhã.

Ele não sabe, mas, na verdade, "namorar de mentirinha" tem um significado diferente para mim: parar de tentar fingir que *não* estou caidinho por Theo e começar a agir de acordo com a realidade. O que é bem mais difícil do que deveria ser.

Theo se inclina para mais perto. Ele roça os lábios contra o lóbulo da minha orelha, o que me deixa com um frio insano na barriga.

— Olha, se você não consegue fingir que tá atraído por mim, então dá pra pelo menos não fazer parecer que eu tô segurando uma faca na sua coxa por baixo da mesa?

Engulo em seco.

— Desculpa. Sou péssimo niss…

— Theo? É você?

Theo se afasta quando um homem branco e magro se aproxima de nossa mesa. Ele exibe o tipo de barba que só fica bonita se a pessoa é Michael Fassbender. Ao lado do sujeito, há uma mulher indiana segurando um bebê e uma bolsa da Hermès de um jeito que mostre a logo da marca. Os outros quatro filhos do casal correm em círculos ao redor dos dois.

— Oi, tio Herbert e tia Jacintha.

Theo se levanta e os dá um aperto de mão em vez de abraçá-los, como fez com Catherine e Malia.

— A gente anda acompanhando as notícias do processo — diz Herbert. — A Catherine e eu torcemos pra que Lucia e seu pai tivessem resolvido o problema fora da justiça antes do casamento. Obviamente não aconteceu, mas que bom que você foi convidado mesmo assim.

Resisto ao impulso de revirar os olhos. Theo dá um sorrisinho sereno para a neném.

— Ela é uma gracinha. Qual é o nome?

— Asha — responde Jacintha. — Significa "esperança" em híndi. Quer pegar no colo?

Theo assume uma expressão hilária quando ela empurra a pequena para seus braços. Nunca o vi tão desconfortável. Parece até que a mulher passou uma bomba para ele. Asha se remexe e começa a chorar. Ligeiro, Theo a devolve para a mãe.

Contenho um sorriso. Pelo visto, ele só manda bem com crianças com mais de dez anos que sabem tocar violino.

— Você viu a Terri? — pergunta Herbert. — Ouvi dizer que ela é madrinha. Como ela tá?

— Tá bem — responde Theo. — Ela passou no nosso quarto enquanto ia pro ensaio pra conhecer o Dylan, o meu acompanhante.

— Ah, seu acompanhante! — Herbert parece que acabou de perceber minha existência. — Vocês estudam juntos?

Dou uma olhada para Theo.

— Não, a gente se conheceu quando eu fui no delivery da tia dele — diz Theo. — O melhor xiao long bao é o de lá. Vocês deviam experimentar quando passarem pelo Sunset Park. O nome é Guerreiros do Wok.

Herbert assente.

— Tenho muitos clientes de fundos de investimento que são da China também.

— A minha família é da Singapura — corrijo-o. — Fica a seis horas de avião de Pequim.

— Ah, Singapura! — Herbert estala os dedos. — Nunca sei qual é a diferença. Mas vocês são tudo chinês, não são? Amo a comida de vocês, mas a Jacintha tá bem investida numa culinária mais leve, e a quantidade de MSG, aquele tal de glutamato monossódico, que vocês colocam nos pratos...

Contraio a mandíbula. Antes que eu consiga pensar numa resposta, Theo se manifesta.

— Na verdade, tio Herbert, o MSG é um aminoácido natural do tomate e do queijo, e é extraído e fermentado de um jeito parecido com o do iogurte e do vinho — explica ele. — E eu sei que o senhor ama uma taça de cabernet sauvignon... então o mito de que o MSG na culinária chinesa faz mal pra saúde além de ser falso é, na verdade, xenofóbico.

Herbert pisca. Jacintha o cutuca.

— Ah, claro, claro. — Herbert me olha e dá uma risadinha. — Sem querer ofender, meu filho.

Não sou coisa nenhuma dele, mas que seja. As crianças que realmente são os filhos deles elevaram o tom e agora estão gritando e correndo uns atrás dos outros, e quase esbarram num garçom que equilibra diversos pratos de hambúrgueres.

— Sosseguem o facho! — repreende Jacinta. — Tá bom, crianças, hora de ir!

Com um bebê para carregar, ela e Herbert não têm mãos suficientes para segurar todas as crianças.

— A gente se vê na cerimônia, rapazes! — exclama Herbert, enquanto arrasta seu bando para longe.

Nossa comida chega. O garçom nos dá uma olhada nada amigável enquanto reorganiza as cadeiras que as crianças tiraram do lugar. Nem tenho como culpá-lo. Odeio quando as pessoas deixam os filhos fazerem bagunça em público. Uma vez, uns pirralhos ficaram correndo pelo restaurante, derrubaram um vaso relíquia que tia Jade trouxe de Hong Kong e os pais nem mesmo pediram desculpa.

Theo suspira.

— Foi mal. Meu tio às vezes nem se dá conta de como as palavras dele podem soar ofensivas.

— Como é que você sabia tanto de MSG? — pergunto. — Você estuda química avançada ou algo assim?

— Que nada, eu sou péssimo em ciências. Li o *Fresh Off the Boat*, a biografia do Eddie Huang, pra um trabalho que valia nota extra na matéria de literatura avançada. Depois assisti umas entrevistas e ele falou de alguns equívocos fascinantes sobre o MSG.

— O Eddie Huang e o Lawrence Lim são bons amigos — comento. — Tão sempre fazendo participações especiais no programa um do outro.

Theo fica com um brilho nos olhos.

— Então eu mereço uns pontinhos extras no mundinho culinária?

— Claro que merece. — Roubo uma batata palito do prato dele. Prefiro as minhas onduladas, mas dividir a comida com ele me deixa feliz. — Você tá fazendo alguma outra matéria avançada na escola?

— História dos EUA, psicologia, teoria musical e história da arte.

— Tá fazendo algum preparatório pro curso de Direito?

Ele assente.

— Não tive escolha, né? Meu pai exigiu isso caso eu quisesse usar meu fundo fiduciário pra faculdade.

Outra regra. Não consigo evitar pensar no bonsai atrofiado e podado à perfeição na mansão de Theo. Parece que o pai dele espera que o filho se encaixe nos moldes da família Somers desse mesmo jeito.

— Mas vou te contar um segredo — acrescenta Theo. — Assim que as mensalidades do meu último ano estiverem todas pagas, vou trocar pra uma graduação dupla em arte e música.

— E o que você planeja fazer com esse diploma? Dar aula? Trabalhar num museu?

Theo dá de ombros.

— Ainda não sei direito. Só não quero acabar preso num trabalho corporativo em que eu tenha que passar o dia inteiro de terno. E você?

— De avançado tô fazendo biologia, química, física e cálculo — respondo. — Cálculo não tava nos planos, mas o orientador vocacional falou que é uma exigência dos cursos introdutórios de veterinária na maioria das faculdades. Tô torcendo pra conseguir uma bolsa na Universidade de Nova York.

— Por que veterinária?

— Ah... minha mãe era veterinária. Ela trabalhou numa clínica em Greenwood Heights. — Tenho lembranças ótimas de atuar como voluntário lá durante os feriados de fim de ano. — Achei que resgatar e cuidar de animais seria um ótimo jeito de seguir os passos dela.

— Tipo a Clover? — pergunta Theo. — Você adotou ela na clínica da sua mãe?

— Aham. — Fico surpreso, mas sinto algo especial por ele ter lembrado. — O antigo dono deixava ela presa na coleira o dia inteiro sem comida e água suficientes, e a minha mãe foi uma das voluntárias que fez o resgate. Quando demos lar temporário, ela ficava sempre chorando, rosnando ou despedaçando alguma coisa. Teve uma vez que ela se machucou quando foi se esconder atrás do rack da TV. Minha mãe tentou colocar um curativo na patinha e a Clover mordeu ela. Mas minha mãe não ficou brava. Só pegou o kit de primeiros socorros e fez um curativo na própria mão. A Clover viu tudo. Mais tarde, quando a minha mãe foi tentar cuidar da patinha dela de novo, a Clover deixou.

— Pelo visto a Clover percebeu que vocês queriam que ela fizesse parte da família.

— Com certeza. A Clover nunca saía de perto da minha mãe quando ela tava se recuperando da quimio. — Me obrigo a segurar as emoções que ameaçam vir à tona. — Depois que ela partiu, a Clover precisou de um tempinho pra entender que não tinha sido abandonada. Que minha mãe só... não ia voltar.

— A Clover é muito sortuda de ter você — diz Theo. — Acho que você seria um veterinário incrível.

— Mas aí é que tá. — Hesito. — A mãe sempre soube que queria ser veterinária, e a tia Jade tinha certeza de que iria estudar culinária. No começo, aprendi a fazer receitas pelo YouTube sempre que ela tinha que trabalhar até mais tarde na clínica e eu não queria gastar dinheiro pedindo comida. Depois, aprendi a fazer o prato favorito da minha mãe pra ela poder relaxar nos fins de semana. Desde que me mudei pra casa da minha tia e dos meus primos, ando passando cada vez mais tempo na cozinha, aprendendo a cozinhar os pratos que a minha mãe comia e amava quando era criança em Singapura...

— E você tá se questionando se talvez ser um chef seja sua verdadeira vocação? — indaga Theo.

Mordo o lábio inferior.

— Eu amo cuidar de animais, que nem minha mãe fazia. Mas, ao mesmo tempo, quero ajudar a tia Jade a realizar o sonho dela de ter o próprio restaurante de verdade um dia. Tem um campus do Instituto de Culinária dos Estados Unidos em Hyde Park. O Anthony Bourdain é ex-aluno de lá.

Nunca contei isso para ninguém, nem mesmo para minha família. Não sei por que desembuchei essa ideia na frente de Theo... mas, de algum jeito, me abrir assim não parece nada estranho.

Ele inclina a cabeça.

— Então você tá pensando mesmo em fazer faculdade de Gastronomia?

— Tô? Talvez? Não sei. É uma escolha difícil. E vou precisar trocar física por estatística.

— Sabe o que vai te ajudar a se decidir? — Theo assume uma expressão brincalhona. — Um sinal do universo.

Contenho uma risadinha.

— Me parece uma saída bem científica.

— Pera aí, não sou eu que tô pensando em parar de estudar física. — Theo estala os dedos. — Vamos fazer o seguinte: se você for selecionado pra aquele concurso de bolo da lua no estúdio do Lawrence Lim, então quer dizer que nasceu pra ser um chef.

Abro um sorriso largo.

— Você não vai acreditar, mas eles mandaram e-mail ontem à noite. Fui escolhido!

— Quê? — Theo dá uma risada. — Olha aí. O universo se manifestou. Você nasceu pra grandes feitos culinários.

Reflito por um instante.

— Sei lá... talvez o sinal devesse ser algo mais desafiador?

Theo arqueia uma sobrancelha.

— Tipo ganhar o concurso e conseguir que o delivery da sua tia apareça no programa?

Fico meio envergonhado.

— Pois é, eu sei que...

— Perfeito. Esse vai ser o seu sinal.

Pisco. Será que Theo está secretamente tentando me induzir a escolher a faculdade de veterinária ou será que acredita mesmo que tenho uma chance de ganhar o prêmio? Ou será que estou só indo longe demais com um comentário aleatório que ele vai acabar esquecendo daqui a alguns minutos?

Voltamos para a vila depois do jantar. Quando entramos no quarto, ver o chuveiro em cascata me dá outro calafrio. Em algum momento nesse fim de semana, nós dois vamos ter que tirar a roupa e entrar ali... e o vidro não deixa espaço nenhum para a imaginação.

Atrasar o inevitável me parece um bom plano por enquanto.

Theo pula para um dos lados da cama e pega o celular. Começo a tirar as roupas da mochila, mas, quando a abro, paro horrorizado.

Todas as minhas camisas boas sumiram. No lugar delas, há várias das minhas camisetas favoritas. Frenético, remexo mais fundo. Meu jeans da Levi's continua ali, mas, tirando uma camisa polo azul-clara, todas as partes de cima desapareceram.

Impossível. Não pode ser.

Puxo uma camiseta amarrotada com um buldogue usando óculos de professor, segurando um osso e a frase ME PASSA SEU ÚMERO? estampada no peito. Um pedaço de papel escorrega e cai no chão.

SEJA VOCÊ MESMO!!! São palavras rabiscadas em caneta dourada com a caligrafia de Megan. ELE GOSTA DE VOCÊ DO SEU JEITINHO...

— Tudo certo? — pergunta Theo, da cama.

Levanto a cabeça com tudo. Amasso o recado.

— É... aham. Tudo certo.

— Certeza? Parece que você achou uma lagartixa morta na mochila.

Enfio o bilhete de Megan no compartimento da frente. Vou matá-la quando voltar.

— Tô com a impressão de que esqueci de trazer alguma coisa importante.

— Eu sinto isso sempre que viajo — comenta Theo. — Não se preocupa. Se precisar de alguma coisa, a gente dirige até a cidade e pega o que quer que esteja faltando.

Tenho plena certeza de que não há um outlet direto da fábrica nos Hamptons. Eu deveria confessar e contar o que Megan fez. Ela pregou uma peça nele também, então Theo vai acreditar. E provavelmente rir da situação. Mas não quero que ache que isso não aconteceria se ele tivesse trazido Adrian no meu lugar.

Theo se levanta e começa a desabotoar a camisa.

Meu coração se choca contra o peito.

— Que isso?

Ele para.

— Eu ia tomar uma ducha. Ou você quer ir primeiro?

— Não! — exclamo. Ele parece assustado. Ai, Deus. Que vergonha. — Quer dizer, vai primeiro. Eu, hum... vou na recepção da vila pegar outro... travesseiro.

Theo aponta para o guarda-roupa.

— Deve ter dois a mais na prateleira de cima.

— Hum... preciso de mais. De tipo... uns cinco. — Ele arqueia uma sobrancelha, e continuo falando às pressas: — Eu tenho uma mania superesquisita... quando tô passando a primeira noite num lugar estranho eu preciso ficar cercado de travesseiros.

Dá para imaginar Megan morrendo de rir se ouvisse isso. Arrasou, Dylan. Não consegue nem inventar uma história que *não* te faça parecer um doido varrido.

Theo tira a camisa.

— A gente liga pro serviço de quarto e eles trazem.

É a segunda vez que estou vendo ele assim — e agora não tenho como usar um pedido errado como desculpa para sair de cena com traquejo.

— Que nada. Preciso esticar as pernas depois de tanta estrada — balbucio enquanto pego um dos cartões-chave na cômoda. — Já volto.

Antes que Theo possa reclamar, fujo do quarto.

Capítulo onze

As calçadas da vila ficam bem iluminadas à noite, e há uma leve penumbra de fumaça de madeira no ar. Sigo o caminho mais comprido até a recepção para pegar os travesseiros de que não preciso. Talvez seja uma boa usá-los para construir uma muralha no meio da cama gigantesca que precisamos dividir. Não quero rolar e sem querer ficar de conchinha com Theo enquanto estiver dormindo ou alguma coisa assim.

Quando passo pelo pátio, vozes vêm da piscina aquecida. Me escondo atrás de uma cerca viva e dou uma espiadinha. Há um bando de gente com vinte e poucos anos de biquíni e sunga tomando banho e bebericando taças de champanhe.

— Passa a garrafa — pede uma morena com um hibisco enorme no cabelo.

Um dos caras — gato numa vibe meio Harry Styles —, enche o copo dela de novo.

— Ô, Amber, você viu a Terri dando no pé logo depois do ensaio? Parecia que tava chorando.

— Problema dela. — A voz de Amber soa entediada. — Ela e aquele probleminha com bebida que ela tem acabaram com o clima da nossa despedida de solteira. Não foi, Beverly?

— Nossa, empata foda total — responde uma loira com mechas azul-caneta no cabelo. — Em vez de um final de semana regado à bebida no iate do pai da Amber, a gente acabou fazendo um retiro num spa no meio do mato. Ah, a gente até fez ioga na beira do lago e tinha um chef francês gostoso que cuidou da comida, mas... a minha avó bebe mais álcool na ceia da igreja dela do que a gente naquele fim de semana inteiro.

Um cara asiático esguio com tatuagens no peito e no ombro ri.

— Pra nossa sorte, a família do Angelo sabe como fazer uma despedida de solteiro. Eles são donos de uma destilaria no Valle de Guadalupe, e ficamos com o lugar só pra gente. Tequila, bourbon e uísque à vontade... Fiquei tão mal que nem lembro quanto eu perdi no pôquer.

Amber espirra água nele.

— Quanta humildade.

Me afasto sorrateiramente.

É isso que jovens ricos fazem? Ficam se gabando e falando mal das pessoas pelas costas? É assim que Theo se comporta com os amigos da escola? Se for preciso agir de forma fútil e superficial para fingir que pertenço a esse mundo, então não quero me encaixar aqui. Prefiro voltar a ser invisível.

De repente, a vila parece sufocante, e quando passo pelo portão que leva à praia, aponto o cartão-chave e vou adiante. O cheiro salgado do oceano sopra com a brisa enquanto caminho pela areia. Que bom que já está tarde e não tem mais ninguém por perto.

Diferente das praias macias e aveludadas ao longo da avenida principal, a beira-mar aqui no extremo da baía é mais áspera e arenosa. A lua sumiu de vista, o que significa que estamos no fim do Mês do Fantasma Faminto. Nenhum casal chinês se casaria no sétimo mês. É mau agouro.

Mais para a frente, um píer de madeira sem iluminação se estende por cerca de quarenta e cinco metros rumo ao oceano. Deve ser para pesca, já que a plataforma é alta demais para que os barcos atraquem. Não há corrimões entre os pilares, então as pessoas podem se sentar e ficar balançando as pernas sobre as bordas.

Na ponta do píer vejo a silhueta de uma jovem. Não estou sozinho, no fim das contas. Em qualquer outro momento, eu teria simplesmente continuado meu caminho, mas... há algo suspeito na forma com que ela está reclinada contra um dos pilares. Quando me aproximo, percebo quem é.

— Terri?

Ela se vira, assustada. E fica evidente que se dá conta.

— Ah. É você. — Ela usa o mesmo vestido de mais cedo, mas o cabelo está uma bagunça e há uma garrafa em sua mão. Está escuro demais para identificar o conteúdo. — Qual é o seu nome mesmo?

— Hum... Dylan. — Hesito. — Você tá bem?

— Por que é que todo mundo não *para* de me perguntar isso? — Sua voz está arrastada, e ela balança a garrafa no meu rosto. — Por que é que eu *não* estaria bem? A gente tá aqui pra um casamento! E assim, né, não é todo dia que eu tenho a oportunidade de ver minha irmã mais velha caminhar até o altar com o meu ex, sabe?

Nossa. Por essa eu realmente não esperava. Depois do que Theo me contou a respeito do incidente em que ela dirigiu embriagada, dá para entender o motivo de ele ter parecido tão preocupado.

— Ver o homem que eu amava partindo ao pôr do sol com alguém que eu também amo... ninguém prepara a gente pra uma coisa dessas na reabilitação. — Terri deixa escapar uma risada trêmula e vazia. — Eu não queria ser madrinha, e a Nora nem se importou, mas a minha mãe ficou, tipo, "Jamais! Imagina o que os parentes vão falar!". É só com isso que ela se preocupa. Era capaz de nem ter dado bola pro meu acidente se o *New York Post* não tivesse descoberto. O Theo te contou, né? Até parece que dá pra manter algum segredo nessa família.

Parece importuno saber de algo tão doloroso e pessoal a respeito de alguém que acabei de conhecer. Mas não adianta negar. Deixo o silêncio ser minha resposta.

— Depois que bati o carro, o Angelo terminou comigo. — Terri coça um olho e espalha rímel sobre o rastro das lágrimas em sua bochecha. — Ele falou que eu dei sorte de não ter matado ninguém. Na próxima vez que a gente se viu, depois de eu ter saído da reabilitação, ele tava deixando a Nora em casa depois de um primeiro encontro. Climão.

Caramba. Coitada. Terri era a namorada de Angelo primeiro, e agora tem que vê-lo se casar com a irmã. Ser o escândalo do casamento deve ser particularmente complicado. A fofoca, os olhares... Pela conversa dos padrinhos na piscina, aquela gente não deve nem tentar ser sutil quando Terri está por perto. O ensaio deve ter sido o estopim.

— Olha, tá ficando bem frio. — Preciso tirá-la desse píer antes que ela faça algo imprudente. — Que tal a gente ir lá pra dentro e procurar o Theo?

— Que nada, não preciso de um sermão do meu primo mais novo sobre isso. — Ela dá mais um gole na garrafa. — E, inclusive, o que é que você tá fazendo aqui fora sozinho? Vocês brigaram ou alguma coisa assim? Ele sabe ser um pé no saco às vezes — Terri me cutuca no peito —, mas o coração é grande, viu?

Terri dá uma leve cambaleada. Estendo o braço para estabilizá-la, mas ela me empurra para longe e avança aos tropeços para tão perto da borda que chega a ser alarmante...

Vou para a frente.

— Terri, cuidado!

Ela arregala os olhos ao dar um passo para trás e encontrar apenas o vazio. Ela se debate, mas, antes que eu consiga agarrá-la, vacila e cai. O grito é interrompido por um respingo lá embaixo.

— Terri!

Corro adiante. Ela está se remexendo abaixo do píer.

Pulo.

O mar não está tão gelado, mas o mergulho é como um choque no meu corpo mesmo assim. Agitar os pés quando não há nada debaixo deles é bem mais assustador quando não se está na parte funda de uma piscina. Tiro a franja molhada do rosto. Está tudo escuro, e não consigo encontrar Terri em lugar nenhum.

Outra coisa deixa meu peito apertado de medo.

No fim do verão, tubarões vagam pelas águas de Long Island. Na última vez que vim aqui com minha mãe, as praias estavam fechadas para banhistas depois que um tubarão-branco foi avistado na costa. E a maioria caça à noite.

Quando me imaginei virando comida de tubarão nos Hamptons, não esperava que a situação fosse acabar sendo literal.

Mergulho, mas não consigo ver nada. Fico meio desorientado e agitando as mãos em círculos descontrolados até que roço em algo que parece um braço humano. Meu Deus do céu, tomara que seja Terri.

Tossindo, volto à superfície. Terri está imóvel em meus braços. Seus olhos estão fechados, e não dá para ter certeza de que está respirando. Mantenho-a de cabeça erguida para que não encha os pulmões de água. Meu coração bate como se estivesse tentando mandar um sinal de socorro em código Morse. Grito por ajuda, mas só consigo ouvir o estrondo das ondas que quebram ao nosso redor. A orla parece impossível de tão longe… quanto mais tempo passarmos aqui, mais difícil vai ficar de lutar contra a corrente.

Respiro fundo, bato os pés o mais forte que consigo e nado rumo à praia. De repente, algo agarra meu pé e tenta me puxar para baixo. Entro em pânico e chuto num frenesi. Mas acontece que minhas pernas estão ficando cansadas, e Terri parece mais pesada a cada instante…

Um par de braços envolve meu tronco e me puxa, e encontro uma forma sólida. O rosto de Theo é um borrão escuro a poucos centímetros do meu.

— Dylan?

Ergo a cabeça, tentando respirar. Não consigo nem arquejar seu nome. Terri fica mais leve. Juntos, arrastamos ela em direção à margem e a levamos para a areia.

Theo se inclina sobre a prima e fica alternando entre respiração boca a boca e massagem cardíaca. Meus cotovelos e joelhos afundam na areia molhada, e meu fôlego vem irregular e subitamente. Pessoas vindas da vila correm até nós enquanto iluminam a noite de forma estroboscópica com os flashes do celular.

— Alguém chama uma ambulância!

— Tem algum médico aqui?

Terri não está se mexendo. Sinto o medo como um gancho no peito.

— É ela? — questiona a voz histérica de uma mulher. — Terri!

Lucia se apressa adiante, ainda com o vestido envelope e salto alto. Ela tropeça, cai na areia não muito longe de nós e engatinha até o lado da filha.

— Ai, meu Deus, não! — exclama, num lamento. — Meu neném...

O corpo de Terri estremece. Lucia grita. Um barulho gutural emerge da boca de Terri, e Theo sem demora a vira de lado quando ela começa a vomitar água. Um guarda corpulento abre caminho e a ergue como se fosse uma boneca de pano para levá-la de volta à vila. Lucia e os outros saem de imediato atrás do sujeito.

Theo não os segue.

Alguém lhe entrega uma toalha, que ele coloca ao redor do meu corpo, e não de si mesmo.

— Dylan? Você tá bem? — E passa as mãos pelos meus braços e costas, como se estivesse procurando algum ferimento oculto. — Se machucou?

Estou batendo o queixo de frio.

— Ela vai ficar bem?

— Acho que vai. Tá respirando de novo. — Theo tira minha franja molhada da testa. Nunca o vi tão pálido. — Nossa, você tá congelando. Vamos lá pra dentro.

O ar parece água nos meus pulmões. Não sei ao certo se meus joelhos são capazes de aguentar meu peso. Theo aperta o braço ao redor dos meus ombros enquanto me guia de volta.

Quando chegamos na nossa suíte, ele vai para o chuveiro, abre a torneira e testa a temperatura, igualzinho minha mãe costumava fazer quando eu era criança.

— Cuidado que tá um pouco quente — avisa.

Mecanicamente, tiro as roupas encharcadas. Acabei de tirar do mar alguém que não estava respirando. Ficar pelado na frente de Theo Somers não vai ser a coisa mais perigosa da noite.

Entro no chuveiro e paro debaixo da ducha enquanto deixo a calorosa cascata escorrer pelo corpo. Meus músculos estão dando espasmos e me enchendo de pequenos choques. Está ficando quente demais, mas não consigo parar de tremer.

Theo deixou uma toalha seca para mim pendurada. Me seco rápido e visto um suéter limpo junto com uma calça de moletom. Ele já colocou roupas secas, e seu cabelo úmido está arrepiado para cima. Alguém bate na porta, e ele vai atender.

O aperto no meu peito ainda não passou. Cada respiração requer mais esforço do que quando estava batalhando contra o oceano. Meus dedos formigam com uma sensação estranha, como se alfinetes e agulhas estivessem sendo enfiados neles.

Theo fecha a porta. Seus braços estão cheios com quatro grandes travesseiros felpudos.

— Pedi pelo serviço de quarto. Deduzi que você não conseguiu ir lá pegar. Tem mais dois no guarda-roupa, e pode ficar com um dos meus. Nove são o suficiente?

Uma emoção avassaladora toma conta do meu peito. Não acredito que ele lembrou dessa mentira idiota.

Theo joga os travesseiros na cama e vem em minha direção com uma camisa xadrez grande demais para mim.

— Aqui ó, veste essa. Vai te deixar quentinho. — Vejo de relance a etiqueta da Burberry antes dele passar meus braços pelas mangas compridas e fechar alguns botões na frente. — Vou ver se já tem alguma notícia da Terri. Já volto, tá bom?

Estarrecido, assinto. Terri poderia ter morrido hoje à noite. *Eu* poderia ter morrido. Graças a Deus que estamos os dois vivos... mas me sinto exausto, esgotado. Só quero me esconder debaixo das cobertas até o fim do casamento.

    Depois que Theo sai, subo na cama enorme e enterro o rosto em um dos travesseiros. Ele achou que eu precisava de tudo isso — por mais ridículo que tenha parecido —, e os arranjou para mim. Queria que eu me sentisse seguro. Sua camisa ao redor do meu corpo é quentinha, como se Theo estivesse me segurando num abraço. O pânico recua cada vez que puxo o ar, como a maré se afastando da orla.

    Me encolho, fecho bem os olhos e torço para não sonhar que estou me afogando.

Capítulo doze

Quando acordo, estou inundado em um mar de travesseiros. A luz do sol atravessa o vidro e atinge meus olhos, o que deixa tudo claro demais. Não sei direito onde estou.

Na mesinha de cabeceira há uma cesta gigantesca lotada de margaridas coloridas. Um cartão diz:

OBRIGADA, DYLAN!

Os acontecimentos da noite passada voltam com tudo: Terri. O píer. O oceano. O frio.

Continuo usando a camisa da Burberry de Theo. O cheiro alvo e almiscarado da flanela macia me faz lembrar dele. Seu lado da cama está marcado, o que significa que dormiu ao meu lado durante algum momento da noite.

Me desvencilho dos travesseiros e pego o celular. Que bom que não o levei quando saí ontem, senão o aparelho estaria no fundo do mar.

Há um monte de mensagens de Megan com fotos de diferentes petiscos para cachorro: *Qual é o de bacon? Esse aqui? Ou esse? Deixa pra lá. Dei os três. Agora ela gosta mais de mim do que de você.* Duas são de tia Jade: *Se divertindo? Boa noite!* E *bom dia, tudo certo por aí?*

Não sei como contar que a prima de Theo quase morreu afogada noite passada. Ou que nós *dois* poderíamos ter virado comida de peixe. Não quero deixá-la preocupada. Respondo: *Desculpa a demora. Tô adorando. Te amo!*

Viro a cabeça rápido quando a porta do banheiro se abre. Theo sai de lá.

— Você acordou. — Com uma calça azul-escura e camisa com finas listras cinza e brancas, ele se aproxima e senta no meu lado da cama. — Como você tá? Melhorzinho?

— Tô bem. E a Terri? Tudo certo com ela?

— Aham. Passou a noite no hospital só pra garantir. Tá voltando pra vila com o pai dela agora. — Ele aponta para a cesta de flores. — Foi a Nora que mandou.

Olho para ele.

— Agora eu entendi o porquê da Terri ter te convidado sem contar pra família.

Theo assente.

— Queria dar apoio moral e distrair ela um pouco. Irritar meu pai é a cereja do bolo.

Não consigo imaginar como deve ser crescer nesse mundo reluzente em que o dinheiro compra qualquer coisa e as aparências são tudo o que importa. Lucia obrigou Terri a ser madrinha mesmo que ela claramente não estivesse lidando bem com toda a situação… e tudo para quê? Para que os parentes não falassem nada? Pela forma com que Herbert perguntou a respeito de Terri, todo mundo está falando do mesmo jeito. E, ainda assim, o nervosismo de Lucia quando correu até o corpo imóvel da filha na praia foi apavorante de tão real.

— Certeza que você tá bem? — Theo toca minha testa e meu pescoço. De repente, sinto um calorão insuportável. — Sua tia vai me matar se descobrir o que rolou ontem à noite.

Meneio a cabeça.

— Não se preocupa. Não contei nada. E nem pretendo.

Theo se levanta.

— Bom, se você estiver a fim, tá na hora do brunch.

Dou uma olhada no relógio sobre a mesinha de cabeceira: 10h45. Meu estômago responde com um ronco.

—Aham, tô cheio de fome.

Enquanto escovo os dentes, me dou conta de que não tenho roupas condizentes com um brunch. Pelo que Theo está vestindo, até mesmo a única camiseta polo que sobreviveu ao massacre de Megan é casual demais. Estou basicamente ferrado até esse final de semana terminar. Talvez eu possa falar para Theo que estou com dor de cabeça e pedir que traga alguns pãezinhos ou algo assim.

Quando saio do banheiro, Theo colocou um paletó azul-marinho, que deixa desabotoado. Ele está um gostoso, mas estou estressado demais para aproveitar a vista.

— Olha, desculpa te falar assim, mas não tenho nada pra vestir pro brunch — desembucho. — Juro que coloquei as minhas melhores camisas na mala, mas a Megan achou que seria uma pegadinha hilária trocar tudo por... isso aqui.

Morrendo de vergonha alheia, mostro a camiseta com o buldogue usando óculos de professor e segurando um úmero. Theo pega uma branca com uns doze coelhos fazendo careta e a frase COELHO, COELHO MEU.

— Acho que essa é a minha favorita — diz ele.

— É sério. A sua tia Lucia vai ter um treco se eu aparecer com uma dessas. — Pego a camiseta dos coelhinhos de volta e a enfio na mochila. — Você pode me emprestar alguma camisa sua que esteja sobrando? Você trouxe dezenas de coisas a mais naquela bolsa gigante, né?

Theo aponta para o meu jeans preto da Levi's.

— Veste aquilo. Vou achar alguma coisa pra combinar.

Coloco a calça e o sigo até o closet. Olho em volta.

— Cadê nossos ternos?

— Deram uma amassada nas capas, aí eu pedi pro pessoal do hotel passar e entregar de volta antes da cerimônia. — Theo faz um gesto com uma das mãos para dois paletós em cabides, um marrom-claro e outro cinza. — Sempre trago pelo menos um paletó e um par de mocassins a mais. Pode acontecer de algum garçom derramar bebida na nossa manga ou de a gente pisar em cocô de cachorro no gramado. Verdade verdadeira.

Para minha surpresa, Theo me dá uma camiseta branca de gola arredondada.

— Usar camisa polo não é a única forma de adotar um visual semiformal — diz ele. — Uma blusa de gola alta é ótima no inverno, mas quando fica mais quente, dá pra usar paletó com camisetas básicas. Experimenta.

— Você manja tanto no armário quanto eu na cozinha — brinco, torcendo para que Theo não perceba o quanto estou desconfortável tirando o suéter. Tarde demais, percebo como minhas palavras soaram e fico vermelho de vergonha. — Eu não quis dizer que você tá no armário! Eu também não tô. O que eu quis dizer foi que... Ah, quer saber? Vou ficar quietinho aqui.

Theo dá uma risada.

— Eu entendi. Somos dois caras dentro de um armário. De boa.

Muito embora eu não tenha tempo de fazer academia, carregar sacos de vinte quilos de arroz por aí e galões de óleo é um belo treino de musculação, então não sou magricela nem nada do tipo. Mas ficar sem camisa na frente dele faz um calafrio de ansiedade atravessar meu corpo inteiro. Abaixo a cabeça e puxo a camiseta, rápido. A mistura de algodão é macia e luxuosa. A etiqueta da Tom Ford deve ter bastante a ver com isso.

Theo tira o paletó marrom-claro do cabide.

— Seja qual for a emergência fashion, não dá pra errar com tons neutros, linhas simples e uma terceira peça.

Paro na frente de um espelho de corpo inteiro enquanto Theo me ajuda a vestir o paletó, que cai como uma luva com a calça jeans.

— O truque é combinar de um jeito que *não* fique parecendo que as peças acabaram juntas de última hora. — Pelo espelho, os olhos de Theo encontram os meus. — O que a gente quer é que pareça que elas foram feitas uma pra outra.

O tom enigmático de sua voz me deixa pensativo. Será que ele está falando só das roupas ou de algo além disso?

— Valeu — agradeço. — Você foi um herói.

Theo meneia a cabeça.

Um namorado para viagem

— Não, Dylan, você que foi. Não consegui te agradecer ontem à noite. Por ter salvado a Terri. O que você fez foi... muito perigoso, mas corajoso pra caramba.

— Eu não sabia se daria conta de salvar ela. Mas tinha que tentar.

— Você não salvou só ela, mas o casamento inteiro — responde ele. — Se não fosse você, o que deveria ser o dia mais feliz da vida da Nora acabaria sendo o pior.

Não conto que Terri estava bebendo quando a encontrei. O hospital deve ter feito exames de sangue e revelado o nível de álcool aos pais dela... porém ninguém mais tem o direito de saber, a menos que a própria Terri decida se abrir.

— Como você sabia que eu tava lá? — pergunto.

— Quando eu saí do chuveiro você ainda não tinha voltado, então fui te procurar. Um funcionário te viu indo pra praia. Quando cheguei perto do píer, ouvi alguém gritando por cima do barulho das ondas. Primeiro, achei que tinha imaginado a sua voz.

Terri talvez não resistiria se Theo não tivesse me ajudado a arrastá-la até a areia. E foi ele quem a ressuscitou. Não esperava que um garoto rico que nunca precisou levantar um dedo para nada soubesse fazer massagem cardíaca.

Theo calça só meio número a mais do que eu, e seu par de mocassins marrom-escuros completa meu look. Olho o espelho de novo. Era para eu me sentir um impostor, assim vestindo uma camiseta e um paletó de Theo enquanto tento me esforçar para entrar no mundo dele... mas, pela primeira vez, não é o que acontece.

Theo se aproxima, ajeita minhas lapelas e tira grãos invisíveis de poeira dos meus ombros. Enquanto encaro nossos reflexos, percebo que estou na esperança de que, talvez, todo esse luxo e glamour não sejam quem ele realmente é. De que o mundo dele tenha mais a ver com o meu do que eu esperava... e de que, assim como naquela camisa da Burberry, eu consiga me encaixar de algum jeito.

Capítulo treze

Assim que Theo e eu entramos no salão, uma mulher de vinte e poucos anos com um vestido estilo toga vem apressada em nossa direção. Adivinho quem é antes mesmo que Theo possa nos apresentar.

— Obrigada por salvar a Terri! — A voz de Nora falha quando segura minhas mãos. Ela está com uma francesinha simples nas unhas, o que contrasta com a elaborada borboleta 3D que Terri escolheu. — Nem sei dizer o quanto somos gratos. Se você não estivesse lá...

A noiva perde a compostura e lágrimas escorrem por suas bochechas. Os olhos azuis são iguais aos de Terri, o cabelo loiro-acobreado também... basta uma olhada e qualquer um saberia que as duas são irmãs.

Pelo visto, o cara de terno que vem e coloca um braço de forma reconfortante ao redor dela achou isso também. Então, esse é Angelo... o noivo e o ex.

— Agradecemos muito por você estar lá pra salvar a Terri. — Todo formal, Angelo estende a mão como se estivesse me premiando com uma medalha. — Você tem a nossa mais profunda gratidão.

Cumprimento-o com rigidez. Não conheço a história inteira, e não foi ele que empurrou Terri do píer ou colocou a garrafa de bebida na mão dela, mas... esse cara tinha *mesmo* que casar com a única pessoa no mundo com quem ela divide o DNA?

— Amiga, para de chorar senão sua maquiagem vai ficar uó! — diz uma voz estridente.

No lugar do biquíni, Amber agora usa um vestido vinho bem decotado.

Ela me vê e solta um gritinho.

— Você é o cara que resgatou a Terri! Derek, né?

Eu a corrijo.

— O meu nome é Dylan.

— Você deve ser o anjo da guarda desse casamento! — exclama a garota. — Todo mundo aqui AMA a Terri como se ela fosse nossa própria irmã. Ficamos TÃO mal por não termos percebido que ela não estava por perto...

Pela conversa que ouvi ontem à noite, duvido muito disso. Eu a encaro sem sorrir. Pena que ela não percebe quando outras madrinhas aparecem e puxam Nora às pressas para arrumar sua maquiagem.

Theo deve ter percebido minha grosseria com Amber. Mas não tem nem chance de perguntar o que rolou porque, quando nos damos conta, estamos cercados por seus parentes. Estão surpresos por ele ter vindo, e querem saber quem eu sou e o que aconteceu com Terri.

Theo me apresenta e, corajoso que só, encara a enxurrada de perguntas.

"Decidimos vir de última hora, mas a tia Lucia foi tão querida que nos acomodou." "Pois é, independentemente do que esteja rolando no tribunal, a Nora continua sendo minha prima, né?" "Ah, a gente se conheceu no restaurante de delivery da tia dele no Sunset Park." "Sim, sim, foi muita sorte que ele tava na praia ontem à noite." "Mas sabe de uma coisa? Os detalhes não fazem diferença... o importante é que a Terri tá bem."

Forço um sorriso. Sou como um cachorrinho que alguém trouxe para o aniversário de um amigo e no qual todo mundo quer fazer carinho. Os nomes e rostos num instante viram um borrão.

Theo parece perceber que estou agoniado.

— A gente adoraria continuar conversando, mas é que estamos morrendo de fome, e aqueles bagels tão com uma cara ótima — diz ele para seus familiares. — Mais tarde a gente coloca o papo em dia. Na hora dos drinques, que tal?

Quando ele me puxa para longe da multidão, eu o olho.

— Isso que é sutileza. Valeu.

Theo não solta minha mão.

— Eu prometi que não ia deixar ninguém te incomodar.

Catherine e Malia acenam para nós de uma mesa. Percebi que estavam nos observando, mas que não se juntaram à multidão. Enquanto damos uma conferida no bufê, Malia se aproxima.

— Que pena que vocês não podem experimentar as mimosas, mas olha só esses parfaits de iogurte nas taças de martíni... são sem álcool — diz ela. — O iogurte é feito com leite de vacas felizes que pastam à vontade e passam o tempo livre fazendo pilates ou alguma coisa assim.

O bufê de bagels tem mais de doze sabores, e o de pães está repleto de diferentes tipos de geleias e marmeladas. Há também folhados de maçã, gravatinha de baunilha e croissants supercrocantes.

Malia aponta para uma cesta de pastéis folhados quadrados.

— A vó do Angelo cresceu em Cuba e costumava fazer esses pastelitos pro neto quando ele era criança. O recheio é de goiabada e cream cheese.

Espero que Theo e Mali se sirvam, só para garantir que não é deselegante pegar mais do que algumas unidades por vez. Mas ambos enchem o prato, então faço o mesmo.

— Venham sentar com a gente! — sugere Malia. — Nossa mesa tem quatro lugares.

Theo me olha para se certificar de que tudo bem a gente se juntar a elas. Faço que sim. As duas parecem queridas. Descubro que Maria é professora de ciências políticas em Harvard, e que conheceu Catherine em uma de suas aulas abertas.

Um namorado para viagem 111

— Quando ela desceu do estrado, eu me apresentei e falei "adoraria te levar pra jantar" — conta Catherine.

Mali se mete:

— E eu fiquei, tipo, "espera aí, você é Catherine Somers? Se você acha que uma doação de seis dígitos pro nosso corpo docente significa que eu vou aceitar sair com você, tá achando errado".

Theo faz uma mímica de uma facada no coração.

— Então como foi que você conquistou ela?

— Citei o artigo dela numa audiência aberta de avaliação pros cargos na Suprema Corte — responde Catherine. — Falei não só do que eu concordava, mas do que eu discordava também. E chegamos a tempo pra nossa reserva num restaurante aconchegante comandado por uma família marroquina.

— Ela fez a tarefa de casa e descobriu que eu passei um ano sabático em Marrakesh — explica Malia. — Eu ainda achava que ela tava bancando a espertalhona, mas não consegui negar uma bastilla apimentada de frutos do mar com massa warqa crocante. Pareceu que eu tava de volta na praça Jemaa el-Fna.

Tirando as visitas aos meus avós na Singapura, nunca viajei para fora dos Estados Unidos. Sempre passávamos um pernoite em Hong Kong no caminho. Tia Jade nos levava para comer o melhor dim sum do mundo (a comida chinesa favorita de Megan), e a gente enchia o bucho com tortinhas de ovo (que Tim ama) e bolinhos de abacaxi (que eu comia de olhos fechados).

— E vocês dois? — pergunta Catherine. — Como foi que vocês se conheceram?

— Na primeira vez que entrei no delivery da tia dele, o Dylan tava fazendo xiao long bao — responde Theo. — Ele os cozinhou no vapor e me explicou como faziam pra colocar o caldo dentro da massa. Ficou uma delícia, é claro, mas a melhor parte foi saber que ele fazia tudo do zero.

Malia abre um sorrisão.

— Ownn. Esse deve ser o começo de namoro mais fofo de todos os tempos.

Se foi o encontro "mais fofo de todos os tempos" eu não sei, mas essa história é mil vezes melhor do que *"defendi ele do Adrian, ou, melhor dizendo, do senhor* ALÉRGICO A IDIOTAS, *por causa de um punhado de cebolinhas"*.

— Claramente a comida é a linguagem universal do amor — acrescenta Catherine.

Theo e eu deveríamos agir como se só tivéssemos olhos um para o outro, mas eu paro de encará-lo. O que me deu mesmo vontade foi de comer o pastelito de goiabada e cream cheese que está no meu prato, com o recheio doce e molengo que vaza pelos cortes diagonais na parte de cima. A última coisa que quero é ele suspeitando de que tudo isso é mais do que um teatrinho para mim.

Depois do brunch, nos despedimos de Catherine e Malia, que vão para a praia. Com o clima perfeito, a maioria dos convidados está concentrada em pegar um bronze, jogar vôlei na areia ou dar um mergulho.

— Sabia que os chineses evitam lagos e mares durante o Mês do Fantasma Faminto? — conto para Theo antes de fazer uma careta. — Foi mal... minha família e eu somos muito nerds com as origens dos mitos e das crenças da nossa cultura.

— Tá de brincadeira? Eu amo aprender todos esses detalhes — diz Theo. Meu coração fica quentinho. — Por que é que os chineses evitam a água?

— Porque acham que os espíritos afogados podem lançar um feitiço e puxar a gente. Quando alguém chega perto o bastante, eles empurram a pessoa pras profundezas pra assumir o lugar da vítima. — Noite passada, quando uma força oculta agarrou meu tornozelo no mar, eu quase acreditei que fosse isso. — Mas tem uma explicação lógica. O calor aumenta as chances de câimbras nas pernas. E você sabe como elas podem ser paralisantes.

— Então você tá me dizendo que os espíritos afogados na verdade são... câimbras musculares?

Dou uma risada.

— Cientificamente, sim.

— Mas, só pra garantir, vamos evitar pular na água por enquanto. — Theo confere o relógio. — Ainda faltam algumas horas até a gente precisar se arrumar pra cerimônia. Tem alguma coisa que você queira fazer? Já vou avisando… se você falar "você que sabe", nós vamos acabar no museu do Jackson Pollock em Springs. Então escolhe com cuidado.

— Por que a gente não vai pra cidade dar uma olhada na feira de sábado? — sugiro. — Fica aberta até as três. Fui lá com a minha mãe na última vez e tinha uma tenda vendendo moldes artesanais pra bolos da lua.

Ele dá um sorriso.

— É uma boa ideia, vamos.

Capítulo catorze

A feira no East Hampton estava à toda quando chegamos. Há algumas tendas grandes montadas perto da praia, e as bancas vendem de tudo: de kombucha a kimchi. Há mais vendedores não brancos do que na última vez em que estive aqui com minha mãe, o que é bom de se ver num ponto turístico que é, em sua maioria, embranquecido. Está na hora do almoço, e são as vendinhas com comida quente e doces recém-assados que contam com as filas mais longas.

O sol está de rachar no céu sem nuvens, e deixamos nossos paletós no carro. Theo não tenta pegar minha mão. Beleza. Só precisamos fingir que somos um casal quando seus parentes estão por perto. Não consigo evitar querer que algum deles apareça.

Exploramos a feira e, de vez em quando, nos separamos para conferir diferentes barracas. Há uma que vende sabonete orgânico no formato de um kueh em tons de arco-íris (sobremesas coloridas e pequenas típicas no sudoeste da Ásia). Tia Jade vai adorar. Compro manteiga de karité e hidratante labial de manga para Megan e uma pequena suculenta num vaso de cerâmica pintado à mão para Tim. Clover vai ganhar biscoitos gourmet para cachorros. Ela vai se apaixonar pelos de frango ao molho barbecue e queijo cheddar.

— Mas me conta... o que tem de especial nesses moldes de bolos da lua que você quer ver? — pergunta Theo.

— Na última vez que eu vim aqui com a minha mãe, uma mulher mais velha chamada tia Chan tava vendendo moldes artesanais de madeira com entalhes de caracteres chineses — respondo. — Tô torcendo pra encontrar ela de novo. Comprar alguns moldes novos talvez traga boa sorte pro concurso.

Demoramos um pouco procurando a barraca de tia Chan e a encontramos em um canto discreto da feira. Com o cabelo curto e cacheado e o rosto arredondado e gentil, ela me faz lembrar de minha Por Por.

– Oi, tia Chan — eu a cumprimento. — A senhora provavelmente não vai lembrar, mas minha mãe comprou moldes de ágar-ágar com você uns três anos atrás. Voltei pra comprar moldes de bolo da lua pra um concurso de Meio do Outono.

— Ah, sim, eu lembro de você e da sua mãe! Ela falou comigo em cantonês. — Tia Chan faz um gesto para os moldes de madeira à mostra. Alguns são quadrados, outros redondos. Todos têm entalhes de caracteres chineses cercados por desenhos de pétalas. — Infelizmente "zhōng" e "qiū" já esgotaram.

— *Zhōng* significa "meio" e *qiū*, "outono" — explico para Theo. — Juntos, formam a palavra *zhōng qiū*... Meio do Outono.

— Deixa eu ver o que ainda tem aqui. — Tia Chan puxa uma caixa de debaixo da mesa e tira dois moldes quadrados com 團圓.

— O que significam? — questiona ele. — Desculpa, não sei ler chinês.

— *Tuán yuán* significa "reunião" — responde tia Chan. — Usei os caracteres chineses tradicionais pra esse par. As pinceladas adicionais deixam mais... clássico? Gracioso? Não sei como traduzir pra vocês. Não coloquei esses pra vender porque não queria que ninguém comprasse um sem levar o outro. Os dois têm de ficar juntos.

— Eu levo os dois — digo imediatamente. — Amei o jeito que formam um par. — Outro molde redondo dentro da caixa me chama a atenção. — E aquele ali?

— Ah, *niàn*. — Tia Chan o entrega para mim. — Não é fácil achar esse caractere em bolos da lua, mas nenhuma comemoração de família fica completa sem reminiscência.

Sinto a garganta fechar enquanto encaro o caractere 念. *Reminiscência.*

Nunca fiz nenhum ritual do Mês do Fantasma Faminto para minha mãe — não apenas porque não acredito neles, mas porque não acredito que ela passe apenas um mês por ano próxima de nós. E quero lembrar dela não por deixar comida num altar, mas por fazer um bolo da lua que ela amaria.

Theo fala:

— É lindo.

Fico com a voz embargada. Dessa vez, a onda de sentimentos é diferente — quase como se eu tivesse escavado um pedaço do meu luto e o remodelado como outra coisa.

— É perfeito.

Pago pelos três moldes, e tia Chan me dá mais troco do que deveria. Tento devolver, mas ela acaricia meu braço.

— Você é um bom garoto. Tenho certeza de que vai fazer bolos da lua adoráveis.

— Você tem alguma dica? — pergunto.

Ela se inclina para a frente com um ar conspiratório.

— Aqui vai um segredo que não divido com qualquer um. Quando for fazer a massa, não usa água em temperatura ambiente. — Seus olhos cintilam. — Água gelada vai deixar a casca do bolinho megamacia e aveludada.

— Obrigado. — Abro um sorrisão para ela. — Não vejo a hora de testar.

Enquanto Theo e eu nos afastamos da banca de tia Chan, meu celular apita com uma enxurrada de mensagens seguidas de Megan.

Respondeu à minha mãe e eu não.

TÁ ME IGNORANDO PQ?

Quer morrer, é?

Beleza cadê as fotos??? E acrescenta uma linha de emojis de beijinho e corações.

Theo me alcança e, ligeiro, guardo o celular no bolso antes que ele possa ver as mensagens e emojis incriminatórios de Megan.

Paramos num estande que vende morangos locais. Há uma pequena máquina de fondue, e eu compro dois espetinhos e os giro até que todos os morangos fiquem cobertos por uma camada grossa de chocolate. Dou um para Theo, e paramos de frente para o mar enquanto mordiscamos e ficamos labuzados de calda derretida. Ter vindo para cá foi a coisa mais normal que fizemos desde que chegamos nos Hamptons.

— Esses moldes de bolo da lua que você comprou pra homenagear a sua mãe são superespeciais. Vão dar sorte com certeza.

— Tomara que sim. — Os cinco mil nos dá um pouco de tempo, mas precisamos de mais para manter as portas abertas. Eu ouvi minha tia conversando com o banco a respeito de um empréstimo temporário. — Queria muito colocar a gente no *Cozinha Fora da Caixinha*. Você já viu as filas nos restaurantes que aparecem no programa. Sei que parece loucura, mas imagina o seguinte. — Imito uma manchete. — *Entre os dez melhores deliveries de comida chinesa de Nova York, diretamente do Brooklyn, em Sunset Park... o Guerreiros do Wok!*

— Não parece loucura, não — responde Theo. — E se eu ajudasse você e a sua tia no concurso? Ah, não, deixa pra lá... segundo as regras você só pode ter um assistente, né?

— É. Mas você é bem-vindo pra ir assistir — digo, acanhado. — Aposto que a sua mãe ficaria feliz de saber que você tá aprendendo mais sobre a cultura dela.

Ele dá um sorriso.

— Também acho que ela iria adorar.

Minha mãe costumava dizer que há um lado bom nas piores coisas, e um lado ruim nas melhores. Theo e eu viemos de realidades sociais e econômicas completamente diferentes...

mas sempre que falamos de nossas mães, nos entendemos de um jeito que ninguém mais em nossas vidas é capaz de compreender.

Aponto para uma manchinha em sua bochecha.

— Tem um pouco de chocolate no seu rosto.

Ele esfrega a pele com os dedos, e acaba espalhando ainda mais.

— Saiu?

— Não, continua aí. — Estico o braço e passo o dedão sobre a mancha. Theo firma o olhar no meu, e fico todo nervoso. Dou um passo para trás e solto a mão. — Pronto. Resolvido.

— Valeu.

O vento faz o topo do cabelo de Theo esvoaçar, e tenho um vislumbre de como deve ser passar os dedos por aqueles fios. Sem demora, mando esse pensamento para longe.

Saímos da feira e voltamos à vila para nos arrumarmos para a cerimônia, que começa às 17h. Quando entramos no quarto, Theo faz um gesto para o chuveiro.

— Pode ir primeiro — diz ele, como se fosse nada.

Noite passada, eu estava atordoado demais para ficar desconfortável. Mas dessa vez, não é o caso. Tento fingir normalidade enquanto tiro a roupa, mas o frio na minha barriga é tanto que parece que vou congelar. Me despir na frente de outros caras antes de tomar banho depois da aula de educação física nunca me incomodou... mas fazer isso na frente de Theo me deixa profundamente apreensivo quanto a cada parte do meu corpo.

Corro para o chuveiro e abro o registro. Pelo menos as gotas que caem no vidro dão uma certa ilusão de privacidade. Theo se move pela suíte enquanto confere o celular, entra e sai do closet... sem nunca olhar na minha direção. Nem uma única vez.

É como um soco no estômago, mas ignoro. Ele só está sendo educado.

Não percebi os sabonetes líquidos ontem à noite. Os produtos produzem uma espuma luxuosa e têm aroma de tangerina. É uma pena que eu não consiga aproveitar, já que estou determinado a encerrar isso aqui o mais rápido possível.

Saio e enrolo uma toalha ao redor da cintura.

— Hum... o chuveiro é todo seu.

— Beleza.

Theo tira a camisa e abre o zíper da calça. Não tenho como agarrar o cartão-chave e escapar que nem ontem à noite, então desvio o olhar, balbucio que vou me arrumar ou algo assim e encontro segurança no closet. Acabo abotoando a camisa errado duas vezes antes de fechá-la direito.

Vinte minutos depois, estou parado no meio do quarto, ainda tentando entender os punhos da camisa. Theo já está de gravata-borboleta — e parece que acabou de sair do set de uma sessão de fotos da Ralph Lauren.

— Precisa de uma ajudinha? — pergunta ele.

— Hum... sei lá, acho que o seu alfaiate pode ter cometido um erro... porque as minhas mangas têm dois buracos e nenhum botão.

Theo dá uma risadinha.

— Não tem botão em punhos de estilo francês. É pra usar com abotoaduras. Aqui, ó, comprei um par pra você.

Ele tira um par de abotoaduras quadradas do cofre. São feitas de platina escovada com listras pretas lado a lado. Estendo os punhos, Theo passa cada uma pelos buracos de botão e as firma com um movimento ágil.

Ele pega uma tira de seda de cor vinho.

— Precisa de ajuda ou você quer fazer o nó da gravata sozinho?

Seguro uma risada.

— Depende. Você quer que fique parecendo mais um cadarço ou uma gravata-borboleta?

Theo levanta meu colarinho, passa o tecido ao redor do meu pescoço e puxa pelos dois lados para me trazer mais para perto. Tenho que firmar o pé para me impedir de ir com tudo para a frente e colidir contra seus lábios. Theo não tem presa, e vai ajustando até deixar o laço perfeito. Pelo visto, não tem a mínima noção de que eu sou bem capaz de desmaiar a qualquer momento por ter me esquecido de respirar.

Theo olha para cima e avalia meu cabelo desgrenhado.

— Foi mal — digo. — Eu devia ter cortado.

Seus lábios se mexem de leve.

— Então vamos fazer parecer que não cortou de propósito.

Ele vai até a cômoda, e me dá a oportunidade de recuperar o fôlego. Mas nenhuma técnica de respiração vai funcionar com Theo Somers assim tão perto.

Ele volta esfregando um pouco de pomada nas mãos. Tento ficar parado enquanto Theo passa os dedos pelo meu cabelo, mas seu toque transforma meus nervos em fios elétricos. Em vez de escovar minha franja comprida demais para trás, ele a ajeita e penteia até que fique obediente, perfeitamente virada para um lado só e firme com a quantidade perfeita de produto.

— Pronto. — Ele recua, satisfeito. — Mas toma cuidado, é capaz de alguns convidados te confundirem com um astro de k-pop.

Minhas bochechas coram. Ficamos lado a lado no espelho e colocamos os paletós. Minha gravata vinho faz um contraste com o cinza do terno, enquanto ambas as peças de Theo combinam no mesmo tom de verde-escuro. Ele está usando abotoaduras douradas em formato de nó. Ao seu lado, sou como uma criança brincando de me fantasiar.

Theo dá uma piscadela para nosso reflexo.

— E vamos de invadir um casamento.

Capítulo quinze

Georgina Kim, a fotógrafa de celebridades, está tirando fotos do casal e dos padrinhos nos jardins paisagísticos da vila. Palmeiras balançam com o vento e há barris rústicos de madeira inundados de flores tropicais. Angelo está num smoking preto, e Nora ficou linda no vestido, que conta com um decote profundo no busto, mangas de renda e um bordado intrincado que se estende pela metade inferior da saia, mas não tem uma daquelas caudas longas — sempre achei esquisito ter alguém correndo atrás da noiva para tentar garantir que o tecido não embole.

Terri está entre Beverly e Amber, usando o mesmo vestido azul Tiffany que as outras madrinhas, mas, ao contrário delas, não fica posando com a cabeça inclinada para exibir seu melhor ângulo. Não precisa. Com o penteado e a maquiagem, ninguém deduziria que ela passou a noite anterior no hospital depois de ser tirada inconsciente do mar.

Terri cruza o olhar com o meu e sinaliza com a boca:
— Obrigada.

Dou um sorriso e assinto.

Lucia está circulando pelo pátio, supervisionando de perto um dos assistentes nervosos de Georgina, que se ocupa de tirar fotos do local antes dos convidados se sentarem. Há um elegante gazebo branco lá na frente, cercado por círculos concêntricos de cadeiras também brancas. Ao longo de ambos os lados do corredor, há rosas cor-de-rosa e champanhe.

A caligrafia elegante em uma placa de madeira diz: O AMOR ESTÁ NO AR; FIQUE À VONTADE PARA ESCOLHER UM LUGAR.

Conforme mais convidados chegam, as madrinhas e padrinhos deixam de posar frente às câmeras para se prepararem para a cerimônia. Uma moça de terninho (que deve ser a cerimonialista), fala algo para o casal. Nora fica boquiaberta. Lucia se aproxima às pressas e, com expressões sérias, se agrupam.

Cutuco Theo.

— Parece que rolou um problema.

— Vamos descobrir o que foi.

Terri é a única que nos percebe caminhando na direção deles. Ela se afasta do resto das pessoas e vem ao nosso encontro.

— Aconteceu alguma coisa? — pergunta Theo.

— A violinista favorita da Nora, que deveria tocar um solo enquanto ela vai até o altar, acabou de desmaiar no banheiro da vila e bateu feio a cabeça — responde Terri. — A moça tá consciente agora, mas chamaram uma ambulância mesmo assim. Obviamente ela não vai poder tocar na cerimônia, que vai começar daqui a exatos dez minutos.

— Ninguém da banda pode substituir? — sugere Theo. — Eles já devem tá aqui se organizando pra festa, né?

— É que a Nora ama um concerto específico do Vivaldi, e a gente não tem certeza se o violinista da banda sabe tocar — diz Terri. — A cerimonialista foi confirmar. Minha mãe tá surtando porque se a cerimônia atrasar o cronograma vai ficar uma zona. A Nora tá quase chorando. Você devia ter visto a cara dela quando a Amber perguntou se não dava pra achar o concerto no Spotify.

Theo inclina a cabeça.

— É o Largo "Inverno" do Vivaldi?

Terri pisca.

— Como você adivinhou?

Theo a contorna e caminha rumo a Nora e Angelo. Terri e eu trocamos olhares confusos e o seguimos. Angelo tenta fingir que está calmo quando vê Theo. Nora continua uma pilha de nervos, e Lucia semicerra os olhos, como se achasse que Theo está vindo para zombar do acontecido.

— Deixa comigo — fala Theo para Nora. — As *Quatro Estações* é a minha composição favorita do Vivaldi. Eu sei tocar o Largo "Inverno" de cor.

Nora parece perplexa. Até mesmo Angelo fica sem palavras. Mas ninguém é páreo para a completa incredulidade no rosto de Lucia.

— Vou pegar um violino emprestado da banda — continua Theo. — Dá pra alguém correr e fazer isso pra mim? Vou precisar de uns minutos pra afinar as cordas.

Todos entram em ação. O sósia de Harry Styles sai correndo. Angelo e seu padrinho disparam para a frente com o celebrante de casamento. Lucia e as madrinhas apressam Nora para onde quer que elas devam ficar para esperar o cortejo começar. Terry fica com a gente até Harry Styles voltar, ofegante, com o estojo de um violino em ambas as mãos.

Theo pega o instrumento, acomoda-o sob o queixo e arqueia as sobrancelhas, concentrado, enquanto vira as cravelhas para a frente e para trás em movimentos minúsculos.

— Beleza, tô pronto.

Quando Theo parte para o gazebo e Terri sai às pressas para se juntar às madrinhas, Catherine aparece e agarra meu ombro.

— Dylan! Vem sentar com a gente!

Ela me guia até a terceira fileira, onde Malia, Herbert e Jacintha estão sentados. Não vejo as crianças, então a vila deve ter providenciado alguém para cuidar dos pequenos.

— O que o Theo tá fazendo lá em cima? — pergunta Malia. — Ele vai tocar na cerimônia?

— Foi de última hora. — Me sento ao lado de Catherine e deixo uma cadeira vazia perto do corredor para Theo. — A violinista sofreu um acidente e ele se ofereceu.

Herbert fica surpreso.

— E a Lucia concordou?

— Tá aí um rapaz que sabe muito bem como não passar despercebido — diz Catherine. — Não quero nem imaginar a cara do Malcolm quando ele descobrir.

Em cada cadeira há um envelope de papel pardo com as palavras PEGUE UMA SEMENTE, SE ACONCHEGUE E SENTE! Dentro, há um pacote de sementes que, de acordo com o cartão impresso, eram de plantas locais nativas de Long Island. As minhas são de rosas-selvagens.

— Deve ter sido ideia da Nora — me conta Catherine. — Ela ama natureza e sustentabilidade.

É, Lucia não me parece fazer muito o estilo ambientalista. Ou do tipo que gosta de riminhas cafonas.

O celebrante anuncia que já vai começar. Todos se sentam quando o padrinho vem pela direita e para ao lado de Angelo. Theo está esperando do outro lado do gazebo. O celebrante faz um sinal para que ele dê início.

Theo leva o violino até o queixo e passa o arco pelas cordas. Notas voluptuosas e envolventes ressoam e preenchem o ar. Num momento, são fortes e pungentes e, no outro, suaves e aveludadas. Alguns dos presentes estão com os celulares erguidos, filmando a apresentação. O rosto dele é um reflexo perfeito de foco, o que me causa um calafrio pescoço acima. Theo exibe a mesma expressão inspirada e intensa de mais cedo, quando passou os dedos pelo meu cabelo para arrumá-lo.

Beverly é a primeira madrinha a entrar, junto com Harry Styles. Terri vem em seguida com o cara asiático. Quando dá um passo para o lado no fim do corredor, não percebe que Angelo a segue com os olhos. É um olhar que facilmente passaria despercebido, mas eu noto.

Amber, a dama de honra, entra por último e sorri para os convidados como se fosse seu próprio casamento.

Nos levantamos quando Nora aparece, flanqueada por seu pai e sua mãe. Enquanto a noiva caminha até o altar, Malia cutuca Catherine.

— Te falei, é um Oscar de la Renta.

Quando a música termina, o pai de Nora coloca a mão da filha na de Angelo. Theo abaixa o violino, e, agradecida, Nora assente para ele.

Quando o celebrante começa a falar, Theo sai pela lateral do gazebo e desaparece. Alguns minutos depois, se acomoda na cadeira ao meu lado tão abruptamente que nem dá tempo de tirar o envelope de sementes antes que se sente.

Catherine se estende por cima de mim e dá um apertãozinho no braço dele. Herbert faz um sinal de joinha.

Theo abre um sorriso para mim.

— O que eu perdi?

Dou de ombros.

— Pouca coisa. Um cara aí tocou violino enquanto a noiva ia até o altar.

— Ele era gato? — Theo assume uma expressão travessa. — Faz o seu tipo?

Contenho um sorriso.

— Você nem se deu conta de que tá com um pacote de sementes embaixo da bunda, né?

— Ah. — Ele pega o envelope e olha dentro. — As minhas são de ameixas selvagens. E as suas?

Uma mulher mais velha da família de Angelo faz "shhh" para nós. Theo faz uma cara de "desculpa", mas quando a senhora deixa de encará-lo, ele se inclina na minha direção e sussurra no meu ouvido:

— Você não me respondeu.

— Rosa-selvagem.

— Não é dessa pergunta que eu tô falando. — Seus lábios roçam na pontinha do lóbulo da minha orelha. — É da outra.

Meu coração acelera. Mordo a parte interna da bochecha e mantenho o olhar fixo adiante. De soslaio, vejo que Theo dá um sorrisinho malandro enquanto ajeita a postura na cadeira.

Quando Angelo coloca a aliança no dedo de Nora, Terri desvia o olhar por um breve instante. Mas, quando o celebrante diz que agora os declara marido e mulher, ela aplaude junto com todo mundo enquanto o casal recém-casado se beija, e seu sorriso parece real, como se estivesse genuinamente feliz de estar aqui.

No fim da cerimônia, Nora vem toda sorridente até nós.

— Meu Deus do céu, Theo, o jeito que você tocou o Largo "Inverno"... — Ela coloca uma mão no coração. — Nunca ouvi nada tão bonito. Como é que você sabia que é a minha favorita?

— Você tocava no piano às vezes em eventos da família — responde Theo.

— E você lembrou de verdade! — Com os olhos marejados, ela o abraça. Uma comoção de flashes dispara ao nosso redor. — Obrigada. No fim das contas, meu violinista favorito tocou na minha cerimônia, sim.

Theo abre um sorriso.

— É o mínimo que eu poderia fazer depois de invadir o seu casamento.

Nora assume uma expressão melancólica.

— Tô muito mal por não ter te convidado. Eu queria, mas a minha mãe não deixou. E eu só aceitei as vontades dela. — A noiva olha para Terri, que está conversando com Catherine e Malia. — Eu devia ter enfrentado ela em muitas coisas.

Angelo agradece a Theo antes de o casal ser conduzido para outro lugar pelos assistentes da fotógrafa. Nesse meio tempo, os funcionários da vila transformaram o pátio em que ocorreu a cerimônia em um espaço de coquetel. Garçons rondam o ambiente com taças de vinho e pratos de canapés. Pego um aperitivo de figo com bacon e pimenta enquanto Theo e eu vamos até o bar perto da piscina. Pegamos uma taça de sangria de maracujá sem álcool saborizada com fatias de laranja, kiwi e carambola.

A cabeça de Terri brota entre nós dois.

— O que vocês tão fazendo aqui? Tá todo mundo esperando!

Ela agarra nossos braços e nos puxa para fora da área do coquetel rumo aos jardins, onde as fotos da família estão sendo tiradas. Os parentes de Theo já se posicionaram ao redor de Nora e de Angelo.

— Terri, espera aí — argumenta Theo, e recua. — Não sei se...

— Para com isso. — O timbre incisivo de Lucia nos faz parar abruptamente. — Pra onde vocês acham que tão indo?

Capítulo dezesseis

Não prestei atenção na roupa de Lucia enquanto ela levava Nora até o altar, já que estávamos todos concentrados na noiva. A tia de Theo está etérea com o vestido de lantejoulas douradas e as compridas mangas sino — seu olhar, no entanto, é o que basta para romper o encanto de qualquer um.

— Essas fotos de família são pra virarem memórias pra vida toda do dia especial da Nora. — Lucia o encara, brava. — Mas que falta de noção.

Theo parece ficar acuado.

— Desculpa, tia Lucia, eu não queri...

— Que falta de noção fazer todo mundo ficar te esperando — diz Lucia, interrompendo-o. — Vem aqui pro lado da sua tia Catherine. Anda, agora.

Ele não consegue esconder a surpresa. Terri o agarra pelo pulso e o puxa em direção ao grupo.

— Dylan, você também! — chama Nora.

É minha vez de ficar chocado. Ela não pode estar falando sério. Eles não sabem que sou o namorado de mentira de Theo — o que faz com que me juntar ao retrato pareça ainda mais errado. Tento chamar a atenção de Theo, esperando que ele vá dizer para fotografarem logo sem mim.

Em vez disso, ele faz um gesto com a mão para que eu me aproxime.

— Vem, Dylan!

Lucia me encara com um olhar irritado.

— Rapazinho, eu odeio ser grossa, mas faz o favor de vir pra cá e ficar do lado do Theo agora mesmo. Já estamos atrasadérrimos.

Lucia corre para seu lugar enquanto eu me dirijo até Theo. Ele me puxa para mais perto e entrelaça nossos braços. Antes que eu possa me certificar de que meu terno está direitinho, o obturador da câmera dispara algumas vezes... e agora oficialmente faço parte do casamento mais chique para o qual nunca fui convidado.

Quando voltamos para a área do coquetel, o restante dos padrinhos e madrinhas, que já tiraram fotos antes da cerimônia, estão conversando alto e rindo perto do bar. Amber está balançando uma taça de vinho tinto e, quando passo, vira a cabeça na minha direção.

— Ai, meu Deus! — Ela agarra meu punho. — O Theo comprou essas abotoaduras pra você?

— Hum... comprou.

Suas unhas machucam. Tento puxar a mão, mas Amber se recusa a me soltar.

— São da última coleção da Cartier! Eu queria ter comprado pro meu noivo, mas esgotou tudo no primeiro dia. — Ela olha para Theo. — Como você conseguiu?

Ele desvencilha meu punho dos dedos de Amber.

— Meu mordomo tem conexões excelentes. Consegue fazer praticamente qualquer coisa.

Amber faz beicinho.

— Eu fiquei TÃO decepcionada. Assim, custavam só dez mil... não me surpreende que tenham vendido tão rápido!

Ela sai num turbilhão. Com os olhos arregalados, me viro para Theo. Ele está com uma cara suspeita. Pego-o pelo cotovelo e o levo até um lugar afastado dos outros convidados.

— Essas abotoaduras são da Cartier? — sibilo. — Ficou doido, foi? E se caírem?

— Relaxa, eu garanti que ficassem bem seguras...

— Eu tô aqui nesse casamento por causa dos cinco mil que você deu pra me ajudar. E aí você achou que fosse uma boa ideia colocar abotoaduras que custam *dez mil dólares* em mim?

— Desculpa, Dylan — diz Theo com uma voz acuada. — Você tá certo. Eu devia ter te contado. Não quis te deixar desconfortável...

— Vamos voltar pro quarto e colocar isso aqui no cofre. — Dois pedaços minúsculos de metal que valem cinco dígitos devem ficar atrás de uma trava de segurança com senha, e não pendurados nos punhos da minha camisa, de onde podem cair a qualquer momento. — Agora.

Alguns convidados nos olham de soslaio. Respiro e suavizo o rosto para que não pareça que estamos brigando.

— Tive uma ideia. — Theo se aproxima e coloca a mão na minha cintura. — Pode ser que o povo nos perceba indo embora do nada, então que tal a gente fingir que tá saindo de fininho pro quarto pra se pegar? Quando você aparecer na festa sem as abotoaduras, vão deduzir que esqueceu de recolocar depois de a gente ter ficado.

Levando em consideração que eu estava bravo com ele dois segundos atrás, essa sugestão não deveria soar tão sexy assim.

Saímos de perto da piscina e voltamos para nosso quarto sem esbarrar em ninguém no caminho. Theo fecha a porta, e eu estendo os punhos para que remova as abotoaduras.

— Desculpa não ter falado antes que eram da Cartier. — Ele parece arrependido. — Não queria que você achasse que eu tava te usando pra impressionar meus parentes. E de jeito nenhum eu tava tentando te transformar em alguém que você não é.

— Não tô acostumado a vestir coisas que custam mais grana do que a minha família já teve na conta. — Faço um gesto para meu terno. — Eu sei que é o código de vestimenta, mas meter um par de abotoaduras de grife não vai fazer eu me sentir menos deslocado.

— Eu sei. Desculpa mesmo.

Ele coloca as abotoaduras de volta no cofre.

Agora que estamos sozinhos, longe das encaradas intrometidas, me sinto mal por ter surtado alguns minutos atrás. Não posso culpá-lo. Esse luxo é tudo o que ele sempre conheceu. Tudo em sua vida custa muito mais do que deveria.

Um lampejo de malícia nos olhos de Theo me faz parar.

— Que foi?

— Se queremos que eles achem que a gente deu uma fugidinha pro quarto pra se pegar, tem que parecer que nós estamos tentando esconder alguma coisa. — Ele inclina a cabeça. — Alguma ideia?

Minha boca fica seca. Não acredito que ele acabou de transformar isso aqui numa versão picante daquela série de livros *Escolha sua aventura*.

— Tá bom, eu começo. — Theo se inclina em minha direção. — A gente começou a se pegar assim que chegou na porta, então a primeira coisa a cair fora foram os paletós... — Ele passa as palmas das mãos nas minhas lapelas e amarrota o tecido antes de alisá-lo. — Ficou com uns amassadinhos que não deu pra disfarçar. Sua vez.

Mesmo sob duas camadas de roupa, aposto que ele consegue sentir meu coração batendo disparado. Atravesso o espaço entre nós, toco sua gravata-borboleta e a entorto de leve.

— Não deu tempo de você ajeitar a gravata tão certinho como antes — digo, num sussurro.

— Genial. E eu passei as mãos pelo seu cabelo e acabei com o penteado... — sussurra Theo com a voz baixa e provocadora enquanto roça os dedos pelo meu cabelo outrora perfeitamente arrumado. — Você tentou dar um jeito depois, mas não ficou a mesma coisa.

Uma sensação eletrizante me invade, como se eu estivesse no topo de uma montanha-russa esperando a queda — mas, em vez de fechar os olhos, quero deixá-los bem abertos. Nossos rostos estão tão perto que dá para ver a curva dos cílios de Theo e, se nós dois fôssemos para a frente ao mesmo tempo, nossos lábios se encontrariam...

Um cartão-chave apita. A porta se abre e a camareira entra. Ela nos vê e solta uma exclamação de susto.

— Mil desculpas, senhores! — fala a funcionária, afobada. — Pensei que todo mundo estivesse no casamento, e não tinha nenhuma placa de "não perturbe"...

— Não se preocupa, você chegou bem na hora. — Com tranquilidade, Theo dá um passo para trás. Ele caminha até ela com um sorriso encantador, pega a carteira e coloca uma nota de cem dólares em sua mão. — Meu acompanhante me lembrou que esquecemos de deixar uma gorjeta e voltamos por causa disso.

Enquanto saímos, a camareira percebe os dez travesseiros sobre a cama. Sinto meu rosto pegar fogo. Ela deve achar que os usamos para fazer alguma safadeza ontem à noite.

Quando chegamos lá fora, Theo analisa meu corpo de cima a baixo.

— Eles com certeza vão acreditar que a gente tava se pegando.

Pode contar com Theo para fazer com que *não* se pegar seja a coisa mais sexy de todos os tempos. Como sempre, ele parece pleno... mas o leve corar de suas bochechas é algo que não dá para esconder.

Seguro um sorriso. *Eu* fiz Theo Somers corar. Vou me dar o crédito onde puder.

Capítulo dezessete

Quando voltamos, o coquetel já está quase no fim e a maioria dos convidados já foi para a mansão principal para a festa. Ao entrarmos, a responsável pela cabine de fotos nos chama.

— Em vez de um livro de recados, o casal gostaria de algumas fotos divertidas dos convidados — informa ela. — Peguem um ou dois acessórios e entrem!

Theo pega uma cartola e me entrega uma placa que diz EU ACEITO. Entramos na cabine vintage. Ele coloca um braço ao redor dos meus ombros, mesmo que não seja preciso nos apertarmos tanto para caber no retrato. Estou constrangido demais para fazer poses engraçadas, então abro um sorrisão e levanto a plaquinha quando o flash dispara.

Ao sairmos, a moça dá uma foto para cada.

— Vocês ficaram ótimos!

Estou com um sorriso bobo na foto, enquanto Theo consegue parecer blasé mesmo com aquela cartola ridícula. Olho mais de perto para minhas mangas sem as abotoaduras, os amassados nas lapelas e a gravata torta de um jeito quase imperceptível de Theo, coisa que provavelmente ninguém mais vai perceber.

Ele cutuca meu ombro.

— Agora a gente tem a nossa primeira foto juntos.

Não consigo evitar o sorriso.

— Ficou boa.

Tudo nesse casamento tem sido uma ilusão perfeita de grandeza e glamour, e o salão de baile não é exceção. As mesas de banquete foram organizadas em longas fileiras perpendiculares à mesa da noiva, para que todos possam ver o casal. Ao lado, fica o bolo, uma torre formidável de confeitaria com sete andares de cobertura branca pincelada com detalhes em glacê dourado e prateado. A banda está perto da pista de dança, e uma vocalista canta um jazz que não reconheço.

Chegamos em nossos assentos, marcados por cartões com nossos nomes. Catherine e Malia estão na nossa frente. Em cada lugar há um prato grande de porcelana com uma borda dourada, quatro garfos, três facas e duas colheres. Tia Jade surtaria se usássemos tantos talheres assim para uma refeição só. Como não estávamos oficialmente na lista de convidados e, portanto, não pudemos escolher uma das opções de comida, um garçom pergunta na surdina o que queremos como prato principal: carne, peixe ou opções veganas. Me sinto um pouco esquisito, já que costumo ficar do outro lado dos pedidos que Tim me passa pela janela de serviço.

Opto pelo filé de robalo de forno com polenta de parmesão e legumes mediterrâneos assados. Theo pede o filé mignon de wagyu grelhado com molho de vinho e chalotas. Wagyu salteado com cebolinha e gengibre é uma das especialidades de tia Jade, mas, por custar quatrocentos dólares o quilo, ela só o prepara durante nosso jantar de reencontro. Na China, famílias grandes se reuniam uma vez por ano, ocasião em que irmãos que moram e trabalham em diferentes províncias retornavam para sua cidade natal a fim de celebrar o Ano-Novo Lunar. Para os chineses, o jantar na véspera do novo ano é a refeição mais importante que as famílias podem compartilhar — e nunca perdemos nem um sequer.

O anfitrião anuncia que os padrinhos e madrinhas estão prontos para a grande aparição. A banda irrompe em uma animada versão instrumental de "Viva la Vida" quando Lucia e seu marido vêm primeiro, seguidos pelos pais de Angelo. Terri sorri para a gente quando passa por nós.

— E agora, deem as boas-vindas a Angelo e Nora, os novos senhor e senhora Sanchez!

Todos se levantam, aplaudindo e celebrando. Angelo veste um smoking branco com lapelas pretas, e Nora está radiante num vestido sem alças branco com um marcante bordado preto ao longo da bainha.

— Vera Wang — dizem Catherine e Malia em uníssono.

Depois da primeira dança dos noivos, garçons chegam trazendo aperitivos e a banda toca uma música tema contagiante que reconheço de imediato. Cutuco Theo.

— Olha, é da abertura de...

— *Como Treinar o seu Dragão*. — Ele sorri com a minha surpresa. — Que foi? Achou que eu só conhecia Vivaldi e Mozart?

Estou apaixonado.

Um garçom coloca uma salada gourmet fresquinha na minha frente. Quero mostrar para Megan, mas não tem ninguém tirando fotos na nossa mesa. Sorrateiramente, observo qual garfo Theo pega e o imito. A faca para manteiga sem serra e o garfo e a colher para sobremesa são bem óbvios, mas os outros talheres parecem quase iguais. A salada é crocante e agridoce, com microverdes, endívias, pistaches tostados e vinagrete cítrico.

Enquanto comemos, garçons chegam com taças de champanhe. Theo e eu pegamos sidra sem álcool. Na mesa dos noivos, Terri é a única que a escolhe também. Que bom que estão nos alimentando enquanto os padrinhos e madrinhas fazem seus brindes, porque todos esses discursos parecem bem repetitivos depois de um tempinho. Quando Terri se levanta, porém, um silêncio se alastra pelo salão e o incessante tilintar das louças esmaece. Todo mundo deve saber que ela é a irmã mais nova da noiva e que namorava o noivo. Uma mistura de pena e fascínio atravessa alguns rostos.

— Quando eu era criança, falei pra minha mãe que ninguém tinha coragem de fazer bullying com a minha melhor amiga porque ela tinha um irmão mais velho. — Sua voz ressoa límpida, mas há algo frágil, como vidro fino. — Minha irmã era uma chata ratinha de biblioteca que nunca queria ir brincar na rua. Não era justo. Por que é que eu não tinha um irmão mais velho no lugar dela?

Em qualquer outro casamento, isso teria provocado algumas risadas, mas todos continuam em silêncio. Angelo abaixa a cabeça. Nora parece não saber direito como reagir. Lucia encara Terri com um olhar que teria petrificado qualquer pessoa menos resiliente. Catherine e Malia se entreolham. Não sei ao certo qual das facas disponíveis serve para cortar o ar pesado que ficou.

— A minha mãe pegou as minhas mãos e me falou que, mesmo que a minha irmã não fosse superdivertida, tinha uma coisa que eu devia saber sobre ela — continua Terri. — Eu nasci prematura, seis semanas antes da hora, e no dia que eu vim ao mundo, meus pais tinham planejado levar a Nora na Disney. Ela tinha quatro anos e tava toda empolgada. Quando a mãe levou ela na área neonatal, perguntou se a Nora se chateou pela viagem ter sido cancelada por causa do bebê. Mas a Nora falou: "Não tô chateada. Ela é minha irmã. Eu daria o mundo todinho pra ela".

Terri olha para Nora.

— Agora é minha vez de te dizer essas coisas. — Seu sorriso fica mais reluzente através de um resplendor de lágrimas. — Eu te amo, mana. Te daria meu mundo todinho.

E deu. Pelo jeito que Nora soluça contra a palma da mão e Angelo desvia o olhar enquanto a entrega um punhado de lencinhos, os dois se dão conta disso também. Os olhos de Lucia estão marejados de emoção.

Hesitantes, todos aplaudem e tomam um longo gole de champanhe.

Os garçons trazem os pratos principais, e eu presto atenção em qual talher Theo pega para usar com seu mignon. Sigo a deixa.

— É o errado — ele murmura pelo canto da boca.

Paro.

— Mas foi o que você pegou.

— Você pediu peixe. Como é um filé, você devia usar o garfo de peixe com a faca de jantar. A minha faca é pra carne. O garçom deve ter esquecido de tirar a sua.

Ligeiro, troco um pelo outro na esperança de que ninguém tenha percebido.

Theo assente.

— Agora sim.

Meu robalo assado está impecável e se parte em pedaços firmes, e ainda assim macios, quando o corto. Durante o Ano-Novo Lunar, sempre comemos robalos inteiros preparados no vapor temperados com gengibre, cebolinha, molho de soja claro e óleo de gergelim. A palavra para *peixe* em mandarim e em cantonês (*yú*) tem uma pronúncia parecida com "abundância". Comer um peixe cozido inteiro, com cabeça e cauda, é uma tradição popular para celebrar a chegada de um novo ano que será auspicioso do início ao fim.

— Dylan, olha só isso aqui. — Malia me mostra uma foto em seu celular. — Que bom que a gente postou nossas fotos do casamento no Facebook, senão não íamos ter achado essas.

Theo tem três ou quatro anos na imagem. Está usando um terno com uma gravata-borboleta turquesa e segurando uma almofadinha com duas alianças amarradas com laços de fita.

— Tia Malia. — Theo dá um sorriso forçado.

— Foi a primeira vez que esse cara aqui arrasou num smoking, com gravata de encaixe e tudo. — Catherine ri. — Não é a coisa mais fofa que você já viu?

Abro um sorriso.

— É mesmo.

Malia acaricia minha mão e olha diretamente para o espaço onde as abotoaduras deveriam estar.

— Seu namorado já deixou a criancinha inocente daquela época bem pra trás.

Um calor invade minhas bochechas.

Catherine se inclina na minha direção.

— Vou ser a tia insuportável que te coloca numa sinuca de bico. Me conta... do que é que você gosta no meu sobrinho querido?

— Se ele terminar comigo depois desse fim de semana vou jogar a culpa em vocês duas — diz Theo, mas não há rancor em sua voz.

A pergunta de Catherine me pega desprevenido. Mal peguei o jeito de agir como se fôssemos um casal... sério, admitir em alto e bom som o que gosto em Theo é mais apavorante do que pular daquele píer ontem à noite.

Decido arrancar o band-aid de uma vez.

— Tem um ditado chinês que a minha tia adora: *yŏu yuán qiān lǐ lái xiāng huì*.

— O que significa? — pergunta Catherine.

— "Nos encontrarmos é o nosso destino, mesmo a milhares de quilômetros de distância." — Não ouso olhar para Theo. — E foi meio que desse jeito que a gente se conheceu. A forma como nossos caminhos se cruzaram foi tão inesperada que eu não consegui deixar de achar que algo no universo devia ter se alinhado.

Estou quase sempre na cozinha com tia Jade, e não fazendo entregas de bicicleta. Tirando na noite em que o vi pela primeira vez.

Os olhos de Malia se iluminam.

— Adorei! Quando vocês casarem um dia, você precisa contar essa história.

— Senão eu vou bancar a tia maluca que pula e faz um brinde mesmo que não esteja na lista de discursos — acrescenta Catherine.

— Por favor, não pula, não. É capaz de você quebrar algum osso — brinca Theo.

Catherine se estica por cima da mesa, e Theo se desvia do tabefe que mirava em seu braço. Outros convidados se viram na direção deles devido à comoção.

Malia sorri para as pessoas.

— Tinha um mosquito enorme nele.

Theo esbarra o ombro no meu — e, debaixo da mesa, coloca a mão na minha perna. Respiro, ofegante. Mesmo através da camada de tecido, o toque irradia calor... e alguma outra coisa. Antes que eu possa reagir, Theo tira a mão e, com uma risadinha, se ajeita sobre a cadeira. Catherine o olha com cara de brava, mas está sorrindo.

Depois da dança dos pais e de cortarem o bolo, a banda dá início a uma mistura de músicas clássicas e novos hits para fazer os convidados mais velhos e mais novos se levantarem. Catherine e Malia vão para a pista de dança, onde Amber está dando uma leve exagerada nos passos com seu noivo.

Theo e eu conferimos a estação de affogato. Um barista serve duas pequenas colheres de sorvete de baunilha num copo de parfait, derrama uma dose de café expresso por cima e acrescenta lascas de chocolate amargo e pedaços de avelã no topo.

— Que delícia, sorvete e café. — Theo admira a coloração do café escuro e do sorvete, que fica parecida com mármore. — A pessoa que teve essa ideia era um gênio.

— Eu devorava um monte desses em casamentos quando eu era adolescente — diz uma voz jovem e feminina atrás de nós.

Nos viramos. É Beverly, a rainha fofoqueira da casa.

Ela move as sobrancelhas para cima e para baixo.

— Mas me conta, como é ser o casal mais popular da festa?

Theo não perde tempo.

— Pensei que esse título fosse da Nora e do Angelo.

Beverly ri.

— Ah, você me entendeu! — Ela dá um passo na direção dele e assume um tom conspiratório na voz. — De forma alguma eu queria ouvir a conversa dos outros ou alguma coisa assim, mas durante o coquetel, escutei seu acompanhante dizendo que só tá aqui porque você deu cinco mil pra ele? O que tá rolando? Vocês tão só *fingindo* que são um casal?

Meu olhar dispara para Theo, mas seu rosto não deixa transparecer nada. Se a informação de que ele pagou alguém para ser seu namorado de mentirinha vazar... Não quero que ele seja humilhado na frente de todo mundo. As palavras incriminatórias saíram da minha boca tagarela, então sou eu que tenho que cuidar da contenção de danos.

— Você ouviu direitinho — digo para Beverly, mantendo a voz tranquila. — Eu gosto de pagar pelas minhas próprias coisas, mas o Theo insistiu que nós dois fizéssemos os ternos com o alfaiate dele, o sr. Kashimura. — Coloco uma das mãos no ombro dele e, de propósito, deslizo a palma até seu bíceps. Não sei se estou imaginando ou não, mas ele fica muito tenso com meu toque. — Se não fosse pelos cinco mil que o meu namorado gastou comigo, eu não estaria chique o bastante pra essa festa.

— Own, amor. — Theo entra na brincadeira. — Você achou mesmo que eu não ia te dar nada pro nosso primeiro mêsversário?

Ele se inclina e dá um cheiro no meu pescoço, o que me deixa incapaz de responder.

Beverly faz beicinho. Estava claramente esperando por uma fofoca mais cabeluda.

— Então vocês dois tão juntos mesmo?

Theo pega minha mão e simula uma expressão de choque.

— Cadê as suas abotoaduras da Cartier?

— Merda. Devo ter esquecido quando a gente voltou pro quarto. — Finjo ficar bem pensativo. — Certeza que ficaram na cômoda. Eu tirei antes de a gente, hum... ah, você sabe.

Theo dá um sorrisinho.

— Ah, eu com certeza me lembro dessa parte.

Beverly revira os olhos.

— Vou pegar uma bebida.

Quando ela sai para ir até o bar, solto o ar todo de uma vez. Foi por pouco. Confiro três vezes para garantir que não há ninguém para nos ouvir.

— Desculpa. Quase acabei com o nosso disfarce.

— Você pensou rápido — respondeu Theo. — Tô impressionado.

— Que bom que você entrou na minha. Mencionar as abotoaduras foi um detalhe ótimo.

Ele sorri.

— A gente forma um belo time.

Os primeiros acordes de "Perfect", de Ed Sheeran, ressoam. Casais na pista de dança se aproximam com braços ao redor do pescoço ou da cintura um do outro.

Theo estende a mão.

— Vem. Eu amo essa.

Sinto um nó na garganta. É *aquele* tipo de música.

— Você quer dançar? Comigo?

— Você é meu acompanhante. Acho que eu não deveria convidar mais ninguém além de você.

Há pessoas nos observando. Meus batimentos aceleram.

— É que, hum... eu nunca dancei música lenta.

— É fácil. Só mexer o pé pra lá e pra cá. — Ele dá uma piscadela. — Faz que nem eu.

Nervoso, lambo os lábios quando pego sua mão. Theo não precisa fazer isso só para se exibir (já está nas fotos de família, isso sem falar da filmagem de seu solo de violino na cerimônia). Então por que é que está me convidando para dançar na frente de todo mundo?

Quando adentramos a pista de dança, um espaço se abre imediatamente para nós. Animadas, Catherine e Malia fazem joinha.

Theo se vira para mim. Não faço ideia de onde colocar as mãos. Ele coloca uma das mãos no meio das minhas costas e a outra no meu braço, perto do ombro. Imito-o. Temos quase a mesma altura, mas mesmo assim me sinto meio estranho. Ele me puxa para mais perto e seu terno roça no meu.

Quando chega o refrão, fecho bem os olhos e deixo meus sentidos assumirem o comando. O peso das mãos de Theo ao meu redor. O toque de seu queixo descansando no meu ombro. Seu fôlego perto da minha orelha, baixinho e constante. Enquanto nos movemos em círculo, imagino que somos dois planetas na mesma órbita e que sua gravidade é a única coisa que me segura aqui.

Quando a música termina, abro os olhos devagar. O rosto de Theo está a centímetros do meu.

Ele se inclina adiante e me beija.

Minha mente dá um branco. Mal registro o leve toque de seus lábios. E então, ele se afasta e um sorrisinho vai marcando os cantos de sua boca. As pessoas à nossa volta estão aplaudindo e nos incentivando. Estou paralisado.

Ai, meu Deus. Theo Somers acabou de me *beijar*.

O anfitrião anuncia que servirão o bolo, e a maior parte dos convidados volta para suas mesas. Minha mente está a mil por hora enquanto retornamos para nossas cadeiras.

Malia sorri.

— Own. Como vocês são fofos.

Mas o que isso *significa*? Será que ele me beijou só para provar que somos um casal porque talvez, como Beverly, outras pessoas podem estar desconfiando também? Será que foi só mais uma parte da encenação?

Há dois sabores de bolo. Escolho baunilha com caramelo salgado, e Theo opta por ganache de chocolate com pasta de amendoim.

Ele corta um pedaço e o estende na ponta do garfo.

— Aqui, ó. Experimenta o meu.

Beleza. Casais costumam dividir comida. Quase me esqueci disso. Catherine e Malia também pegam os dois sabores, e Catherine está cortando as fatias para que cada uma fique com uma metade.

Como o bolo de chocolate do garfo de Theo e lhe ofereço um pedaço do meu de baunilha. Ele pega todo empolgado, mexe a língua rapidamente e lambe o *buttercream* que ficou no lábio.

A recepção termina com a saída dos noivos, e os garçons trazem sinos dourados com laços de cetim personalizados com as iniciais *N&A*. Fazemos fila no corredor e balançamos os sinos, e o som preenche o espaço com uma sinfonia tilintante enquanto Nora e Angelo se retiram numa atmosfera de conto de fadas.

Já são 23h, e ao menos metade dos convidados se retiram também. Herbert e Jacintha nos desejam boa-noite e saem apressados para buscar os filhos. Da mesa dos noivos, Lucia e o marido saem junto com os pais de Angelo.

O padrinho pega o microfone.

— Senhoras e senhores, é agora que a festa de verdade começa!

Quando uma música da Cardi B ressoa das caixas de som, Amber pula em cima da mesa nupcial e começa a dançar. O restante dos padrinhos abre garrafas e borrifa champanhe nas jovens na pista de dança, que soltam gritinhos. Fico com pena da equipe de limpeza.

— Ei, Dylan. — Theo pega minha mão. — Vamos dar o fora daqui.

Fico surpreso.

— Não quer ficar?

— Sendo bem sincero, festas não são muito a minha praia.

Dou uma risadinha.

— Engraçado que a única festa pra que você não é convidado é a que tem que invadir do jeito mais dramático possível.

Theo assume uma expressão irônica.

— Pelo visto eu sempre quero o que não posso ter.

Enquanto saímos, não consigo evitar de ficar pensando se ele continua falando só de convites para festas.

Capítulo dezoito

O ar da noite está ameno, salpicado pelo aroma do sal e da chuva. Não há lua no céu, e as trovoadas no horizonte apagaram as estrelas. Há uma tempestade a caminho.

Enquanto nos apressamos para o quarto, Theo olha de relance para minha direção.

— Desculpa não ter avisado antes de te beijar — diz. — Parecia o que um casal de verdade faria naturalmente depois de dançar agarradinho. Então eu fui com tudo.

— Hum... claro, tudo bem. — Só de pensar no leve roçar de seus lábios contra os meus me deixa com os braços arrepiados de cima a baixo. — Pareceu cem por cento natural pra mim também.

— Ah, que bom. Fiquei preocupado que tivesse sido esquisito.

Esquisito nada. Só deu curto-circuito em um monte de conexões no meu cérebro, só isso. Mas vão se regenerar.

Trovões retumbam quando entramos na suíte. Theo joga o paletó no divã, desamarra a gravata-borboleta e joga o pedaço de seda na cômoda. Estico os dedos para tirar a minha também, mas paro. Não quero puxar a ponta errada e acabar com um nó impossível de desfazer.

— Feliz que o casamento tá quase no fim? — pergunto.

— Pode parecer difícil de acreditar, mas acho que nada consegue ser pior do que o último casamento a que eu fui — responde. — O do meu pai.

Meus ouvidos se aguçam. Quero saber de onde vem o problema dele com o pai.

— O que aconteceu?

— Fizeram uma cerimônia íntima no Vale de Napa. O Bernard e eu fomos os únicos convidados do meu pai. — Theo esfrega a nuca e bagunça o cabelo na parte de trás de sua cabeça. — Quando cheguei na festa de inauguração na mansão nova dele em Long Island, adivinha quantas fotos minhas tinha naquele lugar inteiro? Uma. No canto da cornija em cima da lareira. De quando eu tinha cinco anos.

Não há nada que eu possa dizer para suavizar um baque desses.

— O retrato de família no corredor da sua casa é uma foto bem bonita de vocês três.

Ele meneia a cabeça.

— Mas não é que nem as fotos com a sua mãe, sua tia e seus primos na parede do restaurante. Aquele retrato não passa de um lampejo do passado. Até mesmo antes de casar de novo, meu pai passava praticamente o tempo todo fora da cidade a trabalho. O Bernard era quem tava na arquibancada torcendo quando ganhei meu primeiro torneio júnior de tênis. — Theo deixa um murmúrio escapar. — A sensação é de que, quando a minha mãe morreu, eu parei de importar pra ele. Quer dizer, a não ser quando ele espera que me afaste dos meus parentes e fique do lado dele durante um escândalo público.

Agora sei por que o vazio não apenas preenche a mansão de Theo, mas também a permeia. Ele cresceu dentro daquelas paredes, sem passar nenhum aperto sequer, cercado por tudo o que qualquer um poderia querer... tirando a presença da família. Meu pai praticamente deixou de fazer parte da minha vida desde que foi para Xangai, mas a diferença era que eu ainda tinha a minha mãe. Ela fez tudo o que estava a seu alcance para garantir que eu soubesse que era amado. O pai de Theo deveria ter feito a mesma coisa depois que ele perdeu a mãe.

Theo vai até o frigobar e pega duas garrafinhas.

— Quer? Tem vinho branco e tinto, vodca e tequila.

— Não, valeu. — Tentei beber numa festa uma vez, mas fiquei com dor de cabeça. — Fica à vontade. Só não vá dizer que me aproveitei de você depois.

Theo ri.

— Levando em consideração como tem sido difícil fazer você se aproveitar de mim, acho que não preciso me preocupar.

Fico confuso por um instante antes de me dar conta que ele está falando do subsídio falso — que, inclusive, é o motivo que me trouxe a esse casamento com ele.

Theo abre a garrafa e vira toda a vodca sem engasgar ou fazer careta.

— Mas me conta… como é um casamento chinês? — pergunta ele. — Nunca fui em nenhum.

— Depende de pra quem você perguntar — digo. — Nas famílias tradicionais, a cerimônia do chá chega a ser até mais importante do que a festa de casamento. Minha mãe me contou que na China antiga, o povo acreditava que a planta que dava o chá só podia ser cultivada a partir da semente. Por isso consideram o chá o símbolo do amor duradouro.

— Parece romântico. — Os olhos de Theo cintilam. — Que nem aquele ditado que você falou pras minhas tias mais cedo… aquele sobre o destino. Como era mesmo?

Ele lembrava. Sinto uma palpitação de empolgação.

— *Yǒu yuán qiān lǐ lái xiāng huì.*

— *Yǒu yuán qiān lǐ lái xiāng huì* — repete. — Falei direitinho?

Dou uma risada de seu sotaque.

— Dá pro gasto.

Theo vem para a frente, o que nos deixa mais perto do que duas pessoas que não estão envolvidas de verdade deveriam ficar.

— Você acredita em destino, Dylan?

Seus olhos encontram os meus… há certa volatilidade no olhar dele, algo magnético. Apesar de nossos lábios terem se encontrado na pista de dança, o ar que preenche o espaço entre nós, agora estalando com um tipo diferente de expectativa, parece ainda mais carregado.

Engulo em seco.

—Acho que, se o destino une duas pessoas, nada pode separar.

Theo se estica para tocar minha gravata-borboleta e a afrouxa com um leve puxão. O nó perfeito que ele fez para mim se desfaz. Não respiro enquanto seus dedos roçam na minha pele e abrem o botão do meu colarinho. A tensão no meu pescoço se esvai, mas em minha garganta a sensação é o contrário. É como se a tormenta lá fora tivesse eletrificado as moléculas invisíveis no ar e as forçado a colidir e criar um desequilíbrio que precisa ser descarregado de algum jeito.

O que você gosta nele?, perguntara Catherine. E uma parte inconsequente de mim quer mostrar para Theo, aqui e agora, exatamente o que é que gosto nele. Que eu me incline até que nossos lábios se toquem de novo, que eu passe as mãos por seu cabelo e o beije até perder o controle…

Theo recua e, simples assim, o momento se dissipa.

Ele olha para a montanha de travesseiros na cama.

— Você falou que só precisa de um monte de travesseiros na *primeira* noite dormindo num lugar novo, né?

— Hum… foi. — Meus batimentos continuam reverberando nos ouvidos.

— Beleza. Vamos nos livrar de alguns. — Ele descarta metade, pega o controle da TV e pula para o meio do colchão. Zapeia pelos canais, mas para quando Lawrence Lim aparece em *Cozinha Fora da Caixinha*. — Ei, não é o cara que tá patrocinando o concurso de bolos da lua?

Assinto.

— É uma reprise do episódio da semana passada.

— Bom gosto — comenta Theo, num tom aprovativo. — O cara é um gostoso. Mais um motivo pra entrar no programa dele.

Dou uma risada.

— Meio velho pra mim. A Megan acha que a gente devia empurrar ele pra cima da tia Jade.

— Mesmo? — Theo afofa o travesseiro às suas costas. — Eu por acaso também tenho uma quedinha por chefs de cozinha gatinhos.

Meu estômago dá um salto mortal. Ou uma cambalhota toda xoxa, para ser mais exato.

Theo dá uns tapinhas no espaço ao seu lado.

— Vem cá, fica aqui pertinho. Aí se a Terri perguntar, você tem como confirmar que eu sou ótimo de cafuné.

Subo na cama. Ele coloca o braço ao redor dos meus ombros, me puxa contra seu corpo e, sem conseguir evitar, me deito em seu abraço.

Enquanto Lawrence apresenta um minúsculo restaurante de comida indonésia no Queens que faz o melhor nasi goreng que ele já comeu, estico uma perna e deixo meu pé roçar na canela de Theo.

Ele não se afasta, e nem eu.

Capítulo dezenove

Quando acordo de manhã, estou sozinho na cama. De novo. Os lençóis do lado de Theo estão amarrotados e, sobre o travesseiro, há um pedaço de papel com a logo da vila.

> Bom dia, bela adormecida. Saí pra dar uma corrida.
> O brunch é às 11h.

As cortinas estão entreabertas, e a luz do sol inunda o quarto. O céu está azul e sem nuvens. É um dia lindo. Novinho em folha. Tirando as marcas de pingos secos no vidro da sacada, a tempestade de ontem à noite não deixou nem rastro.

Alguns minutos depois, um cartão-chave apita lá fora. A porta se abre e Theo, de camiseta e bermuda esportiva, entra. Ele abre um sorrisão.

— Oi, dormiu bem?

Passo uma das mãos pelo cabelo, que deve estar parecendo um ninho de pomba.

— Aham, obrigado. E você?

— Superbem — responde ele. — O check-out vai ser antes do brunch, então acho que é melhor a gente começar a arrumar as malas.

Já são 10h. Vou para o banheiro e, quando saio de lá, Theo está no chuveiro. Desvio o olhar, mas os sons da água respingando evocam uma imagem incrivelmente detalhada de Theo que me deixa com a impressão de que preciso tomar banho também. E gelado.

Guardo os moldes e os presentes para tia Jade e meus primos na mochila. Enquanto insiro o paletó na capa, algo no bolso causa um farfalhar rígido.

Puxo a foto que tiramos na cabine. O braço de Theo está em volta dos meus ombros, e eu estou com um sorriso pateta no rosto enquanto seguro a placa de EU ACEITO. Aquele nervosismo volta ao meu peito... mas agora há um vazio também.

Noite passada, quando ele perguntou se eu acreditava no destino, pareceu que algo... inevitável estava prestes a acontecer. Esse sentimento continua aqui, como uma pergunta inerte entre nós. E não sei se vamos chegar a descobrir a resposta.

Coloco a foto no compartimento da frente da mochila.

Não precisamos nos preocupar tanto com a roupa para o brunch, já que todo mundo vai embora logo depois. Visto a polo azul-clara que escapou do flagelo de Megan e a combino com o jeans da Levi's que usei ontem. Com sorte, ninguém vai perceber.

Theo sai do chuveiro com uma toalha ao redor da cintura.

— Nossa, achei que você fosse ir com a camiseta do COELHO, COELHO MEU. — Ele dá uma piscadela. — Quem sabe na próxima vez.

Enquanto ele se arruma, não consigo deixar de me perguntar o que isso significa. Se algum dia haverá mesmo uma próxima vez.

No começo, eu queria que esse fim de semana acabasse o mais rápido possível. Daqui a algumas horas, iremos embora. De volta para nossas vidas opostas. Para nossos mundos opostos. Eu, ajudando no pequeno delivery de minha tia, enquanto o pai de Theo é o dono de uma das quinhentas maiores empresas do país. A família dele, estampando as notícias, enquanto eu mal tenho tempo de ler os jornais porque estou ocupado demais tentando conciliar o trabalho e a escola.

Deixamos as malas no depósito de bagagens e vamos para o salão de refeições. As mulheres, em sua maioria, escolheram vestidos leves, e os homens não optaram pelos casacos ou paletós. Enquanto Theo e eu cumprimentamos Nora e Angelo na entrada, Terri aparece. Ela está usando um vestido estilo hippie com mangas bufantes e saia de babados que Megan iria amar.

— Onde é que vocês dois estavam? — Terri agarra nossos braços. — Andei procurando vocês em tudo que é canto! Vem, vamos comer alguma coisa. Tô morrendo de fome.

Nora dá um sorriso carinhoso para a irmã enquanto entramos. Angelo parece aliviado por não precisar ficar jogando conversa fora.

Terri nos conduz até o bufê. Os destaques do café da manhã estão cheios de cores: bagels em arco-íris, panquecas de confete com granulado e glacê e waffles coloridos com frango frito. Há um bar de especiarias cruas com ostras em metade de uma concha. Terri faz sua própria batida de açaí com sementes de chia, flocos de coco e mel. Um bando de convidados de ressaca se agrupou em volta do balcão de café.

— Alguma novidade do seu pai? — pergunta Terri para Theo quando se senta à nossa frente.

— Não. É bem capaz dele mandar uma notificação judicial exigindo que eu compre uma página inteira no *New York Times* pra escrever um pedido de desculpas. — Ele coloca o prato transbordando de rabanadas e pizza de prosciutto sobre a mesa. Como é que ele consegue manter o tanquinho? — Vou pegar um drinque sem álcool. Vocês dois querem alguma coisa?

Terri dá uma olhada no belíssimo cara de pele negra do bar de coquetéis sem álcool e não consegue segurar o sorrisinho.

— Não, não, tô de boa.

Theo olha para mim.

— Dylan? Quer experimentar um Beijo na Praia?

Quase me engasgo na primeira mordida da panqueca. Terri ri.

— É a versão sem álcool daquele drinque... *Sex on the Beach*.

Theo não esconde o quanto está se divertindo.

— Hum... um suco de laranja já tá bom pra mim, valeu — consigo responder com a voz rouca.

Quando ele se afasta, Terri faz uma cara séria.

— E aí, Dylan, a gente não teve um tempinho pra conversar só nós dois. Não me lembro de nada depois que caí no píer... mas obrigada pelo que você fez. — Ela aperta minha mão, assim como Nora fez ontem. — Você salvou a minha vida. E eu nunca vou esquecer.

— Só de te ver bem já fico feliz. — Espero que ela só tenha bebido porque estava devastada pelo fim de semana. — Você tava linda no casamento, inclusive.

— Depois do que rolou, a Nora e a minha mãe me falaram que eu não precisava mais ser madrinha. Fazia tanto tempo que eu tava tentando sair dessa.

— Mas você acabou não desistindo.

— Não. E não foi pela mãe e nem pela Nora... foi por mim. Eu precisava olhar o Angelo nos olhos, sair do caminho dos dois e deixar minha irmã casar com ele. E de algum jeito achar no meu coração uma forma de ficar feliz por eles. — Ela dá de ombros. — Quando consegui, me senti livre. Como se eu finalmente pudesse seguir em frente.

— E o John Boyega ali do bar te ajudou a deixar tudo isso pra trás? — brinco.

Terri abre um sorrisão.

— Meu Deus do céu, super dá pra dizer que ele é um irmão mais novo do John, né? O nome dele é Lewis, e faz faculdade com o Angelo. A gente conseguiu conversar depois do *after*... e, pelo que parece, ele começou o mestrado em Geologia na Columbia semana passada!

Dou uma olhada em Lewis, que está conversando com Theo no bar.

— Você ofereceu um tour privativo pelo campus?

— Seria grosseria da minha parte não oferecer. — Terri fica radiante. — E olha que sorte: a biblioteca da psicologia, onde eu passo *todo* o meu tempo como estudante do curso, fica no mesmo prédio da biblioteca de geociência. Quem diria que rochas podiam ser tão sexys?

Solto uma risadinha. Quando Angelo terminou com ela depois do incidente em que dirigiu bêbada, ele deve ter achado que se distanciar dos problemas com bebida da namorada era o caminho mais seguro, mas acontece que também era a saída mais fácil. Espero que Terri encontre alguém disposto a enfrentar as adversidades junto.

Ela descansa o cotovelo na ponta da mesa.

— Sabe... eu nunca vi o Theo tão feliz que nem ele tava perto de você nesse fim de semana. Ele tem andado bem solitário... não só depois que o pai se mudou, mas desde que perdeu a mãe. Ver vocês agora, assim se divertindo juntos, é a melhor coisa do mundo.

Me lembro do que senti quando compramos os moldes de bolo da lua na banca de tia Chan, comemos morangos cobertos por chocolate derretido e assistimos a *Cozinha Fora da Caixinha* juntos... eu também não aproveitava um final de semana assim desde que minha mãe morreu. Theo nunca a conheceu... mas passar tempo com ele me fez pensar nela sem culpa ou luto. Talvez esse seja o verdadeiro significado de reminiscência.

Theo retorna com seu coquetel e meu suco de laranja, o que me traz de volta ao presente.

— Então, o que foi que eu perdi? — pergunta ele.

Terri dá um sorrisinho debochado.

— Eu só tava contando pro Dylan como você sabe ser um pé no saco.

— Tenho certeza de que isso ele já sabe. — Theo se inclina para ela. — Seu novo amigo lá do bar tava muito curioso em ouvir como a gente se conhece. Nem conseguiu esconder o alívio quando descobriu que somos primos.

Terri sorri e ergue sua taça de água com gás com um morango dentro.

—A seguir em frente.

—A seguir em frente — repito.

Fazemos um brinde.

No fim do brunch, Catherine e Malia nos dão um abraço de despedida. Quando damos tchau para Nora e Angelo, Lucia se aproxima.

— A festa de Natal da família vai ser lá em casa esse ano — diz ela para Theo. — Tô te avisando logo pra você não ter nenhuma desculpa pra faltar. Mas seu pai continua sem ser bem-vindo. — Ela olha para mim. — Dylan, adoraríamos que você fosse também.

Nem sei se vou ver Theo de novo depois desse fim de semana. Mas dou um sorriso e assinto em resposta.

— Obrigado. Mal posso esperar.

Terri nos conduz até o saguão de entrada. Um manobrista traz a Ferrari, e Theo lhe dá uma gorjeta generosa.

Ela me dá um abraço caloroso.

— Tô tão feliz que o Theo te trouxe pro casamento. E não é só porque você me salvou do mar. — Terri se vira para o primo. — Obrigada por deixar o discurso moral pra uma outra hora que não seja na frente do seu namorado.

Ele a cutuca de brincadeira.

— Não tem nada de discurso. Tô orgulhoso de você, esquila.

— Eca, você sabe que eu odeio esse apelido! Faz anos que arrumei os dentes. — Terri ri e então pula no colo de Theo quando ele abre os braços.

Sorrio. Fico feliz por ele ter Terri, assim como eu tenho Megan e Tim.

Entramos no carro, e ela acena para mim.

— Nos vemos em breve!

Terri vai encolhendo e desaparecendo no retrovisor enquanto dirigimos vila afora.

Na estrada de volta para o East Hampton, olho para Theo.

— Vamos visitar aquele museu do Jackson Pollock que fica no caminho.

Ele parece ficar surpreso.

— Certeza? É capaz de você ficar entediado.

— Você foi na feira comprar moldes de bolo da lua comigo. A gente deveria fazer algo que você gosta antes de ir embora.

Ele não precisa que eu diga duas vezes. Paramos na casa de Jackson Pollock e conferimos o velho barracão que costumava ser seu ateliê. Theo fica de joelhos para admirar as tábuas do chão, que estão cobertas de borrões e salpicos de tinta.

— Dá pra acreditar? — exclama ele, tocando-as quase com reverência. — A gente tá parado no mesmo lugar em que o Pollock ficava quando criava suas famosas pinturas por gotejamento.

— É esse o nome? Pinturas por gotejamento? — pergunto. — Eu esperava um termo mais sofisticado de expressionistas abstratos.

Ele ri.

— E quem disse que a simplicidade não é sofisticada?

Saímos do barracão e entremos na casa, que foi transformada em um centro de estudos e biblioteca com dois mil títulos sobre arte modernista estadunidense. Theo vaga pelo espaço, admirando as obras de Pollock e sua coleção de discos de jazz. Apreciar arte não faz muito o meu estilo, mas apreciar Theo, sim.

Quando saímos dos Hamptons, o sol da tarde já está torando. Enquanto atravessamos a via rápida de Long Island, dou uma olhada de soslaio nele.

— Você bem que devia.

— Devia o quê?

— Estudar arte e música. Não só no último ano e blá-blá--blá, mas desde o começo. Quando você tocou o violino na cerimônia... não fez diferença se tinha uma única pessoa, uma centena ou anfiteatro inteiro ouvindo. Você foi maravilhoso. Muitas pessoas passam a vida inteira sem encontrar algo que amam *e* em que sejam boas.

Theo arqueia os cantos da boca.

— Nesse caso, você devia escolher Gastronomia. Não me leva a mal, acho que você seria um veterinário incrível, e eu sei que a gente ainda tá esperando pelo universo... mas tenho certeza de que a sua mãe iria querer que você seguisse o seu coração, e não só os passos dela.

Dou uma risadinha.

— Pois é, ela sabia que eu sou um desastre em física.

— Você pode continuar sendo voluntário em clínicas veterinárias e ONGS no seu tempo livre — acrescenta ele. — Talvez organizar uma feira de adoção no aniversário dela ou algo do tipo.

— Que ideia genial. — A sensação de leveza preenche meu coração e, de repente, fica evidente qual carreira eu deveria escolher.

Rápido demais, paramos em frente ao Guerreiros do Wok. Os pedidos diminuem um pouco entre três e quatro da tarde, e Megan está no balcão com fones de ouvido, provavelmente assistindo a algum episódio de k-drama no celular.

Theo pega minha mochila no porta-malas.

— Tem certeza de que não tenho como te convencer a ficar com o terno? Talvez pro próximo casamento que te convidarem, sei lá.

Meneio a cabeça.

— No meu mundo, adolescentes não usam ternos feitos sob medida que custam mais do que a família inteira recebe num mês.

Além disso, falei para tia Jade que Theo me convidou para uma festa, não para um casamento. Levar o terno para casa acabaria com meu pretexto.

— Ah, quase esqueci. — Ele pega algo do bolso. É uma pulseira de couro com um pequeníssimo frasco de vidro. — Comprei isso aqui pra você na feira. Sempre pensei que a prática de escrever no arroz tivesse começado na China, mas o vendedor me contou que foi na Turquia.

Theo enrola o bracelete ao redor do meu pulso e encaixa o fecho. Há um único grão de arroz suspenso num líquido transparente dentro do frasco. A palavra escrita em tinta preta é tão minúscula que preciso proteger os olhos da luz do sol para ver direito. É o meu nome.

— O óleo preserva a tinta no grão — acrescenta ele.

Seus olhos estão inescrutáveis. Parece até que Theo quer falar alguma coisa… ou está esperando que eu fale. Mas minha língua parece estar presa ao céu da boca.

— Valeu. — Mascaro o nervosismo com uma risada tensa. — Acho que agora finalmente estamos quites, né?

É difícil decifrar a expressão que ele faz.

— Você não me deve nada, Dylan. Nunca deveu.

Fico parado na calçada enquanto Theo volta para o carro. Nunca soube que meu coração era capaz de parecer tão preenchido e tão vazio ao mesmo tempo.

Eclipses não duram muito tempo… mas não consigo deixar de desejar que esse pudesse durar um pouquinho mais.

Capítulo vinte

O sininho sobre a porta soa quando entro no restaurante. Megan tira os fones de ouvido e abre um sorrisão.

— Você voltou! Como foi o fim de semana romântico com o Theo?

— Foi bom.

— Só bom? Tem certeza? — Megan agita as sobrancelhas para cima e para baixo. — Você levou *horas* pra responder minhas mensagens. Deve ter ficado bem ocupado.

— Dylan! — Tia Jade sai da cozinha. — Se divertiu? Cadê o Theo?

— Ele me deixou e foi embora — respondo.

Tia Jade franze o cenho.

— Ele não te levou até dentro de casa?

— Não. E por que levaria? Ele nem é meu namorado.

As duas trocam um olhar cúmplice. Megan pega uma cópia do *New York Post* de debaixo do balcão.

— Pelo visto vocês ficaram ocupados demais pra ler os jornais.

Em letras garrafais, a manchete *Reviravolta Chocante na Briga da Família Somers* estampa uma foto de capa de Theo e Nora sorrindo enquanto se abraçam. Uma chamada menor diz: *Filho Desafia Pai e se Apresenta na Cerimônia de Prima Outrora Distante.* Embaixo, um retrato de Theo me beijando na pista de dança. Sinto uma descarga elétrica passar pelo meu corpo.

— Festa de família, é? — pergunta tia Jade.

Culpado, olho para as duas.

— Eu... não sei o que falar pra vocês.

— Bom, deixar a gente descobrir no jornal é um belo jeito de contornar a situação — exclama Megan. — Tia Heng passou aqui mais cedo... ela ficava balançando o jornal e tava quase tendo um treco de tão empolgada porque você agora era famoso.

— Desculpa não ter sido sincero — digo para tia Jade. — Fiquei preocupado que, se a senhora soubesse, não me deixaria ir, e eu já tinha dado certeza pro Theo...

— Bom, foi a primeira vez que você não foi honesto comigo — pondera ela. — O que significa que esse menino deve ser especial mesmo.

— Não — digo na mesma hora. — A gente não tá junto...

— Tem certeza? — Megan agarra o jornal e abre na segunda página. — "Fontes contam que Theo estava deslumbrado pelo namorado, Dylan, que, segundo rumores, vem de uma família de imigrantes de classe média. O rapaz foi visto usando abotoaduras da Cartier de edição limitada, feitas para uma coleção já esgotada. Fontes também relatam que ouviram Dylan atribuindo a presença no casamento a seu companheiro: 'Dylan é minha inspiração. Só vim porque ele me lembrou de como é importante estar presente para minha família... minha família de verdade.'"

Fico vermelho.

— É um tabloide! Eles publicam qualquer coisa pra vender mais cópias. É por isso que vivem sendo processados.

— Na verdade, o E! Online divulgou a história. A CNBC também. — Megan me mostra o celular. — Caramba, o seu primeiro beijo tá viralizando! É o seu primeiro beijo, né?

Meu rosto continua pegando fogo.

— Não foi de verdade! O Theo queria levar um namorado de mentira pros parentes não ficarem jogando ele pra cima de cada novinho gay rico que conhecem. Como ele ajudou a gente com o subsídio... hum, quer dizer, com a papelada do subsídio, eu concordei em ir. Só pra retribuir o favor.

— E essa briga da família Somers? — pergunta tia Jade. — O pai dele não vai explodir de raiva quando descobrir que o Theo foi pro casamento? Não vão acabar te arrastando pra essa confusão porque você foi como acompanhante dele?

— Não se preocupa, duvido que Malcolm Somers se importe com quem eu sou. Ele vai ficar bravo com o Theo. Como eu falei, esse beijo foi só de fachada. Não tava rolando nada entre a gente.

Devo ser bem convincente, porque Megan dá de ombros e volta a assistir o k-drama. Quando tia Jade volta para a cozinha, encaro a foto de mim e de Theo na primeira página. Óbvio, não é um retrato digno de Georgina Kim — um dos convidados ou funcionários deve ter tirado e vendido para o tabloide.

Será que Theo realmente parecia deslumbrado por mim? Quando foi que disse para os parentes que eu o inspirava? Será que ele falou sério?

Olho para baixo, para a pulseira em meu punho. Não esperava que Theo fosse me dar uma lembrancinha tão atenciosa. Não comprei nada para ele. Mas esse não foi o único detalhe que me pegou de surpresa. Noite passada, a expressão em seus olhos quando me perguntou se eu acreditava no destino, o jeito com que se inclinou e desfez minha gravata-borboleta... Naquele momento, minha única dúvida era quem beijaria quem primeiro.

Um sentimento conflituoso preenche meu peito. Nunca imaginei que fingir ser o namorado de Theo fosse dar em alguma coisa. Mas não estamos mais nos Hamptons.

Estamos finalmente em casa.

Estou no segundo andar, tentando estudar no sofá da sala. Dois dias se passaram, mas não consigo parar de pensar em Theo. Em nosso fim de semana nos Hamptons. Em como dormimos duas noites na mesma cama sem nos tocarmos... Há um anseio em algum lugar nas profundezas do meu peito. Parece até que distendi um músculo. O coração é um dos maiores do corpo, então acho que distendi sim.

Meu celular apita com uma notificação. Me sento na mesma hora... mas não é de Theo. Não nos falamos desde a tarde de domingo, quando chegamos. Ele falou que teria uma semana movimentada com a escola e o tênis. Mandei algumas mensagens perguntando como ele estava. Mas não recebi resposta.

Clover se aproxima e cutuca minha perna com a pata.

— Se lembra do Theo? O cara que veio aqui no restaurante aquele dia? — digo. — Você devia ver ele de terno. Au, au.

Clover me encara como se eu não estivesse usando *au, au* corretamente. Ela late para o pacote de biscoitos de frango ao molho barbecue e queijo cheddar da feira; fica claro que está mais interessada num petisco do que na minha vida amorosa.

— Tá, vamos tentar uma coisinha. — Pego um biscoito com uma das mãos. — Falo pra mim mesmo que o que rolou nos Hamptons fica nos Hamptons e tento esquecer o Theo? — Seguro o segundo biscoito na outra. — Ou digo pra ele que o cara que tocou violino super faz o meu tipo e torço pra ele sentir a mesma coisa?

Clover vai adiante e come os dois.

Suspiro.

— Valeu aí, parceirinha.

— Tenta perguntas estruturadas. Tipo, latir duas vezes pra sim e uma pra não. — Megan aparece no topo da escada e passa pelo portãozinho que impede Clover de descer para o delivery. — Mas vou te contar, viu. Pedir conselhos amorosos pro bichinho de estimação é sinal de que você precisa de uma pausa. Que tal sair pra fazer uma entrega? Uma volta de bicicleta pode dar uma clareada nas suas ideias.

Tia Jade não me pediu ajuda com as entregas desde o incidente com Adrian. Pelo visto, estamos com poucos funcionários.

Fecho o caderno. Até parece que vou conseguir fazer alguma coisa da escola.

— Pra onde?

Megan estende a comanda do pedido.

— Ele pediu especificamente por você.

É o endereço de Theo. Meu coração dá um pulo.

— Corre e veste uma camiseta limpa. — Megan me puxa do sofá. — Seu cabelo tá uó, inclusive. Já passou da hora de cortar.

Meu cabelo, teimoso, está todo arrepiado, e a humidade está acabando com a franja. Tento arrumá-la com pomada, mas ela acaba esquisita, lambida e ainda arrepiada.

Tim acena do balcão quando Megan e eu saímos. Tia Jade enfia a cabeça para fora da janela de serviço.

— Vai com cuidado!

Megan me entrega meu capacete.

— Falando de ir com cuidado... você tem camisinhas, né?

Eu a encaro com um olhar de reprovação.

— E por que é que eu precisaria de camisinha?

— Certeza que o Theo tá pensando em muito mais do que a entrega. — Ela sorri. — Sabe como é, um filminho e um cafuné. Ou será que tá mais pra METEflix?

— Meg!

Olho para trás para conferir se Tim ouviu. Ela ri alto.

Afivelo o capacete, subo na bicicleta e parto. O ar da noite é fresco e gelado em meu rosto, e a lua crescente no céu parece um bolo da lua redondo com casquinha de neve partido em dois. O frio na minha barriga é tanto que parece que alguém simplesmente abriu um congelador no meu estômago. Agora que não estamos nos Hamptons, tudo parece mais... real.

Pedalo mais rápido do que o normal, e, quando chego na mansão de Theo, estou com rodelas de suor nas costas e embaixo dos braços. Tiro a comida da bolsa térmica e toco a campainha.

— Entrega pro Theo — digo.

Permitem minha passagem sem perguntar nada. O percurso até a entrada parece mais longo do que da última vez. Antes que eu possa bater, a porta da frente se abre e...

Adrian sai.

Meu sorriso congela.

— Tomara que você tenha acertado o pedido dessa vez. — Adrian veste shorts desfiados e uma camisa xadrez chique desabotoada. Ele para, como se estivesse registrando minha expressão de choque. — Espera aí... você tava esperando que o Theo fosse atender a porta, né?

Não consigo desviar os olhos da camisa da Burberry de Theo. Tento engolir a mágoa e a incredulidade, mas não consigo.

Adrian dá uma risada de escárnio.

— Tá achando que ele é seu namorado só porque te beijou? Odeio ter que contar, mas você não passa de caridade pra ele. O Theo tem pena da sua família e é só isso. — Ele arranca a sacola da minha mão. — Se tiver cebolinha de novo, vocês vão receber uma carta do escritório do meu pai.

Ele volta para dentro sem fechar a porta. Continuo travado no mesmo lugar.

Bernard aparece. O mordomo lança um olhar desaprovador para a direção em que Adrian foi.

— Eu é que devia ter recebido o senhor. — Ele dá um sorriso simpático para mim, mas que não parece muito sincero. — Vou dizer pro Theo que você mandou um oi.

Sinto um aperto no peito.

— Não precisa.

Aquela camisa que Theo colocou em mim, com a qual eu dormi, que fez eu me sentir seguro... vê-la no corpo de Adrian é como um soco no estômago que me tira todo o ar.

De algum jeito, minhas pernas me levam até o portão. Meus olhos ardem e ficam embaçados enquanto me atrapalho com a corrente da bicicleta. Só consigo abri-la na terceira tentativa. Minha cabeça está girando, e um gosto amargo surge no fundo da minha garganta quando me dou conta da verdade.

A gente nunca teria uma próxima vez.

Capítulo vinte e um

Nosso sistema de ventilação quebrou de novo, e o proprietário se recusa a fazer qualquer coisa porque continuamos com o aluguel atrasado. Tia Jade tem que pagar pelo conserto, e fechamos o delivery por mais um dia. Depois que ajudo a limpar, aproveitamos ao máximo o tempo livre e mergulhamos de cabeça na nossa segunda vez fazendo bolos da lua.

Tia Jade admira os moldes de madeira que comprei de tia Chan.

— Eles têm um significado tão profundo. — Ela aponta para o molde redondo com o caractere 念. — Principalmente esse aqui.

Sinto um calafrio no corpo inteiro. Depois que os adquirimos na feira, Theo chegou até a dizer que queria me ajudar a fazer os bolinhos. O sétimo mês lunar acabou, mas, pelo visto, caras como ele são ótimos em sumir como fantasmas o ano inteiro.

— Ótimo! Vamos começar com a pasta de semente de lótus — sugere tia Jade. — Já peguei tudo o que a gente precisa: água alcalina, açúcar, óleo de amendoim, maltose e, é claro, sementes de lótus. A maioria das lojas vende as sementes já descascadas, porque tirar as cascas dá um trabalhão. Mas elas perdem o sabor assim que ficam expostas, então queremos as integrais.

Alguns comércios na Chinatown vendem a pasta pronta, mas, assim como nosso xiao long bao, tia Jade jamais pegaria esse atalho.

— A casquinha é o que causa a primeira impressão, mas o recheio é o coração desse doce — acrescenta ela. — Fazer a pasta de semente de lótus do zero permite que a gente coloque nosso coração no bolo da lua também.

Me esforcei de coração para que as coisas dessem certo com Theo, e olha como acabou. A pior parte é que nem posso culpá-lo por tudo o que rolou. Desde o início ele deixou bem claro que eu era só seu namorado de mentirinha. Era para ser apenas uma negociação, algo que não envolvesse compromisso (ou sentimentos). Fui um idiota por achar que uma mentira fosse capaz de ser o alicerce de algo real.

Ninguém sabe que Adrian recebeu aquela entrega. Nem mesmo Megan. Quando voltei, só falei que Theo estava com amigos em casa. O que não era mentira. Subi as escadas, tirei a pulseira e a joguei no fundo da gaveta da cômoda. Devia era ter jogado no lixo, mas não consegui.

Fervemos as sementes de lótus. Tia Jade não estava de brincadeira quando disse que descascá-las dava um trabalhão. Também temos que arrancar o brotinho verde de dentro de cada uma. Caso contrário, a pasta vai ficar amarga. Quando terminamos, fervemos as sementes de novo e as trituramos até virarem um purê macio. Anoto a quantidade certa de açúcar e óleo de amendoim a adicionar. Tia Jade observa enquanto salteio o purê com maltose no wok até encorpar e chegar no ponto de pasta.

— Continua mexendo pra não queimar — avisa ela. — Tira do fogo só quando ficar grossa o bastante pra desgrudar dos cantos do wok.

Depois que retiro a pasta com uma colher, ela despeja algumas sementes cinzentas de melão branco numa panela e as tosta rapidinho antes de acrescentá-las à mistura.

— Essas não são as sementes de melão que a gente come durante o Ano-Novo Lunar? — pergunto.

— São. Dizem que trazem boa sorte, mas são superduras. Uma vez, seu Gong Gong tentou abrir uma com o dente e quebrou um molar. E se tem uma coisa que ele não sentiu quando viu a conta do dentista, foi sorte. — Ela exibe um pacote contendo um pó branco. — Adivinha só? Descobri onde foi que erramos na casquinha dos bolos da lua. Eu devia ter usado amido de trigo, e não farinha. Pergunta do milhão: qual é a diferença?

Franzo o cenho.

— A farinha contém amido e outras partes do trigo também, inclusive glúten e proteína. Já o amido é puro e sem glúten.

— Te ensinei bem, jovem Padawan. — Tia Jade abre o pacote. — O amido de trigo também serve como espessante, que dá um brilho translúcido pra casquinha de neve. Massa feita com amido fica menos elástica do que a feita com farinha. É assim que se chega na textura macia e lisa que a gente não tava conseguindo fazer.

— A moça que me vendeu os moldes de madeira me deu outra dica — falo. — Usar água gelada em vez de água em temperatura ambiente na massa.

Tia Jade pensa a respeito.

— Não me lembro da sua avó falar disso. Mas o que custa experimentar?

Acrescento o amido de trigo e o restante dos ingredientes à farinha de arroz glutinoso preparada junto com a água gelada antes de sovar a mistura.

— Assim já tá bom. — Minha tia cutuca a massa para conferir a consistência. — Se sovar demais, toda a umidade sai. Queremos que a massa fique macia e elástica. Cuida pra enrolar uniformemente. Quando éramos crianças, sua Por Por vivia reclamando que a casquinha dos bolos da lua da sua mãe ficava fina como uma hóstia e a minha, grossa como um biscoito.

Envolvemos a massa em nossa pasta de sementes de lótus caseira e a colocamos nos moldes. Quando terminamos, mordo um dos bolinhos. O recheio caseiro é sedoso, quase como sorvete, e a casquinha está mais macia e aveludada do que em nossa primeira tentativa.

Tia Jade parece ficar satisfeita.

— A pasta ficou aromática, e aquela dica foi ótima: a água gelada deixou a casquinha com uma textura perfeita. Bom trabalho. Na próxima a gente tenta o recheio de trufa de chocolate branco, tá? Tenho que passar no mercado antes de começar a fazer a janta de hoje.

— Eu vou lá pra senhora — digo, me oferecendo.

O ar, que ficou mais fresco, mas continua úmido, está transformando meu cabelo num emaranhado sem forma definida. Em vez de ir direto para o mercado, faço um desvio até o salão de beleza. Cansei dessa franja. Quando a penteio para o lado, me lembro de como Theo passou os dedos pelos fios... e é como se uma mão invisível tivesse invadido meu peito e espremido meus pulmões até me deixar sem ar.

— O mesmo estilo, só que mais curto? — pergunta a cabeleireira.

Preciso me renovar por inteiro.

— Não quero mais a franja. Pode cortar.

Parte de mim torcia para que Theo tentasse explicar por que Adrian estava lá. Mas já se passaram dois dias e não tive nem sinal dele. Caridade de mentirinha, namoro de mentirinha... por mais que eu odeie admitir, Adrian tinha razão. Theo queria apenas ajudar o Guerreiros do Wok. Só isso.

Saio do salão com um corte estilo militar com degradê nas laterais. Quando chego de volta no restaurante, tia Jade está fazendo nosso jantar e consigo ouvir Megan na cozinha também. O aroma de costeletas de porco hainan chiando no fogo flutua pela janela de atendimento. Meu estômago ronca. É meu prato favorito: pedaços de lombo empanados com migalhas de bolacha água e sal fritos e cobertos por um denso molho feito de ketchup salteado com cebolas, ervilhas e tomates.

Levo as compras que fiz até a despensa. Quando volto para a frente do delivery, o sino sobre a porta soa.

— Desculpa — digo, no automático. — Mas é que já fechamos...

Empaco na hora.

Vestindo uma calça jeans, uma camisa cinza e com uma garrafa de vinho na mão, Theo está ali, parado na entrada do restaurante.

Capítulo vinte e dois

Sinto um aperto no peito. É uma reprise da manhã em que ele entrou aqui pela primeira vez — só que, naquela época, ele ainda não tinha despedaçado meu coração.

— Oi, Dylan. — Theo abre um sorriso hesitante. — Você mudou o cabelo.

Eu o encaro.

— O que é que você tá...

Megan deve ter nos ouvido, porque sai da cozinha num turbilhão. E quando me olha, ela deixa escapar um grito.

— Meu Deus do Céu, Dyl... O que você fez no cabelo? Eu te mandei arrumar, não cortar tudo! Eca! Mas é a sua cabeça. Você faz o que quiser. — Ela fica radiante ao ver Theo e exclama olhando para trás: — Mãe, o Theo chegou! E trouxe vinho pra senhora!

Na minha cabeça, há um letreiro neon piscando com os dizeres: QUE MERDA É ESSA?

— Theo! — Tia Jade aparece limpando as mãos no avental. Ele estende o presente com as duas mãos. — Nossa, como você adivinhou que Moscato é o meu favorito? O Dylan te contou?

— Aham, ele mencionou — responde. Ele se lembrava disso também? — Tinha uma garrafa na nossa adega, cortesia do Bernard.

— O Theo ligou depois que você foi no mercado, então convidei pra vir jantar — me conta tia Jade. — Quando perguntei se ele tinha algum pedido especial, ele só falou "qualquer coisa que seja o favorito do Dylan".

— Para com isso! Que coisa mais fofa — acrescenta Megan. Tia Jade me entrega o vinho.

— Por que você não leva o Theo lá pra cima? E coloca isso aqui num balde de gelo, por favor. Depois de revisar nossas finanças com o contador hoje de manhã, uma taça viria muito bem a calhar. A janta fica pronta daqui a dez minutos.

Megan dá uma piscadela enquanto segue a mãe de volta para a cozinha. Eu a lanço um olhar mortal, reservado apenas para traidores.

Quando nos afastamos o bastante para que ninguém escute, me viro e o encaro.

— É muita cara de pau mesmo você aparecer assim. — Mantenho a voz baixa e firme. — O que foi? O Adrian tá ocupado hoje à noite?

Theo franze o cenho.

— Eu tava preocupado com você. Queria saber se tava tudo bem contigo.

Um calorão me sobe pelo pescoço. Theo veio conferir se não estou um trapo depois de ter encontrado Adrian em casa? Como se, além de caridade, eu precisasse de pena também?

— Tô bem — vocifero. — E agora que já te dei uma resposta, a porta fica ali. Vou dizer pra minha tia que você precisou sair na pres...

— Theo, você chegou! — Tim aparece com seu violino no topo da escada. — A Meg disse que você vinha jantar.

— Oi, Tim. Trouxe isso aqui pra você. — Ele tira do bolso um objeto parecido com uma borracha. — É daquela marca de breu que eu te falei. Essa aí é tiro e queda.

— Valeu! — Tim parece empolgado. — Tô praticando a "Contredanse Número Um" do Mozart pra minha prova de violino. Quer me ouvir tocando? Aí você me fala se eu errar alguma nota.

— Claro. — Theo me lança um olhar cauteloso. — Quer dizer, se o Dylan não se importar.

Tim me encara todo ansioso. Droga. Lá se vai qualquer chance de me livrar de Theo.

— Tá, vai — digo, entredentes.

O rosto de meu primo se ilumina.

— Irado. Vamos pra sala.

Enquanto Theo sobe as escadas com Tim, vou até o freezer nos fundos e coloco cubos de gelo num balde. Fico fantasiando a possibilidade de jogar tudo na cabeça de Theo em vez de usá-los para gelar o vinho.

Quando chego no andar de cima, encontro Clover perto do portãozinho. Ela costuma ficar acanhada quando recebemos visitas, mas parece tranquila perto de Theo, que está ensinando Tim a usar o tal do breu no violino.

— Cuida pra passar até o fim, onde a corda entra na cravelha. Mas não coloca muito.

— Chegando! — Tia Jade aparece no último degrau com uma bandeja cheia de pratos. — Tim, você pôs a mesa?

Seguro o portãozinho para que ela passe enquanto Tim corre para organizar a mesa para cinco pessoas. Só temos duas banquetas de madeira de cada lado, então ele acrescenta uma quinta. Tia Jade me olha e indica o lugar ao lado de Theo, mas me sento à frente e à diagonal dele, o mais longe possível. Megan fica ao meu lado, Tim pega o assento extra e tia Jade acaba perto de Theo.

— Também fiz frango com mel e gergelim caso você não seja muito fã de carne de porco — diz ela para Theo, enquanto coloca o maior e mais suculento pedaço de carne na frente dele. Como acompanhamento, há arroz branco, batata rústica e brócolis salteado com azeite de oliva e alho. — Meu pai, o avô do Dylan, vendia carne de porco no açougue, então eu sei quais são os melhores cortes.

Clover trota até Theo e, brincalhona que é, puxa a barra de sua calça. Ele se abaixa para fazer carinho em sua cabeça.

— Acho que ela quer um pouquinho dessa comida deliciosa.

Clover não apenas não morde a mão dele, como também abana o rabo.

— Para com isso, Clover — exclamo, irritado.

Levo-a para a outra ponta da sala. Ela late, contrariada, mas para quando lhe dou mais um monte daqueles petiscos gourmet que ama. Quando olho para trás, Theo abriu o vinho e está servindo uma taça para tia Jade. Megan está rindo de alguma coisa que ele acabou de falar, e Tim o olha como se ele fosse o irmão mais velho que nunca teve.

Pelo visto, Clover não é o único membro da família que preciso arrastar para longe de Theo. O problema é que não vai ser tão fácil quanto oferecer alguns biscoitinhos.

Quando volto à mesa, dá para senti-lo me olhando. Me concentro em dissecar a costeleta de porco em meu prato como um assassino. Ficou com uma coloração marrom perfeita, e o molho está cheiroso e picante... mas meu apetite sumiu com Theo sentado bem ali. Não quero ele assim tão próximo da minha família. Quero que esse jantar acabe e que ele saia daqui o mais rápido possível.

— Os cambistas fizeram de novo — diz Megan. — Pegaram todos os ingressos pro show do Blackpink. Fiquei uma eternidade esperando começarem as vendas, mas, como sempre, nossa internet tava um lixo, e eu perdi o acesso. A Amy conseguiu quatro ingressos e prometeu vender um pra mim. Mas adivinha só o que aconteceu hoje?

— A produtora vendeu ingressos demais e os cancelou? — pergunta Theo. — Rolou comigo uma vez.

— Não. — O semblante de Megan fica sombrio. — Outra menina ofereceu cem dólares a mais pra Amy, e ela vendeu o meu ingresso. E sabe o que ela falou pra mim? "Foi mal, Meg, não é nada pessoal." Tipo, como é que é? Na primeira série, quando um garoto pisou no sanduíche dela, eu por acaso escondi minha comida e falei "não é nada pessoal"?

— Tem que tomar cuidado, Meg. — Encaro Theo com um firme olhar gélido. — Tem gente em que não dá pra confiar.

Uma expressão de desconforto passa pelo rosto dele.

Quando terminamos a refeição, tia Jade vai até a geladeira.

— Tem bolos da lua de sobremesa! — anuncia ela, e os coloca no meio da mesa com um gesto gracioso. — O Dylan que fez.

Meu coração estremece.

— Sabiam que um bolo da lua assado tem tanta caloria quanto um cheesebúrguer duplo *e* um sundae com calda quente? — comunica Tim.

— Ninguém gosta de um estraga-prazeres, Tim. — Megan sorri para Theo. — Você precisa experimentar os bolinhos da lua do Dylan. Você vai se apaixonar.

Eu a chuto por baixo da mesa, mas ela desvia com seus reflexos de taekwondo e eu acabo tocando no calcanhar de Theo. Ele ergue a sobrancelha. Ligeiro, desvio o olhar.

Tia Jade traz um garfo para cada um. Theo vai em direção ao bolinho com o caractere 念.

Por instinto, empurro sua mão com o garfo.

— Esse não. Pega algum outro.

Megan e tia Jade me encaram, confusas. Escolhi aquele molde especialmente por causa de minha mãe. Depois de tudo o que ele fez, não consigo tolerar a ideia de vê-lo comendo um bolo da lua marcado com *reminiscência* no topo. Se depender de mim, só quero esquecer.

Tim se vira para ele.

— Bolos da lua sempre me fazem lembrar de Chang'e. Você conhece a história?

— Só ouvi umas partes — respondeu Theo. — Tem alguma coisa a ver com um arqueiro e a deusa da lua, não tem?

Megan resmunga.

— Não dá corda pra ele, Theo.

Tim ignora a irmã e se anima.

— Tá, aqui vai. Muito tempo atrás, havia dez sóis no céu. Pessoas, plantas, animais e tudo mais tavam morrendo de calor. Um arqueiro chamado Hou Yi usou seu arco e flechas para derrubar nove dos sóis. Como recompensa por salvar o mundo, os deuses deram para ele um elixir da imortalidade...

— Os imperadores chineses eram completamente obcecados por esse treco — se intromete Megan. — Teve uns que até morreram depois de beber alguma coisa que, no fim das contas, era mercúrio.

— Meg, para de se meter com essas curiosidades idiotas. Tô contando uma história aqui. — Tim a encara com um olhar fulminante. — Então, onde foi que eu parei? Hou Yi conseguiu a poção...

— Você falou que era um elixir — exclama Megan.

— Elixir, poção, que seja. Não é a mesma coisa?

—Aham, mas um bom contador de histórias não devia usar palavras diferentes. Vai confundir o público.

— Olha, se você não para de se intrometer e interromper o contador de histórias, então não tá sendo um bom público — argumenta Tim.

— Que tal a gente chamar de suco da eternidade? — sugere Theo.

Tia Jade dá uma risada. Encaro meu garfo e me pergunto o que acabaria com essa noite mais cedo: golpear Theo ou a mim mesmo?

— Hou Yi não queria tomar o suco da eternidade e virar imortal — continua meu primo. — Ele queria ficar na terra com a esposa, Chang'e. Mas, um dia, quando Hou Yi tinha saído, um dos alunos dele tentou roubar o suco. O único jeito que Chang'e encontrou de impedir o assalto foi ela mesma beber. Em vez de flutuar até os céus, ela voou até a lua... era o mais perto que poderia ficar do marido na terra.

Os olhos de tia Jade brilham de felicidade.

— A forma arredondada da lua cheia representa reencontros, e não só entre família, mas também entre duas pessoas apaixonadas. As dinastias chinesas tinham toques de recolher rigorosos, e mulher nenhuma podia ficar fora à noite, a não ser em ocasiões especiais. As jovens se arrumavam e saíam para se encontrar com rapazes. Juntos, comiam bolos da lua e se apaixonavam. É por isso que o Festival de Meio do Outono às vezes também é conhecido como o Dia dos Namorados Chinês.

— Você vai no festival esse ano? — perguntou Tim para Theo. — Você bem que podia vir com a gente!

— Que nada, você devia é ir com o Adrian. — Eu o encaro, sério. — Vocês dois podem ficar de mãos dadas e caminhar sob a lua cheia. Vai ser muito romântico.

Tim parece confuso. Tia Jade e Megan trocam olhares de "eita". Theo franze os lábios.

— Eu te falei que eu e o Adrian somos só amigos...

— Para de show, tá bom? — me exalto. — Ele abriu a porta usando a *sua* camisa quando eu apareci com a entrega que *você* me pediu pra fazer!

Minha voz ecoa em meio ao silêncio abrupto. Clover se aproxima com as orelhas erguidas. Mordo o lábio inferior com força. A intenção não era explodir na frente de todo mundo, mas não consegui segurar.

— Sabe de uma coisa? — Tia Jade força um tom de leveza na voz. — Eu devia arear o forno. E desentupir a pia. E esfregar o chão. — Ela lança um olhar cheio de significado para meus primos. — Todos esses pratos não vão se lavar sozinhos...

— A gente ajuda — disseram Megan e Tim em uníssono.

Os três se levantam num pulo, agarram o máximo de louças que conseguem carregar e nos deixam sozinhos ao desaparecerem escada abaixo.

Capítulo vinte e três

O prato entre nós continua intocado. Com os pelos eriçados, Clover não tira os olhos de Theo.

Ele me encara, perplexo.

— Dylan, o que tá rolando contigo? Que entrega é essa? O que é que o Adrian tem a ver com essa história?

— Eu ainda tenho o recibo de terça à noite. Com o seu endereço. — Deixo escapar um murmúrio curto e amargurado. — Sei que a gente tava só fingindo, Theo, então não precisa dar uma de falso que se importa com os meus sentimentos enquanto fica esfregando na minha cara…

— Não faço mínima ideia do que… Espera aí, você falou terça à noite? — Theo franze o cenho. — Eu nem tava em casa. Tinha ido num treinamento de tênis com os meus colegas de time que durou até a meia-noite… mas bem que o Adrian mandou mensagem dizendo que tava indo lá em casa usar minha piscina porque a do prédio dele tava sendo limpa.

Não consigo acreditar.

— Então o que você tá dizendo é que o Adrian foi pra sua casa quando você não tava e pediu comida fingindo que era você? Essa é a historinha que você espera que eu engula?

Um lampejo de frustração passa pelos olhos de Theo.

— Não sei mais o que posso dizer pra te convencer de que não fui eu que fiz esse pedido. Quando você me deixou no vácuo depois que a gente voltou, eu não sabia direito o que pensar…

— *Eu* te deixei no vácuo? Tenho certeza de que foi o contrário.

— Vê aí, então. — Theo empurra o celular pela mesa. — Foi por isso que liguei pro delivery hoje. Fiquei preocupado que alguma coisa tivesse acontecido com você.

Com relutância, olho de relance para a tela. Há mais de doze mensagens que nunca chegaram para mim.

— Nunca recebi nenhuma. — Mostro as mensagens ignoradas que enviei. — Você também nunca respondeu nada que eu mandei.

Theo abre as informações do meu contato.

— Esse é o seu número, não é?

— Não, não é. — Franzo o cenho. — Espera aí... tá dizendo que alguém mudou o meu número no seu celular?

Aperto no número de Theo, mas seu celular não toca, e a ligação cai direto na caixa postal.

Pela feição em seu rosto, ele se deu conta de alguma coisa. Theo abre os contatos bloqueados.

— Seu número tá aqui?

Está. Agora tudo faz sentido... não conseguíamos entrar em contato um com o outro porque meu verdadeiro número havia sido bloqueado em seu celular e substituído por um falso. As mensagens dele estavam sendo enviadas para esse número, e as minhas ligações nunca chegavam.

— Pelo visto o Adrian mexeu no seu celular de novo — digo. — Dessa vez, fez mais do que trocar o toque de chamada.

A expressão de Theo fica tensa.

— A gente precisa ter uma conversa com ele.

Meneio a cabeça.

— Não vou me meter. Por que ele ia se dar a esse trabalho todo se não tivesse nada rolando entre vocês?

— Dylan, eu juro que não tô ficando com o Adrian. — Theo estica o braço pela mesa e coloca suas mãos nas minhas. Clover dá um rosnado de aviso. — Sim, a gente teve algo no passado. Nunca tentei esconder isso de você. Mas foi há muito tempo.

E pode ter certeza de que, eu *não* estou ficando com ele agora. Você precisa acreditar em mim.

Esfrego a testa. É esquisito não ter mais franja. Mas, pela primeira vez em dias, a mágoa presa no meu peito vai embora. Ainda não tenho um rótulo para o que somos um para o outro — só amigos, ou algo a mais —, mas gosto o bastante dele para querer nos dar uma chance de descobrir.

Theo está observando minha reação. Nossos olhos se encontram.

— Tá bom.

Clover late. Ela consegue sentir que a tensão se dissipou e, abanando o rabo, vem trotando até mim.

Faço carinho em cima de sua cabeça.

— Boa menina.

Quando descemos, tia Jade, Megan e Tim nos olham ansiosos do outro lado da janela de serviço.

— A gente vai resolver umas coisinhas — aviso, enquanto pego minha jaqueta. — Não esperem acordados. Tô levando minha chave.

Entramos no carro de Theo e dirigimos até o apartamento de Adrian na rua 74. Nunca pensei que fosse voltar para o lugar em que nos conhecemos.

Quando entramos no saguão, o porteiro assente para Theo.

— Boa noite, senhor Somers.

Seu olhar se demora em mim. Duvido que me reconheça como o entregador de algumas semanas atrás.

— Ele tá comigo — responde Theo.

— Claro. Vou avisar o senhor Rogers que vocês estão subindo.

— Por favor — diz Theo.

Passamos pela recepção rumo aos elevadores. Parece que Theo está na lista de visitantes autorizados. Ele deve vir bastante. Será que passa a noite aqui? Mando esse pensamento para longe quando as portas se abrem no último andar.

Adrian, vestindo uma camiseta impecável da Balenciaga e calça jeans rasgada, se reclina na porta.

— E aí, cara. Por que não mandou mensagem avisando que ia...

Ele perde o fio da meada quando me vê. Sua expressão contrariada diz tudo: já era.

Theo se aproxima e levanta o celular.

— Se não me der uma bela explicação pra essa palhaçada que você armou, vou te bloquear da minha vida que nem você tentou fazer com o Dylan.

— Tá bom, você me pegou. Mas só fiz isso pro seu próprio bem. — Adrian lança um olhar de desdém na minha direção. — Sério, Theo, você pode ficar com qualquer garoto que quiser... e foi se apaixonar pelo entregador de comida?

— Insulta o Dylan mais uma vez e eu acabo contigo — vocifera Theo com um timbre mortal na voz. — E quando a sua mãe perguntar o motivo, vou contar exatamente o que você fez. Quer apostar no lado de quem ela vai ficar?

— Calma aí, deixa a minha mãe de fora dessa história, tá bom? — Adrian olha irritado para Theo. — E não tem nada a ver com ciúmes, caso você ache que eu esteja tentando te roubar do entregadorzinho. A gente se conhece desde sempre. Concordamos que nossa amizade vale mais do que uns amassos.

Theo dá um empurrão no ombro dele.

— Porra, então por que você tá tentando atrapalhar o nossa lance?

Sinto um calor subir à nuca. "Nosso lance"?

— Eu não tô, seu burro. — Adrian olha para o teto. — Merda, que confusão do caramba. Eu nunca devia ter concordado em ajudar.

— Ajudar? — Theo semicerra os olhos. — Do que você tá falando?

Adrian pega o próprio celular e mostra uma linha de dígitos na tela.

— Esse é o número que você pensava que era do Dylan. Nas vezes que você ligou, alguém atendeu?

— Não. E você já devia saber disso, já que foi quem trocou os números. Se o seu plano é virar advogado que nem o seu pai, então é melhor dar uma lida na Quinta Emenda, porque você acabou de se incriminar.

— Você queria uma explicação, não queria? — Adrian aperta no botão de chamada e coloca o aparelho no viva-voz.

— Espera.

Os toques de chamada preenchem o silêncio antes de alguém atender.

— O que é, Adrian? — diz uma voz familiar com um distinto sotaque britânico. — Você não deve ligar pra esse número a menos que seja uma emergência.

Encaro Theo, incapaz de esconder meu choque. O sangue se esvai do rosto dele.

— Fiz tudo o que você pediu — responde Adrian, num tom que parece entediado. — Ele descobriu mesmo assim.

Uma dureza se funde aos olhos de Theo quando ele pega o celular.

— Oi, Bernard — exclama. — Tenho quase certeza de que isso se qualifica como uma emergência.

Capítulo vinte e quatro

É apenas a segunda vez que entro na mansão de Theo. Há uma cristaleira de vidro no hall de entrada que não percebi antes. Todos os troféus e placas lá dentro têm o mesmo nome entalhado: MALCOLM H. SOMERS.

Bernard está à nossa espera. Ele se dá ao trabalho de me olhar antes de, com uma feição resignada, se virar para Theo.

— Se o senhor tem algo para me dizer, prefiro que conversemos em particular.

— Não — respondeu Theo, sem rodeios. — Você abriu mão desse direito quando arrastou o Dylan pra essa história. Me dar uma facada nas costas é uma coisa, Bernard, mas você passou dos limites quando envolveu ele. Você parou pra pensar em como ele poderia se magoar?

— E o senhor pensou? — O tom do mordomo está calmo. — Eu avisei o senhor para não ir ao casamento, que seria como cuspir na cara do seu pai. O senhor se recusou a ouvir. Poderia ter ido sozinho... mas teve que trazer o Dylan para dentro dessa briga.

— Então você atraiu o Dylan pra cá e garantiu que o Adrian abrisse a porta usando a minha camisa pra tentar fazer a gente se desentender? — Os olhos de Theo ficam sombrios. — Pensei que tinha sido o Adrian que trocou o número do Dylan e bloqueou ele no meu celular, mas... foi você, não foi?

Theo devia mesmo parar de passar sua senha para tantas pessoas.

Bernard faz uma careta.

— Demonstrar apoio para sua tia publicamente não vai influenciar o caso no tribunal, mas, para o seu pai, o que você fez é o pior tipo de traição. E graças ao que você declarou pra imprensa a respeito de como o Dylan te inspirou a "estar presente para a sua família de verdade", agora o seu pai suspeita que o *Dylan* te convenceu a ir ao casamento para conseguir uns minutos de fama.

Estou horrorizado.

— Não faz o menor...

— É isso mesmo — exclama Theo, sem titubear. — Foi o Dylan que me deu a ideia de invadir o casamento.

Viro a cabeça com tudo para ele.

— Como é que é?

— Você nem imaginava, é claro — me diz Theo. — Mas quando entrei no delivery aquela manhã e vi todas as fotos de vocês na parede, não consegui não pensar em como meu pai só tinha uma única foto minha na casa nova dele. Em como ele mal me menciona na imprensa. Decidi lembrar o meu pai de que o filho que ele parece ter esquecido sabe criar uma ou duas manchetes sozinho.

— Seu pai também sabe dos cinco mil dólares que o senhor deu para o negócio da tia do Dylan. — Bernard assume uma expressão incomodada. — O Malcolm já conheceu muitos interesseiros nessa vida, gente que tenta se aproximar dele pela riqueza e influência da família. E o processo com a sua tia está aí para provar como seu pai pode ser... impiedoso quando provocado. Fiquei preocupado com as medidas extremas que ele poderia tomar, então não perdi tempo, entrei em cena e prometi que cuidaria dessa questão.

As consequências do casamento eram inevitáveis... afinal de contas, esse era o objetivo de Theo. Mas nunca pensei que eu fosse acabar no meio desse fogo cruzado. Pelo que parece, Bernard estava tentando neutralizar a situação... e, é claro,

Adrian concordou em ajudar porque acha que não sou o bom o bastante para seu amigão.

É perceptível o quanto a voz de Theo fica mais tranquila.

— Agir pelas minhas costas e tentar fazer o Dylan me odiar é um jeito bem desgraçado de mostrar que você tá do meu lado, Bernard.

— E eu me arrependo. — O mordomo exala pesadamente. — Mas isso é muito mais complicado do que trocar um vitral que o senhor quebrou depois de eu mandar não brincar com a bola de tênis dentro de casa.

— Então vamos fazer meu pai acreditar que o plano dele deu certo. — Há um brilho nos olhos de Theo. — Diz pra ele que o Dylan e eu brigamos feio e terminamos por causa do Adrian. Eu podia fazer uma cena, talvez quebrar alguns troféus de golfe dele. E o Dylan podia, sei lá, tacar fogo no bonsai.

Bernard revira os olhos, mas parece menos tenso.

— As plantas são inocentes, Theo. Deixe elas fora disso.

— Então agora é pra gente fingir... que se odeia? — pergunto.

Theo abre um sorrisão.

— Mais ou menos. Mas ainda vamos dar um jeito de ficar juntos sem que o meu pai saiba.

— Só que vai continuar achando que eu sou o vilão da história — argumento. — Prefiro não ficar andando por aí com um alvo pintado nas minhas costas.

— Deixa que com isso eu me preocupo. — Theo aperta minha mão. — Tá ficando bem tarde, então o Bernard vai te levar embora, tá? Não quero que a sua tia fique nervosa. Vamos pensar em alguma coisa. Não vou deixar meu pai vencer.

Os cantos da boca de Bernard se retesam.

— O senhor é muito mais parecido com o seu pai do que imagina.

Saio dali com Bernard e entro em seu Audi. É um carrão. Talvez eu devesse virar mordomo em vez de chef de cozinha.

Quando paramos na frente do delivery, ele coloca o veículo em ponto morto.

— Te devo um pedido de desculpas, rapaz — diz ele. — Minha prioridade é sempre proteger o Theo, mas eu não devia ter usado o Adrian para te afastar. Foi de uma crueldade sem tamanho. Espero que você consiga encontrar uma maneira de me perdoar.

— Eu sei que você se importa com o Theo, talvez até como se ele fosse seu próprio filho — respondo. — Mas ele é importante pra mim também. Minha família inteira adora ele... até a minha cachorra, que não confia em quase ninguém. Pelo visto o senhor Somers é o único que não consegue enxergar como o filho é um cara maravilhoso. E eu não vou deixar ele atrapalhar nós dois.

Bernard assume uma expressão contemplativa.

— O Theo te contou como a mãe dele morreu?

— Ele falou que outro motorista desmaiou e bateu no carro dela.

— O acidente aconteceu quando ela estava indo buscar Theo na escolinha. Malcolm correu para o hospital e se esqueceu dele. — Bernard suspira. — Quando a escola entrou em contato, o coitadinho do Theo tinha passado horas esperando. Sem saber por que a mãe nunca chegou. Sem saber por que era a única criança esquecida lá.

Bernard não fala, mas nós dois sabemos que Theo provavelmente nunca deixou esse sentimento para trás. Quando perdemos alguém que amamos, a memória do lugar e do que estávamos fazendo quando recebemos a notícia nunca se vai, permanece para sempre com uma clareza indesejada. Quando o hospital ligou para avisar da minha mãe, eu estava com a minha camiseta que dizia PARA DE DRAMA, LHAMA. Nunca mais a vesti.

Theo deve ter ficado tão assustado quando perdeu a mãe, tão confuso, tão... abandonado. Talvez ele ainda se culpe pelo acidente ter acontecido enquanto ia buscá-lo.

Encaro Bernard.

— O pai do Theo confia em você. Se não se importar de responder, como foi que vocês dois se conheceram?

— Quando o pai de Theo tinha dez anos, o Malcolm patriarca fez a família inteira se mudar para Londres por alguns anos — explica. — Meu pai era o mordomo deles, e nós morávamos numa casinha na propriedade. Depois que a mãe do Theo morreu, Malcolm me pediu para entrar na equipe e cuidar de Theo em tempo integral. Ele ofereceu o dobro do que eu recebia como hoteleiro, mas não foi por isso que aceitei. — Bernard para por um instante. — O avô do Theo bancou toda o meu ensino superior. Minha família nunca teria como pagar as mensalidades.

— Então você retribuiu a gentileza cuidando do neto dele?

O laço entre Theo e Bernard faz muito mais sentido agora. Ele assente.

— Nos últimos doze anos, vi Theo crescer, e você está certo: não tenho filhos, mas amo ele como se fosse meu. — Um vinco aparece em sua testa. — E também admito que, no começo, tive minhas dúvidas quanto às suas motivações ao se aproximar dele.

— E agora? — indago. — Por que é que você tá nos ajudando com essa questão do pai dele?

— Não há muito o que eu possa oferecer pra um garoto que já tem quase tudo. Se algo, ou alguém, é capaz de fazer ele feliz... vou me esforçar ao máximo para que dê certo. — Bernard me encara com firmeza nos olhos. — Contanto que a outra pessoa tenha as motivações certas.

Abro a porta do carro.

— É agora que você jura solenemente me caçar e acabar comigo se eu magoar o Theo?

Por mais inesperado que pareça, Bernard dá uma risadinha.

— Estou começando a entender por que ele gosta tanto de você.

Capítulo vinte e cinco

Megan dá uma mordida na torrada.

— Ainda não acredito que dá pra dizer que o mordomo é cúmplice disso tudo.

— Não acredito é na coragem desse homem. — Tia Jade franze o cenho. — Tentar atrapalhar você e o Theo? Ele devia ter vergonha de si mesmo.

Removo a casca dos meus ovos cozidos numa cumbuca.

— O Theo perdeu a mãe e agora tá numa guerra com o pai. Não tem mais muitas pessoas que se preocupam com ele, e não quero que perca mais uma. O que o Bernard fez foi horrível, mas tô disposto a deixar pra lá.

— Bom, mas tem gente que se preocupa com você também — observa tia Jade. — Se algum dia eu vir aquele mordomo santinho do pau oco, vou falar poucas e boas pra ele.

Megan pega a caixa de leite e olha para mim.

— Você devia ter visto a sua cara no jantar. Parecia que você queria comer ele vivo. E não de um jeito romântico... tava mais pra tipo, acabar com a raça dele.

— Desculpa ter explodido daquele jeito. Eu fiquei com vergonha demais pra contar o que tinha rolado naquela entrega.

— Que nada, a gente se ligou que alguma coisa tinha acontecido quando você voltou — diz minha prima.

— Até a Clover sabia — acrescenta Tim. — Ela começou a trazer a bolinha pontuda pra mim em vez de pra você.

Tia Jade mexe sua caneca de café.

— A gente achou que vocês tinham brigado e precisavam esfriar a cabeça. Foi por isso que convidei o Theo quando ele ligou pro delivery. Eu tava torcendo pra vocês resolverem as coisas. — Ela franze o cenho. — Você acha que o pai dele pode tentar fazer algo mais drástico se descobrir que vocês continuam passando tempo juntos?

— A gente fingiu que teve uma briga feia — conto para minha família. — Mas o Theo vai achar um jeito de a gente se ver.

— Ai, tô feliz que vocês fizeram as pazes — declara Tim. — Senão a Megan ia fazer a gente usar camisetas de "FÃS DO THEO" até você cair na real.

Dou uma risada.

— Posso ganhar uma dessa também?

Quando volto ao meu quarto, abro a gaveta da cômoda onde joguei a pulseira depois de ter retornado daquela entrega. Seguro o minúsculo frasco de vidro contra a luz fluorescente. Grãos de areia flutuam ao redor do arroz com o meu nome.

Theo e eu não conseguimos falar de *nós dois* ontem à noite. Mas, por enquanto, essa mistura de empolgação e esperança já basta.

Encaixo o fecho do bracelete, agora preso em meu pulso. De onde nunca deveria ter saído.

Sábado à noite, no primeiro dia do outono, tenho um encontro… com um wok cheio de macarrão frito.

Hokkien mee frito com camarão e pomelo é dos protagonistas do Tá Frita Aquela Lua, nosso cardápio especial para o Festival de Meio do Outono. Ninguém aqui é mestre na arte de jogar o arroz frito para cima sem que nenhum grão caia para fora, mas aprendi a fazer esse prato sozinho. Tia Heng, uma de nossas freguesas de sempre, pediu duas caixas grandes.

A receita é: refogar macarrão amarelo de trigo e vermicelli com brotos de feijão, camarão, ovo, lula, fatias de barriga de porco e cubinhos de torresmo crocante (não é a escolha mais saudável, e alguns clientes pedem sem o torresmo, mas, sério, eles dão uma diferença absurda no resultado). Depois, cozinhar os ingredientes em molho de camarão por alguns minutos com o wok tampado, para que o sabor se infiltre na massa.

Costumamos servir esse prato com calamansi, uma fruta parecida com limão, mas dessa vez adiciono pomelo descascado para dar um toque crocante digno do Meio do Outono. Pomelos são cítricos também, com uma amargura doce similar à toranja. O último passo? Servir com uma colherada de pasta apimentada de sambal.

Tia Jade foi até a despensa pegar mais satay para grelhar e, enquanto abro a garrafa da pasta apimentada de sambal, Megan grita pela janela de serviço.

— DYLAN! — chama ela. — VEM AQUI AGORA!

Ah, não. A última vez em que berrou meu nome assim foi quando uma das minhas meias coloridas foi parar sem querer na máquina de lavar com as brancas. Antes disso, foi quando eu não tinha caneta e usei um lápis de olho dela para anotar nossa nova senha do Wi-Fi.

Saio da cozinha numa tremedeira. Tia Jade, no corredor com um pacote de satay congelado, ergue as sobrancelhas. Megan está no balcão, com um sorrisão no rosto.

Theo está parado no meio do delivery. Com um terno escuro e gravata, está lindo de morrer. Quando me vê, abre um sorriso que quase me faz deixar a garrafa de molho de pimenta cair.

— Oi, Dylan — diz ele. — Vim te levar pro baile.

— Baile?

— Um evento de caridade no Met — explica. — O tio Herbert e a tia Jacintha tiveram que cancelar de última hora porque uma das crianças comeu um giz de cera e foi parar na emergência. Tia Catherine me ligou e perguntou: "O que você e o Dylan vão fazer hoje à noite?". E aí eu pensei: por que não?

Abaixo a cabeça para olhar para mim mesmo. Estou com algumas cascas e patas de camarão presas na frente do avental.

— Tipo agora?

— Aham. O evento começa daqui a uma hora. Trouxe o seu terno com uma camisa minha e outra gravata.

Continuo confuso.

— O que aconteceu com aquela história da gente fingir que se odeia?

— Era o plano, mas… quanto mais eu repensava nas coisas, mais essa situação oito ou oitenta me deixava desconfortável. Pedi a opinião da sua tia e dos seus primos, e todo mundo concordou que a gente não devia ficar no sigilo. A gente não tem nada a esconder. — Theo abre um sorriso travesso para mim. — Além do mais, eu tava morrendo de saudade.

— Own, para. — Megan agarra a capa do terno. — Eu fico com isso. Você espera aqui enquanto eu dou um jeito… — ela faz um gesto de cima a baixo com a mão para mim — … *nisso aqui*.

Tim dá uma risadinha. Tia Jade pega a garrafa de pimenta enquanto Megan me apressa para o segundo andar.

Pulo no chuveiro e me esfrego com o restante do sabonete que surrupiei dos Hamptons antes de irmos embora. (Sou o tipo de cara que corta o tubo amassado de pasta de dente só para pegar o último restinho). Cheirando à tangerina, me apresso para o quarto com uma toalha enrolada na cintura. A capa de terno que Theo trouxe está disposta sobre minha cama.

Megan, que está me esperando do lado de fora como uma carcereira, invade o quarto no segundo em fecho o zíper da calça. Ela me encurrala com um secador de cabelo.

— Se a Taylor Swift estiver lá, é melhor você pegar um autógrafo pra mim.

Me contorço quando uma rajada de ar quente atinge meu rosto.

— Se a Taylor estiver lá, acho que vai querer aproveitar o evento e não que um desconhecido fique enchendo o saco del...

— Para de bancar o blasé, Dyl. — Megan empunha a escova. — Você não tá em posição de negociar. Tô com um curvex aqui e não tenho medo de usar.

Desde que cortei a franja, ficou muito mais fácil arrumar meu cabelo. A próxima arma de minha prima é um pincel de maquiagem. Tento afastá-la, mas ela dá algumas pinceladas de base em pó no meu nariz.

— Até que limpinho você dá pro gasto — diz Megan, satisfeita.

Visto o paletó, e descemos as escadas. Tia Jade empacotou o camarão hokkien frito para tia Heng, que está toda admirada conversando com Theo.

— Oi, tia Heng — cumprimento-a. — Descasquei os camarões do jeito que a senhora gosta.

— Dylan! — exclama ela. — Quase não te reconheci... você tá tão bonito!

— Tá mesmo — concorda Theo.

Fico com as bochechas vermelhas.

Megan entrega a Theo a gravata grafite e um lenço risca de giz.

— Vou deixar você dar os toques finais nele. Não quero que o lenço de bolso fique parecendo uma garça de origami.

Theo se aproxima e passa a maior parte da seda ao redor do meu pescoço. É como se eu estivesse me arrumando para a cerimônia nos Hamptons de novo, só que dessa vez no meu mundo, e não no dele. Ele não desvia os olhos dos meus enquanto faz o nó, ajusta o vinco e guarda o lenço no meu bolso.

Pega um par de abotoaduras (que não são as da Cartier, mas nem me arrisco a perguntar a marca). Enquanto as prende nas minhas mangas, logo fico com um calorão ao redor do colarinho enquanto me lembro da última vez em que ele as tirou.

— Vão de uma vez, vocês dois! — manda Megan. — Por mais gostoso que nosso frango com gergelim e mel seja, vocês não vão querer que o cheiro fique impregnado nos ternos.

Saímos do restaurante, e tia Jade tira uma foto com o celular como se estivéssemos a caminho de um baile da escola. Com um sorrisão, Theo abre a porta do passageiro e, quando pegamos a estrada, não consigo evitar, fico radiante como a lua crescente lá em cima.

Capítulo vinte e seis

Já fui ao Met, o museu metropolitano de arte de Nova York, mas, quando saio do carro na Quinta Avenida, fica claro que nunca fui ao Met *de verdade*. Não desse jeito.

Um manobrista leva o carro prontamente. Fotógrafos circulando pelas redondezas viram as lentes em nossa direção enquanto subimos aqueles emblemáticos degraus. Theo pega minha mão, e quase dou um pulo. Não ficamos de mãos dadas desde que voltamos dos Hamptons. Depois de tudo o que passamos, a sensação de seu toque é revigorante, empolgante, como se fosse a primeira vez de novo.

— O Bernard tinha uma assinatura anual, e crianças com menos de doze anos entram de graça. — O maravilhamento nos olhos de Theo me faz lembrar de como ele ficou encantado no ateliê de Pollock. — A gente costumava vir nas tardes de domingo e tomar sorvete de casquinha na escada depois. Eu amava as galerias de instrumentos musicais no segundo andar.

Me lembro de um fato aleatório que aprendi num passeio escolar do primeiro ano do ensino médio.

— Aqui tem o piano mais antigo do mundo, né?

Theo assente.

— Um Cristofori. Sabia que a maioria dos instrumentos no Met ainda tão em condições de serem tocados? Eu, com toda a certeza, daria tudo pra tocar um dos violinos Stradivarius da coleção.

Catherine e Malia vêm apressadas em nossa direção. Catherine escolheu um elegante terninho cor de marfim, e Malia, um vestido de lantejoulas que cai muito bem com sua pele negra.

Nos abraçamos, e logo Catherine puxa Theo de lado para falar algo em seu ouvido.

Malia sorri para mim.

— Amei o cabelo!

Quando as duas saem para cumprimentar outros convidados, Theo me cutuca.

— Antes da gente entrar, tem algo que eu deveria te contar.

— Pra não lamber as esculturas de gelo? — brinco.

— Meu pai tá aqui também.

— O seu... Espera aí, *como é que é?* — Me viro como um animal enjaulado. Quão rápido o manobrista consegue trazer o carro de Theo? Ou será que devemos correr para o outro lado da rua e pular no primeiro ônibus que chegar? — A gente fingir que namorava na frente da sua família lá no casamento já foi o bastante pra fazer o seu pai surtar. Como você acha que ele vai reagir se a gente aparecer junto na frente dele?

— Só me escuta rapidinho. — Theo levanta uma das mãos. — Meu pai acha que você é um cara aproveitador, o que é cem por cento mentira, mas é porque ele não te *conhece*...

— E eu prefiro que continue assim.

— Falei pra sua família que não quero que a gente fique escondendo o nosso lance, e foi sério. — Theo parece sincero, mas estou nervoso demais para perguntar o que "nosso lance" significa exatamente. — É a chance perfeita pra provar pro meu pai que ele tá errado. Que você não tá comigo por segundas intenções.

Não adianta correr. Os paparazzi já fotografaram nossa chegada. Só pareceria que, como minha mãe costumava dizer, estamos *jiàn bu dé rén* — envergonhados demais para encarar qualquer pessoa que seja.

Me preparo.

— Beleza. Mas se ele me vir e pegar um facão, eu meto o pé.

Theo abre um sorrisão.

— Não se preocupa. Eu sei bem direitinho onde fica a galeria de Armas e Armaduras.

Entramos no Salão Principal. O teto alto e abobadado é enorme, e é possível ver o céu noturno pelas claraboias circulares. As pilastras acesas com holofotes azul-neon iluminam cerca de vinte mesas na área central, que estão cobertas por toalhas brancas e arrumadas com prataria e louças. As VIPs, mais à frente, foram decoradas com toalhas de mesa douradas... e um dos convidados é extraordinariamente familiar para mim.

Parece que Malcolm Somers acabou de sair do retrato pendurado na mansão. O cabelo loiro-escuro está mais ralo, mas continua parecendo ter sido repartido com uma navalha. Ele se comporta com uma postura distante que, por mais estranho que pareça, me faz lembrar de Theo. Seus olhos azuis são como lasers que miram em nós do outro lado do salão.

Theo para de repente. Catherine e Malia trocam olhares. Não sei como reagir.

— Meu pai tá na mesa VIP — murmura Theo, pelo canto da boca. — A nossa fica no meio. Espero que você não se importe.

A mesa que o pai dele ocupará não é o problema. Eu não queria é ficar no mesmo prédio que esse sujeito. E de preferência nem no mesmo bairro.

— Vem. — Theo não solta minha mão. — Vamos lá.

Malcolm levanta o queixo enquanto caminhamos em sua direção. Um silêncio repentino toma conta do salão. Dezenas de olhos nos encaram. Um desconforto se espalha pela minha nuca.

— Oi, pai.

Malcolm contorce os lábios.

— Você devia ter me contado que vinha, Theodore. A Natalie tava meio indisposta, então sobrou um lugar VIP pra família.

Theo fica tenso. Não sei ao certo se por causa do uso de seu nome inteiro, da menção a sua madrasta ou do agradável tom gélido com que seu pai proferiu a palavra *família*.

— Obrigado, mas já garantimos lugares pra dois. — Ele me puxa para mais perto. Talvez sejam as expressões sérias parecidas, mas com certeza há uma semelhança entre pai e filho. Pelo retrato, acho que Theo tem o sorriso de sua mãe. Só que, pensando bem, nunca vi Malcolm sorrir. — Vim apresentar o Dylan. Ele foi comigo no casamento fim de semana passado.

Malcolm dispara um olhar em minha direção. De repente, sou preenchido pelo mesmo pavor de um inseto sob a sombra de uma grande sola se aproximando.

— Eu estava pensando em quando iria conhecer o garoto que tem meu filho na palma da mão — diz Malcolm, num timbre plácido. — Pelo visto as roupas do sr. Kashimura lhe caíram bem.

— O Dylan ficou lindo, mas adivinha só? Ele se recusou a ficar com o terno. — Theo encara o pai nos olhos. — Se a sua preocupação são as intenções dele, pode ficar tranquilo. Ele não é esse tipo de pessoa.

Vejo alguns flashes disparando às margens do meu campo de visão antes dos fotógrafos ao redor de nós se virarem para a entrada. Lucia e o marido acabaram de adentrar o Salão Principal.

— Ah, sua tia favorita chegou — comenta Malcolm, sarcástico. — Ela deve estar doida pra falar com você. Não deixa ela esperando.

Theo o encara antes de nos afastarmos.

— Theo! Dylan! — Lucia se aproxima com um andar pomposo de forma impecável. Talvez algum jornalista cínico a descreva como um pavão se exibindo, mas sou obrigado a admitir que ela tem uma certa elegância que me faz lembrar de um cisne. Enquanto beija nossas bochechas (mas sem encostar), mais flashes disparam. — Que maravilha ver vocês dois de novo em tão pouco tempo!

Uma repórter se aproxima.

— Senhora Leyland-Somers, parabéns pelo casamento da sua filha no fim de semana passado. — Ela se vira para Theo.

— Senhor Somers, o que te fez decidir ir ao casamento da sua prima mesmo com a disputa judicial em curso entre sua tia e seu pai?

Minha mão escorrega da de Theo quando Lucia o empurra para os holofotes.

— Theo e os primos dele são como unha e carne desde a infância — responde Lucia, mesmo que a pergunta tenha sido para Theo. — Meu sobrinho querido é um excelente violinista, e Nora ficou feliz da vida quando ele se ofereceu para tocar na cerimônia.

— Tia Lucia teve a gentileza de me convidar — diz ele. — Foi uma honra fazer parte do dia especial da Nora.

Me afasto sem que ninguém perceba e dou uma escapada para o lado de fora. O vento está gelado, mas preciso de um pouco de ar.

O único filho de Malcolm assumindo publicamente que está do lado de sua oponente é uma facada nas costas, e Lucia não perde uma oportunidade de se exibir na frente das câmeras enquanto o irmão está presente. Tudo aquilo me causou muita agonia, mas Theo entrou no jogo sem nem pestanejar.

"Esse seu amigo aqui é bom de lábia", disse sr. Kashimura. *"Consegue se safar de qualquer coisa na base da conversa"*.

— Ei — chama a voz de Theo. — Tudo certo?

Me viro quando ele para ao meu lado.

— Você já fez acupuntura?

Ele meneia a cabeça.

— Como é?

— Primeiro enfiam um monte de agulhas nos pontos meridianos do corpo. Depois, prendem um fio em cada uma. O fio envia pulsos elétricos que percorrem as agulhas e descem até o ponto de pressão. E aí deixam as agulhas presas na gente por vinte minutos.

— Parece desconfortável.

— E não é nada comparado à vergonha de ficar encurralado no salão entre a sua tia e o seu pai. Juro, dava pra *sentir* o gelo se formando no teto.

— Você sabe como a tia Lucia sabe ser dramática — diz Theo, com a voz pesarosa. — E agora você viu em primeira mão como Malcolm H. Somers é babaca.

— Porque acha que eu sou o cara tentando me aproveitar do filho dele! — Faço um gesto amplo. — O que a gente tá fazendo aqui, Theo? Eu ainda tô fingindo ser o seu namorado de mentira? Ou a gente…

Paro. Não reuni a coragem para terminar a frase.

— Você que me diz, Dylan. — Theo encara meus olhos. — O que você iria gostar que a gente fosse?

Mordo o lábio inferior. Por que ele está me forçando a dizer as palavras em voz alta?

— Acho que você sabe.

Antes que Theo responda, Catherine espreita a cabeça para o lado de fora.

— Rapazes? O que vocês tão fazendo aí? O jantar vai começar.

Quando ela desaparece de volta para dentro, Theo olha para mim.

— Quer ir embora? Você quem sabe.

Para começo de conversa, eu nunca quis vir. Mas, se dermos no pé, Malcolm provavelmente ficará se sentindo superior, achando que recuei porque ele tocou na ferida. Terá outro motivo para acreditar que sou realmente o que imagina.

Suspiro.

— Ir embora vai ficar feio pra gente. Vamos só acabar com isso.

Voltamos para dentro do Salão Principal e nos sentamos. Fico entre Theo e Malia. Diferentemente de nos Hamptons, onde a comida era perfeita, o frango grelhado aqui está meio passado. As inconfundíveis marcas de queimado no topo teriam rendido um olhar de reprovação de tia Jade, e a textura da carne está seca, não suculenta. Qualquer coisa feita numa grelha precisa ser vigiada com cuidado e virada na hora certa. O chef deve ter saído de perto por tempo demais.

Depois da refeição, Catherine quer apresentar Theo para alguns conhecidos. Quando ele vai, Malia se inclina para perto de mim.

— Fiquei feliz por você ter vindo hoje — sussurra ela. — Porque aí não preciso ficar fingindo que tô conferindo o mercado de ações quando na verdade tô é jogando *Pokémon* pra evitar conversa fiada.

Faço um gesto para tudo ao nosso redor.

— A gente alguma hora se acostuma com tudo isso? Com o luxo e o glamour?

— Com toda a certeza demorou um tempinho pra me acostumar — responde Malia. — A minha família é bem de vida, mas meus pais ainda assim me ensinaram a conferir os boletos antes de pagar e a pensar duas vezes antes de sair gastando com o que não preciso de verdade. Mas esse é o mundo da Cat: os paparazzi, os carros chiques, o excesso. Ficar com ela significa que eu tenho que fazer parte desse teatro todo.

Faço uma careta.

— Acho que o pai do Theo faria qualquer coisa pra garantir que eu nunca me acostume.

Malia faz carinho no meu joelho.

— Olha, é uma merda que você e o Theo tenham acabado no meio desse circo entre o Malcolm e a Lucia. Mas não consigo não pensar na frase em chinês que você compartilhou no casamento... como é mesmo?

— *Yǒu yuán qiān lǐ lái xiāng huì* — digo. — "Nos encontrarmos é o nosso destino, mesmo a milhares de quilômetros de distância".

Malia assente.

— O Theo é um ótimo rapaz. Cheio de boas intenções no coração. E, pelo menos pra mim e pra Cat, ficou na cara que você achou um lugarzinho lá.

Uma tênue espiral de esperança surge dentro de mim. Há duas possibilidades: Theo e eu somos tão bons atores que convencemos todo mundo, incluindo seus familiares mais próximos que o conhecem desde que era bebê. Ou então realmente existe algo especial entre nós que somos covardes demais para reconhecer. Estamos no limiar de... *alguma coisa*, e fico me perguntando o que teria acontecido se Catherine não tivesse nos interrompido mais cedo.

O anfitrião anuncia que o leilão de caridade está prestes a começar, e Catherine e Theo voltam para nossa mesa. Ele coloca a mão no meu ombro enquanto se senta ao meu lado.

— O Museu Metropolitano de Arte está levantando fundos para a Arte do Coração, uma ONG que ajuda jovens em vulnerabilidade social a seguirem uma carreira em artes visuais e cênicas. — Ele faz um gesto para uma caixa de vidro no palco que contém uma pedra mais ou menos grande coberta por respingos de tinta. — Vamos leiloar essa obra especial criada por nossos jovens beneficiários em ascensão. O lance inicial é de quinhentos mil dólares.

Quase engasgo, mas tusso para disfarçar.

Malcolm levanta a mão.

— Setecentos mil dólares.

— Um milhão — oferece Lucia.

— Um e meio — diz Malcolm.

Um murmúrio se espalha pelo público. Theo mal consegue evitar revirar os olhos.

— Um ponto oito — exclama Lucia.

— Dois e meio — propõe Malcolm.

Catherine solta um ruído de irritação e se levanta.

— Três milhões — anuncia ela, e olha com raiva para seus dois irmãos mais velhos. — Em nome da família Somers.

Por mais surpreendente que pareça, Malcolm e Lucia não aumentam os lances, mas assumem expressões contrariadas.

— Vendido — declara o anfitrião. Todos se levantam para aplaudir. — Somos profundamente gratos pela sua generosidade, senhora Catherine Somers.

Ela se senta resmungando.

— Agora sou a dona do peso de papel mais caro do mundo.

Theo me cutuca.

— Os discursos vão ser um saco. Vamos fugir e conferir as exibições.

Olho para a entrada.

— Mas a placa diz que o resto do museu tá fechado.

Theo abre um sorrisão.

— Isso nunca me impediu antes.

Pedimos licença e seguimos para o banheiro, mas, na verdade, desviamos por outro corredor. Uma escadaria nos leva até a coleção de arte asiática no segundo andar.

Theo aponta para a caligrafia chinesa à mostra.

— Os curadores trocam as obras com frequência porque a seda e o papel são altamente sensíveis à luz.

Nos esgueiramos por uma entrada circular ladeada por dois leões de pedra e acabamos dentro da reconstituição de um pátio da dinastia Ming, com vigas de pinho, telhados de telha com beirais inclinados para cima e tudo o mais.

— Esse é o meu favorito. — Passo pelas formações rochosas e paro em frente a um pagode em miniatura. — Parece até que tô no set de um drama com artes marciais, tipo o *Palavra de Honra*.

Theo sorri.

— Só falta os atores chineses gatinhos em roupas de época.

Voltamos para o primeiro andar e vagamos pelas galerias repletas de artefatos egípcios antes de entrar numa ala espaçosa de pé-direito alto. As luzes estão difusas, já que essa área está fechada, mas a iluminação do Central Park atravessa a parede transparente de vidro em um dos lados do recinto. Numa plataforma no centro, há um pavilhão em estilo egípcio com dois imensos arcos de pedra cercados por uma vastidão de água cristalina. Mais adiante, um par de gatos sphinxes fazem guarda como sentinelas silenciosos.

— O Templo de Dendur — diz Theo. — Vem, vamos entrar.

Passamos por baixo de um dos arcos e paramos em frente às pilastras do templo. Acima da entrada há imagens do sol e de uma figura alada, e as paredes estão cobertas de gravuras entalhadas de um rei fazendo oferendas a diversas divindades.

Já vim aqui num passeio escolar, mas tudo pareceu diferente sob a luz do dia, com alunos rindo e correndo por todo canto. Agora, a penumbra dá um ar misterioso ao espaço. Por boa parte da minha vida, fiquei longe de encrenca e segui as regras como um bom garotinho asiático... e agora, estar num lugar em que eu não deveria, é empolgante.

— Tem alguém aí? — ecoa a voz de um guarda.

A empolgação vira pânico. Theo agarra meu braço e me puxa templo adentro. Nos espremos num cantinho e ficamos imóveis, escondidos nas sombras.

Os passos do segurança se aproximam da entrada.

Me esqueço de respirar. Não há espaço nenhum entre o meu corpo e o de Theo. De repente, nem me importo se formos pegos. Qual é a pior coisa que pode acontecer? Ele vai dizer que não deveríamos estar aqui, a gente vai pedir desculpa por ter se perdido e então seremos conduzidos de volta. Parece bem menos perigoso do que ser encurralado contra a parede pelo cara por quem sinto atração; a forma com que meu corpo está reagindo a essa proximidade toda de ambígua não tem nada.

Começo a me afastar, mas Theo agarra meu pulso.

— Não se mexe — sussurra ele, roçando os lábios na minha orelha.

Sinto um calor me invadir. É pura tortura. Desesperado, tento pensar em alguma outra coisa, em *qualquer* coisa além do aroma de sua loção pós-barba e das cócegas que seu cabelo faz na minha bochecha.

— Qual é o status? — pergunta outra voz pelo walkie-talkie do guarda.

— Achei que tinha ouvido alguma coisa na exibição do Templo — responde ele. — Devem ser ratos na ventilação de novo.

Theo sacode levemente os ombros, como se estivesse tentando não rir. Eu o cutuco nas costelas para que pare, mas isso só o faz se debater contra mim e enterrar a cara no meu pescoço.

A luz da lanterna do guarda se move a vários metros de distância.

— Tudo limpo. Voltando pro meu posto.

— Entendido, câmbio.

Aliviado, dou um suspiro quando o segurança se retira. Espero Theo recuar, mas ele não se mexe.

— Você tá cheiroso. — Seus cotovelos estão apoiados em cada uma das laterais de meu corpo, e ele encosta o queixo no meu ombro. — Não sei por quê, mas tá me fazendo lembrar dos Hamptons.

O sabonete líquido. Mas não conto, porque todo esse contato me deixou incapaz de respirar e muito menos de falar. Assim tão de perto, os cílios de Theo estão escuros, e seus olhos refletem a água ao nosso redor. O frio na barriga que sempre sinto quando fico sozinho com ele se transforma em algo mais latente, mais intenso.

— Dylan... — Ele fala meu nome de um jeito que nunca falou antes.

Eu me inclino para a frente e o beijo.

Theo não se mexe... e eu fico com a certeza de que cometi o maior erro da minha vida, mas então sua boca se abre contra meus lábios, e meu mundo sai de órbita do melhor jeito possível. Não há mais ninguém aqui perto, só nós dois dentro de um templo egípcio de dois mil anos, ou seja, não há nenhum outro motivo para retribuir meu beijo além de querer.

Quando nos afastamos, um fôlego suave escapa dos lábios de Theo. Ele estende os braços e segura meu rosto entre as mãos.

— Sabe aquela última noite nos Hamptons? Então... eu queria muito ter te beijado — confessa. — Mas valeu a pena esperar.

Suas palavras fazem uma onda de calor viajar até a ponta das minhas orelhas. Não é nosso primeiro beijo, mas a sensação é de que sim.

— Tem certeza? — provoco. — Você nem me olhou no chuveiro.

— Vai por mim, olhei sim — responde ele, num tom irônico. — Mas não tomei iniciativa porque não queria te pressionar a fazer nada. Você deixou bem claro que tava comigo só pra retribuir o favor.

— Quando a gente assistiu TV na cama — sussurro. — Fiquei morrendo de vontade de te beijar.

Theo sorri.

— Que bom que a gente esclareceu essas coisas. — Ele pega minha mão. — Vem. Vamos dar o fora daqui.

Escapamos por uma saída de emergência e acabamos numa área isolada do Central Park. O ar está gelado, mas a mão de Theo ao redor da minha me preenche de uma alegria inebriante.

Paro de andar, e então ele para também. Estamos na penumbra entre dois postes. A luz se acumula de ambos os nossos lados, mas para pouco antes das sombras que cercam nossos pés.

— E agora? — pergunto. — É de verdade?

Ele assente sem pestanejar.

— Não quero manter a gente em segredo. Principalmente do meu pai. — Theo passa os braços ao redor de mim para me puxar para mais perto. — Ele pode até cortar os laços comigo... mas não vou deixar ele decidir quem faz parte da minha vida.

Levo um instante para perceber que é assim que Theo é quando não está na defensiva. Tive vislumbres disso quando ficamos sozinhos nos Hamptons... e, muito embora eu tenha me atraído instantaneamente pelo garoto de língua afiada que nunca deixava nada passar, *esse* é o Theo por quem estou me apaixonando.

Passo os braços ao redor de seu pescoço. Nossas alturas parecidas têm lá suas vantagens.

— Eu tava querendo perguntar... se você gostou do meu cabelo.

Theo arqueia uma sobrancelha.

— É uma pegadinha?

— Tô falando sério. — Eu o encaro com os olhos semicerrados. — Você prefere mais comprido, como era antes?

Ele se aconchega no meu pescoço.

— Seu corte de cabelo não é o que eu mais gosto em você.

— Tem certeza? Porque eu digo com toda a sinceridade que o tanquinho é a sua melhor qualidade.

Ele ri e passa os dedos pelo meu cabelo curto. Enquanto nos beijamos de novo, não consigo deixar de pensar que *eu me acostumaria fácil com isso*.

Capítulo vinte e sete

— **Cuida pra não encher o copo** até o topo, senão a máquina não consegue selar — diz Tim para Theo.

Sugeri que acrescentássemos bebidas preparadas na hora ao cardápio, já que exigem menos preparo prévio e oferecem uma maior margem de lucro. Escolhemos duas tradicionais de Singapura para começar: chá de crisântemo fervido com longans e goji berry, e chin chow, feito com gelatina preta de grama e xarope. Tampas para copo não resistem bem ao transporte, e tia Jade comprou uma daquelas máquinas que as lanchonetes de bubble tea usam para selá-los.

Foi Tim que leu o manual, então ele é o expert entre nós. E escolheu Theo como aprendiz.

— Tá, assim tá bom? — Theo enche um copo de chin chow e o mostra para que Tim aprove.

— Tá. Deixa espaço pra adicionar o gelo. E não deixa molhar a borda, porque senão o adesivo não vai colar. — Tim o entrega um pano para limpar a borda. — Agora coloca o copo no compartimento.

Com um sorriso no rosto, me apoio no balcão. Faz um dia que estamos oficialmente juntos, e Theo já está servindo de capacho para meu priminho.

Ele coloca o copo cheio na bandeja de metal da máquina. Tim confere para garantir que tenha ficado tudo certo antes de sinalizar para ir em frente. Theo aperta um botão vermelho. A máquina zune, e a bandeja se recolhe. O topo do copo é selado com uma película de plástico, e a bandeja sai com a bebida lacrada.

Tim inspeciona o resultado e vira a bebida de cabeça para baixo para garantir que não há nenhum vazamento.

— Beleza, ficou ótimo. Se a película não selar em todos os lados, aí a gente precisa arrancar e tentar de novo. Agora faz mais dez e deixa na geladeira.

Ouvimos passos descendo as escadas. Megan aparece, vestindo uma minissaia preta xadrez, meias que vão até os joelhos e um cropped estampado.

Ela para na nossa frente e dá uma voltinha.

— Adivinhem aonde eu tô indo.

— Humm… eu diria pro show do Blackpink — exclama Tim. — Mas tem certeza que vai conseguir escalar a grade e fugir dos seguranças com essa roupa aí?

— Engraçadinho. — Megan tenta beliscar o braço do irmão, mas ele ri e se esquiva. — Você só tá é com inveja porque a prima do Theo tinha um ingresso sobrando, que ela ofereceu pra *mim*.

Pela expressão no rosto de Theo, tenho certeza de que não foi uma coincidência.

— Ela falou que comprou assentos na pista — explica ele. — Segunda fileira da seção A.

Megan arregala os olhos.

— Seção A? Você tá de brincadeira? Fica, tipo, bem de cara pro palco!

— Pois é, acho que a Terri mencionou isso.

Megan dá um berro.

— Minhas amigas nunca vão acreditar! Quer dizer, vão ser obrigadas quando eu fizer uma *live* durante o show! Talvez até vejam a Amy, que vai ficar parecendo uma formiguinha sentada lá no fim do mundo, naquele lugar que ela se recusou a me vender. — Ela gargalha. — Eu amo o seu namorado, Dyl. Não daquele jeito, claro. Mas quem é que precisa de um namorado se a gente tem o seu?

Terri estaciona sua BMW na rua e buzina rapidinho.

— Se cuida! — exclama tia Jade pela janela de serviço quando Megan sai correndo porta afora. — Não perde o celular que nem no show da Billie Eilish!

Theo e eu saímos enquanto minha prima pula para o banco do carona.

Ele apoia a mão na porta.

— Não perde ela de vista, senão a mãe dela me mata — avisa para Terri. — E nada de subir no palco, tá bom, esquila?

Terri revira os olhos.

— Eu subi no palco só *uma* vez, e você nunca vai parar de pegar no meu pé.

Megan se vira para Terri.

— Ele é sempre assim?

— Que nada, só quando tá tentando impressionar o namorado. — Ela dá um sorriso para mim. — Você acredita que o Theo tentou me convencer que vocês tavam *fingindo* que eram namorados no casamento? Porque assim, gente, quem é que vocês achavam que conseguiam enganar?

Achando graça, Theo e eu nos olhamos enquanto Terri pega a estrada.

— Valeu — digo. — Você não precisava fazer tudo isso.

Ele sorri.

— Como a Terri falou, tirar alguém do mar traz um carma positivo.

Voltamos para o restaurante. Vou para a cozinha ajudar tia Jade enquanto Theo fica no balcão para fazer mais bebidas com a máquina seladora de copos. Depois de prepararmos e despacharmos os últimos pedidos, minha tia me diz que se encarrega da limpeza.

Quando saio dali, Theo está empacotando a última leva sob o olhar vigilante de Tim.

— Não se esquece de conferir duas vezes a comanda pra ver se não tem nenhum detalhe — diz Tim. — Viu esse aqui? O cliente não quer gelo, então cuida pra entregar sem gelo. E o outro quer adicional de molho de pimenta, então...

— Eu incluo um pacote a mais de molho de pimenta — diz Theo.

— Isso. E quando terminar, grampeia a comanda no saco de papel pro Chung ver o endereço sem dificuldade.

Me aproximo sem pressa.

— Qual nota ele leva hoje, Tim? Acho que um sete e meio, né? — Paro ao lado de Theo, e coloco a mão em sua lombar, onde meu primo não consegue ver. — Um oito, quem sabe?

— Tá de brincadeira, né? — Sorrateiramente, ele se inclina ao meu toque. — Eu fui um aluno excelente. Levando em conta que hoje foi minha primeira vez no serviço, acho que mereço um nove e meio.

— Você aprendeu até que bem rápido — responde Tim. — Mas teve dois que precisou refazer, então vou te dar um nove.

Chung chega de moto. Enquanto levamos os pedidos para fora e os colocamos na bolsa térmica, Chung olha de relance para Theo.

— *Lei gor lam pung yow?*

Dou um sorriso.

— Aham, ele é meu namorado.

Chung faz um joinha para Theo antes de partir. Voltamos para dentro. Nos fins de semana, Tim costuma levar Clover para passear, e agora, abanando o rabo, ela leva a coleira até ele.

Enquanto os dois saem, me viro para Theo.

— Não é só porque você tá aqui em casa que precisa ajudar, viu?

— Tá brincando? Fazia tempo que eu não me sentia útil assim. — Ele estende a mão. — Tenho até os ferimentos de batalha pra provar. Tá vendo?

Há um arranhão recente sobre os nós de seus dedos.

— Ai. O que rolou?

— Teve um pedaço de plástico que emperrou na máquina, e aí eu tentei puxar. Burrice. Mas não se preocupa, não foi nada.

Pressiono os lábios contra a parte de trás da mão dele.

— Humm, eu ia perguntar se você queria que eu desse uma olhadinha mais de perto, mas já que não foi nada...

Um sorriso se espalha pelo rosto de Theo.

— Ai, sabe de uma coisa? Do nada a minha mão começou a doer pra caramba. Preciso de cuidados médicos pra ontem. No seu quarto. Com a porta trancada.

— O passeio da Clover leva pelo menos vinte minutos. — Agarro-o pelo punho e o conduzo escada acima. — Se a gente não perder mais tempo, dá pra aproveitar ao máximo os próximos quinze.

O delivery não abre na segunda-feira, e tia Jade tem uma reunião à tarde no banco. Tentei catar alguns detalhes de nossa situação financeira durante o café da manhã, mas ela foi vaga e mudou de assunto. Um lembrete do quanto precisamos dessa participação no *Cozinha Fora da Caixinha*.

Megan e Tim ainda não chegaram em casa, e estou na cozinha com Theo. Faltam apenas quatro dias para o Festival de Meio do Outono, e vou fazer o bolo da lua inteiro do zero. Theo está me ajudando no lugar de tia Jade.

Ele esfrega as mãos.

— Me fala o que fazer. Sou todinho seu.

— Vamos começar pelo recheio de trufa de chocolate branco. — Aponto para uma grande cumbuca com gotas de chocolate. — Vi uns tutoriais no YouTube e aprendi que pra fazer trufa se usa gotas, e não barras. Os estabilizantes nas gotas deixam o chocolate mais firme. A gente vai deixar elas redondas usando um daqueles boleadores para melão e depois cobrir com outra camada de chocolate, o que vai ajudar a manter o formato dentro do bolinho.

Em comparação à casquinha e ao recheio, o miolo de trufa é moleza. Adiciono creme de leite fresco ao chocolate branco, levo tudo para o micro-ondas e, entre um intervalo e outro, mexo até que fique completamente derretido.

Quando levanto a colher da cumbuca, Theo passa o dedo no chocolate e espalha um pouco no meu nariz. Arqueio uma sobrancelha. É guerra, então? Não foi uma jogada lá muito inteligente, já que quem está com a colher sou eu.

Um instante depois, Theo está com a testa e as bochechas lambuzadas. Rindo, ele tapa o rosto com as mãos e diz:

— Tá bom, você venceu! Eu me rendo!

Abaixo a colher.

— O que você vai me oferecer como recompensa pela minha vitória?

Os olhos de Theo vagam de cima a baixo pelo espaço entre nós.

— Tenho certeza de que a gente pode chegar num acordo — murmura.

Dou um passo mais para perto, e o encurralo contra a borda da mesa. Apoio as mãos nas laterais do corpo de Theo, me inclino adiante e beijo uma mancha de chocolate no cantinho de sua boca.

— Hum… acho que vou começar por aqui.

— O programa de confeitaria que vocês tão pensando em se inscrever é daqueles que passam de madrugada na TV a cabo, por acaso? — questiona a voz de tia Jade.

Nos afastamos enquanto ela entra, com cara de sabichona num paletó marrom-claro, saia lápis e salto alto.

— Oi, tia Jade — diz Theo, acanhado.

— A senhora voltou mais cedo. Como foi a reunião?

Ela se recosta no batente da porta.

— Boa, na verdade. A gerente aprovou meu pedido pra um plano de parcelamento, o que vai nos ajudar a dar conta das despesas. Ela tá confiante que semana que vem já será aprovado. — Tia Jade estala os dedos. — Ah, e o seu Gong Gong ligou quando eu tava saindo do banco. Ele conseguiu entrar em contato com uma das amigas da Por Por na Malásia. Pelo visto, falta um ingrediente muito importante.

Fico empolgado.

— O que é?

— Gula melaka.

— O que é isso? — pergunta Theo.

— Um tipo especial de açúcar de palma feito na Malásia — responde ela. — No estado de Malaca, pra ser mais exata, e é daí que vem o nome. Mas só tem um problema. Não dá pra conseguir o tipo certo de gula melaka aqui.

Franzo o cenho.

— Nem mesmo nos mercadinhos asiáticos?

— Cada plantação de palma produz um açúcar com um sabor único, porque depende do solo e do clima da região — responde tia Jade. — Alguns têm um gosto doce e defumado. Outros, notas de toffee, caramelo e butterscotch. A amiga da Por Por produzia o açúcar artesanalmente na pequena plantação da família em Malaca e levava alguns jarros pra ela. Essa é a versão mais parecida que eu consegui achar na loja.

Tia Jade pega um pacote de blocos marrom-escuros de formato irregular mais ou menos do tamanho de cubos de gelo grandes.

— Mas o rótulo diz gula jawa — comenta Theo.

— Essa marca é da Indonésia — responde ela. — Os cristais são feitos da seiva do coqueiro também, mas são chamados de gula jawa, que significa açúcar javanês.

Franzo o cenho.

— Então o único jeito de achar a gula melaka que a Por Por usava nas receitas é pegar um avião até em casa?

— Basicamente. Vamos nos virar com o que temos aqui. A gula jawa não é a mesma coisa, mas pelo menos assim fica mais parecido com o original do que o açúcar de cana que andamos usando. Vou me trocar pra gente começar.

Tia Jade desaparece escada acima. Theo e eu limpamos o chocolate de nossos rostos, e eu cubro a cumbuca de trufa com papel-filme antes de levá-la à geladeira. Sou inundado por uma onda de frustração. Descobrimos o ingrediente autêntico que estava faltando, mas não estamos nem um pouco mais perto de deixar essa receita perfeita.

Minha tia volta, e discutimos a proporção de gula jawa para adicionar à pasta de semente de lótus. Quero que a doçura seja sutil, e não exagerada.

— Sabia que há registros de Festivais de Meio de Outono de até três mil anos atrás, mas que os bolos da lua começaram a ser uma parte importante da celebração muito depois? — conta tia Jade para Theo enquanto descascamos sementes de lótus. — Seiscentos anos atrás, na Dinastia Yuan, a China era governada pelos mongóis… Espera aí, você já ouviu essa parte da história chinesa antes?

— Tudo o que sei é que os chineses usavam bolos da lua pra transmitir mensagens clandestinas uns pros outros durante uma rebelião — explica Theo.

— É isso mesmo! — Tia Jade parece satisfeita por ter um público engajado. — Os revolucionários queriam derrubar o governo, mas tinham que achar um jeito de se comunicar sem que seus planos caíssem nas mãos erradas. Um deles teve uma ideia: mongóis não comiam bolos da lua, então o sujeito pediu permissão pra distribuir os doces entre os chineses em honra ao imperador mongol.

— Com uma mensagem escondida dentro dizendo pra todo mundo quando revidar? — pergunta Theo.

— A época em que a lua fica mais cheia é no décimo quinto dia do oitavo mês lunar — afirma ela. — Eles começaram uma rebelião surpresa naquela noite e recuperaram a liberdade.

As famílias chinesas continuaram fazendo os bolinhos pra se lembrarem da vitória.

— A gema salgada dentro do bolo da lua representa a mensagem escondida? — Uma vez, assisti a um TikTok de um crítico de culinária asiática falando disso. — É daí que vem a história de que os bolos da lua foram a inspiração pros biscoitos da sorte?

— Provavelmente era gravada em cima dos bolos com moldes de madeira — diz tia Jade. — Bolos da lua normalmente são dados em caixas com quatro unidades. Naquela época, as famílias iam pra casa, dividiam cada um em quatro e reorganizavam as dezesseis partes pra revelar a mensagem escondida. E depois comiam.

Theo dá uma risadinha.

— É um jeito genial de destruir as provas.

Quando experimentamos a pasta de semente de lótus feita com gula jawa, tia Jade arregala os olhos.

— Ficou maravilhoso. O açúcar faz toda a diferença.

Ela tem razão. O açúcar de coqueiro infunde o recheio com um sabor que é difícil de descrever, como mel granulado e melaço, mas com um toque defumado, parecido com açúcar caramelizado. Fico empolgado. Não quero dar sorte para o azar, mas, com esse ingrediente secreto, talvez eu realmente tenha uma chance de vencer o concurso.

Ouvimos uma batida forte à porta. Há um homem de terno parado do lado de fora do delivery.

Tia Jade passa a cabeça pela janela de serviço e aponta para a placa para mostrar que estamos fechados. Em vez de ir embora, o sujeito bate no vidro de novo.

Ela tira a farinha das mãos e vai até lá. Theo e eu a acompanhamos.

— Jade Wong? — O estranho a entrega um envelope. — A senhora foi intimada.

Enquanto o homem vai embora, tia Jade pega a carta. Fico com o coração na mão quando leio as palavras em negrito no topo do papel: NOTIFICAÇÃO DE DESPEJO.

— Nosso proprietário é um desgraçado — digo para Theo, na esperança de disfarçar a vergonha dela. — Ele tá só querendo dar um susto na gente.

Minha tia esfrega a testa.

— Deve ter algum mal-entendido. Deixei uma mensagem na caixa postal dele falando do plano de parcelamento que tô negociando com o banco. Acho que ele não ouviu. Vou ligar mais tarde e resolver tudo. — Ela deixa uma risada trêmula escapar. — Pelo menos ele não é um agiota de Singapura. Eles picham DP (deve dinheiro, paga dinheiro) com o nome e o endereço da pessoa no muro do quarteirão.

Ela guarda o envelope debaixo do balcão.

— Certo, rapazes, de volta ao trabalho — diz tia Jade num tom forçado de empolgação, enquanto segue para a cozinha. — Esses bolos da lua não vão se fazer sozinhos!

Theo me lança um olhar preocupado. Faço um gesto de "deixa para lá", mas não consigo deixar de me perguntar: mesmo se eu ganhar esse concurso, será que ainda vai dar tempo de salvar o Guerreiros do Wok?

Capítulo vinte e oito

Quando volto da escola no dia seguinte, vejo um Rolls-Royce prateado estacionado no fim da rua. Há um sujeito branco corpulento de terno e óculos escuros reclinado contra o carro. Ele cruza os braços e me encara quando passo.

Entro no delivery e paro abruptamente.

Malcolm Somers está sentado na mesinha. Há uma cesta de xiao long bao e um prato quase terminado de arroz frito com ovo à sua frente.

O rosto de tia Jade, que está no balcão, se ilumina.

— Ah! Esse é o Dylan, o sobrinho de quem eu tava falando pro senhor. Ele mora com a gente.

Estou sem palavras. Tia Jade é péssima em reconhecer as pessoas. Mas não posso culpá-la; a foto de Malcolm no tabloide era pequena, e hoje ele dispensou o terno e escolheu uma camisa polo preta e calça cinza.

— Oi, Dylan. — Seu sorriso é como uma navalha. Está sentado no mesmo lugar em que Theo ficou quando veio aqui pela primeira vez. — Gostei muito de conversar com a sua tia. Que lugarzinho agradável esse dela. Cheio de charme e personalidade.

— Esse cavalheiro ficou intrigado pelas fotos na nossa parede — diz tia Jade para mim. — Pelo visto ele vai sempre pra Hong Kong a trabalho e já jantou nos mesmos restaurantes em que eu trabalhei! Não é um mundo pequeno?

— Sim. Muito pequeno mesmo. — Malcolm se levanta. — Obrigado pela comida deliciosa, Jade, mas tenho que ir. Gostaria de comprar uma cópia do *Times*... será que seu sobrinho pode apontar pra mim a direção da banca mais próxima? — Ele me encara com um olhar profundo. — Meu filho, que deve ter a sua idade, me fala que ninguém mais lê jornal impresso, mas acho que eu sou das antigas.

Um fiapo de suor frio surge na minha testa e pescoço. Não vejo a hora de tirá-lo de perto de tia Jade. Ela se despede quando Malcolm e eu vamos para a rua.

Olho para trás enquanto caminhamos rumo ao Rolls-Royce. Estou convencido de que alguns caras vão pular do nada e me espancar até me transformar num ovo mexido. Ou colocar um saco na minha cabeça, me enfiar no porta-malas e me jogar no rio.

Malcolm para de andar e se vira para mim.

— Sua tia se dedicou de corpo e alma pelo restaurante — diz ele, e levanta a cabeça para olhar para a placa do delivery. — E aqueles xiao long bao são mesmo uma delícia. Eu odiaria que o Sunset Park perdesse uma iguaria tão especial.

O tom de sua voz me faz lembrar de uma cobra escondida pronta para dar o bote.

— Como assim?

— Bom, chegou até mim uma informação de que um bom amigo do Theo teve uma péssima experiência com a comida que pediu do delivery da sua tia. Cebolinhas que ele especificamente não queria ou alguma coisa assim, sabe?

Minha cabeça dá um branco. Como ele sabe desse incidente?

— Eu jogo golfe com o pai do Adrian todo fim de semana — acrescenta Malcolm, como se estivesse lendo meus pensamentos. — Não sei ao certo se o filho dele é alérgico mesmo ou se só odeia cebolinha, mas... nós dois sabemos que, se isso acabar vazando, a imprensa não vai se importar. Ainda mais levando em conta que o presidente recentemente aprovou uma lei a respeito de alergias alimentares que coloca mais responsabilidade nos estabelecimentos pra garantir que ninguém passe mal com a comida.

Parece que alguém abriu um alçapão no meu peito e meu coração caiu direto para o estômago. A Vigilância Sanitária de Nova York leva violações de segurança alimentar muito a sério. Já estamos prestes a ser despejados... qualquer publicidade negativa, seja infundada ou não, pode fazer o banco recuar o financiamento, ou pior, dar um motivo para que o proprietário encerre nosso contrato de aluguel. Se Malcolm levar essa ameaça adiante, nem mesmo Lawrence Lim seria capaz de nos salvar.

— O que você quer da gente? — vocifero. — Não temos condição de te pagar...

— Pagar? — Malcolm emite um ruído de desprezo. — Eu nunca aceitaria um centavo sequer da sua família. Inclusive, pensei que fosse por isso que você não largava do pé do meu filho. Mas naquela noite, no museu, quando o Theo falou que você não quis ficar com o terno... percebi que eu tinha te subestimado demais. Você não quer a nossa fortuna. Não, você é muito mais empreendedor do que isso.

Tomara que toda a confusão que estou sentindo não esteja tão evidente. Não faço a mínima ideia do que esse sujeito está falando.

— Aparecer nos jornais e em revistas de fofoca vale muito mais do que um terno sob medida do Kashimura e uma viagem de graça pros Hamptons — continua Malcolm. — De uma hora pra outra, o pobre coitado do Dylan Tang vira o assunto do momento. O garoto de uma família imigrante de classe média que se divide entre a escola, a cozinha e fazer entregas pro humilde delivery de sua tia no Brooklyn. É uma jogada de mestre. Todo mundo ama um azarão. Nem dinheiro compra esse tipo de publicidade. — Ele dá um passo para a frente, e me encara com um olhar penetrante. — Você se aproximou do Theo porque queria usar a *nossa* família pra melhorar a situação da *sua*.

A *família inteira sabe que o que mais importa pro meu pai é a reputação*.

Sem querer, os cinco mil que Theo nos deu ajudara Malcolm a encontrar nosso ponto fraco. E quando Theo falou que eu não tinha aceitado o terno para tentar convencê-lo de que eu não queria seu dinheiro, Malcolm tirou uma conclusão ainda pior. Esse sujeito agora acha que sou uma ameaça, que estou tentando tirar lucro de sua reputação... e tomou por alvo não apenas eu, mas o negócio de minha tia também.

Sinto um calorão no rosto.

— O Theo não é o tipo de cara que se permite ser usado pelos outros. Você iria saber disso caso se importasse de verdade com o que tá acontecendo na vida dele...

— Você faria qualquer coisa pra ajudar a reputação da sua família. — Malcolm assume uma expressão sombria. — E te garanto que vou fazer qualquer coisa pra proteger a minha. Deixa eu ser mais claro aqui: fica longe do meu filho. — E mete um envelope retangular na minha mão. — Acredito que isso vai ser um incentivo excelente.

O motorista abre a porta da parte de trás do Rolls-Royce. Fico travado na calçada enquanto o carro se vai e desaparece na esquina.

Rasgo o papel para abrir o envelope com receio. Deve ter uma cópia da reclamação formal que ele pretende fazer à vigilância sanitária, relatando como o Guerreiros do Wok é descuidado e ignorou as especificidades alimentares de um cliente...

Puxo um cheque administrativo com meu nome. Fico boquiaberto com a quantidade de zeros.

Cem mil dólares. Mais do que já tive na vida inteira. Oferecidos para mim pelo pai do garoto por quem me apaixonei para que eu nunca mais o veja. Se eu recusar, ele vai achar um jeito de nos tirar do caminho. Tia Jade terá que fechar as portas, e perderemos nossa casa.

Com esse dinheiro, conseguiríamos pagar o proprietário e evitar o despejo. Tia Jade não precisaria se preocupar com o aluguel por um tempinho. Tim poderia ganhar um instrumento novo... um violino melhor, feito de madeira de abeto, que nunca tivemos condições de comprar. Megan poderia comprar um celular novo. Talvez até sobre o suficiente para nós quatro viajarmos nas férias.

Esse pedaço de papel na minha mão seria capaz de salvar mais do que nosso restaurante. Poderia mudar as nossas vidas. A decisão deveria ser óbvia: escolher minha família, e não um cara que conheço faz só algumas semanas. Eu não deveria pestanejar. Não deveria parecer que engoli água do mar demais e vou vomitar.

O sino sobre a porta soa quando entro no delivery. Tia Jade está passando pano no balcão, mas para quando me vê.

— Dylan? Você tá bem? Ficou pálido.

— Aquele homem que tava falando com a senhora — digo.

— É o Malcolm Somers. O pai do Theo.

Ela arregala os olhos.

— Ai, meu Deus. Era ele? Não é nada parecido com a foto no jornal!

Meu tom de voz está tenso.

— O que foi que a senhora falou pra ele sobre a gente? Sobre o Guerreiros do Wok?

— Ele perguntou quanto tempo fazia que abrimos e o que me fez querer abrir um restaurante sino-singapurense no Brooklyn. Parecia um homem legal. — Tia Jade franze o cenho. — O que ele queria conversar com você?

O cheque queima dentro do meu bolso.

— Nada de mais — respondo, e sigo escada acima.

Fecho o zíper da jaqueta e fico parado debaixo do poste do outro lado da rua. Daqui, dá para ver os clientes entrando e saindo de nosso restaurante. Mas não quero estar perto de casa durante essa conversa com Theo. Não quero que tia Jade ou meus primos saibam.

Um namorado para viagem

Enfio as mãos nos bolsos. Algo rígido farfalha dentro de um deles.

— E aí. — Theo se aproxima pelas minhas costas, envolve os braços ao redor da minha cintura e beija minha orelha. — O que houve? Por que a gente não pode se encontrar na casa da sua...

Me afasto do abraço. A expressão no meu resto faz seu sorriso esmaecer.

— Dylan? — Ele vem para a frente e tenta pegar minha mão. — Tá tudo bem?

Dou um passo para trás.

— A gente não vai dar certo. Desculpa.

— O quê? Que história é essa? — Theo semicerra os olhos. — Espera aí... meu pai foi atrás de você, não foi? O que foi que ele disse?

Pego o cheque e enfio na mão de Theo.

— Esse é o meu valor pra ele. — Não consigo evitar a amargura na minha voz. — Pra você ver o tanto que ele me quer fora da sua vida.

Com os olhos paralisados no cheque, Theo fica imóvel.

— Ele te mandou isso aí?

— Não. Entregou pessoalmente. — Deixo escapar um murmúrio sério. — Quando cheguei hoje à tarde, ele tava no restaurante. Comendo nossa comida e conversando com a minha tia como se fosse só mais um cliente. Ela não reconheceu ele. — Pensar em tia Jade cozinhando para aquele sujeito ainda me deixa com um nó no estômago. — Ele agradeceu pelo xiao long bao maravilhoso, pediu que eu fosse pra rua e prometeu arruinar nosso negócio se eu não sumisse da sua vida.

— Não consigo acreditar que ele faria uma coisa dessas. — Theo passa uma mão pelo cabelo. Nunca o vi tão surpreso e em choque assim. — Eu *falei* pra ele que você não tá nem aí pro dinheiro. E fiz questão que ele ficasse sabendo pelo Bernard que você quer ajudar a sua tia a abrir um restaurante de verdade...

Sou tomado pela raiva. Como é que Theo pôde contar ao pai algo tão pessoal que confidenciei a ele?

— Nossa. Compartilhar as esperanças e sonhos da minha família com o seu pai foi uma péssima ideia. Agora ele acha que eu tô contigo não só por causa do dinheiro dele, mas pra atrair publicidade pro negócio da minha tia também. — Solto o ar pesadamente. — Como você disse, a coisa que mais importa pro seu pai é a reputação... e ele tem certeza de que tô tentando lucrar com o nome Somers.

— Que ridículo. — Agitado, Theo começa a andar para lá e para cá. — Ele ficou maluco.

— Enquanto a gente ficar junto, ele não vai parar de vir atrás de mim ou da minha família — explico. — É por isso que precisamos colocar um ponto final nessa história. Tem muita coisa em jogo. Muita coisa a perder.

— Meu pai tentou separar a gente uma vez. E nós não deixamos. — A expressão em seu rosto é impiedosa, determinada. Ele realmente é mais parecido com Malcolm do que imagina. — A gente chegou até aqui, Dylan. Podemos enfrentar isso. Juntos...

— Agora é diferente — interrompo. — Você não quis esconder a gente do seu pai, mas... e se ele te forçar a escolher entre mim e a sua herança? O que você vai fazer se ele ameaçar cortar os laços contigo e congelar seu fundo fiduciário?

Theo hesita por um milésimo de segundo, mas nós dois sabemos a resposta.

— Assim eu não quero — digo. — Você não deveria ter que escolher mim e o seu futuro. Eu nunca te forçaria a fazer essa escolha.

Começa a garoar, e a água salpica nossos cabelos. A gente deve estar parecendo uma cena de um drama chinês... dois apaixonados compartilhando um momento roubado sob as marquises. Acontece que a realidade é gélida, úmida e desoladora, e a sensação é de que meu coração virou algo morto e enrugado, uma coisa pendurada dentro do peito.

Theo aperta o ossinho do nariz.

— E aí a gente termina e nunca mais se vê? Só deixamos meu pai vencer assim?

— Isso aqui não é um jogo, Theo! — exclamo. — É o nosso ganha pão que tá em risco! Não dá pra entender? A tia Jade me acolheu depois que a minha mãe morreu, quando eu não tinha mais pra onde ir... — Sufoco as emoções que borbulham no meu peito. — Não posso ficar de braços cruzados e deixar o seu pai acabar com tudo o que ela deu o sangue pra conquistar.

Theo emite um som vazio e estende o cheque.

— Você tá terminando comigo, do jeitinho que o meu queria. Por que já não pega o dinheiro pra ajudar a sua tia?

Afasto sua mão.

— Porque quero que o seu pai entenda que ele não pode me comprar. E, sim, pode falar isso pra ele. Essa grana resolveria os nossos problemas, mas se eu aceitar, então ele vai tá certo a meu respeito. Tem gente que coloca preço na dignidade que tem, mas eu não. — Tenho certeza de que tia Jade sentiria a mesma coisa. — Se o único jeito de salvar nosso delivery é ganhar essa desgraça desse concurso de bolos da lua, então é isso o que vou fazer.

— Então deixa eu te ajudar — pede Theo, num tom lamentoso.

Ele ainda se importa comigo mesmo depois de eu ter dito que não podemos mais ficar juntos. Por mais que eu o queira ao meu lado, nosso relacionamento é exatamente o que não posso ter.

— Se o seu pai suspeitar que a gente ainda tá se vendo e começar uma campanha pra acabar com a moral do Guerreiros do Wok, nem ganhar o concurso vai nos ajudar.

— Então me fala o que você quer de mim. — Theo segura minha mão entre as suas. — Me fala que eu faço. Por favor, Dylan. Não desiste da gente.

Ele parece tão exausto... queria poder puxá-lo para perto e segurá-lo firme. Mas o silêncio se cristaliza entre nós, e o brilho frio da lua quase cheia não passa de um eco pálido de luz. Uma linda ilusão.

Solto um suspiro desconsolado.

— Sabe, os ditados chineses normalmente vêm em dupla. *Yǒu yuán qiān lǐ lái xiāng huì* é a primeira parte. Pouca gente conhece a continuação: *wú yuán duì miàn bù xiāng féng*.

Theo franze o cenho.

— O que significa?

— "Se duas pessoas têm o destino de se encontrarem, nem mesmo milhares de quilômetros de distância são capazes de mantê-las afastadas." — Minha compostura ameaça desmoronar. Não posso deixá-lo ver que estou morrendo por dentro. — Mas se não têm, seus caminhos não se cruzarão nem se ficarem uma de frente pra outra.

— Você acredita mesmo nisso? — pergunta ele, baixinho.

Meneio a cabeça.

— Não importa.

Tiro a pulseira com o frasco de vidro. A mágoa que tremeluz pelo rosto de Theo quando coloco o presente na palma de sua mão é quase demais para mim.

Me viro e caminho para longe o mais rápido que consigo. Lágrimas brotam dos meus olhos e transformam os postes em borrões reluzentes, como constelações deformadas. Como planetas girando para longe um do outro.

Quando chego ao restaurante, olho para trás. Theo continua parado no fim da rua. Mas não me segue.

Capítulo vinte e nove

Finjo uma gripe e fico em casa no dia seguinte. Estou deprimido demais para sair da cama. Quando Tim sai para ir à escola, afundo o rosto no travesseiro e deixo as lágrimas escorrerem livremente. Meu coração parece um xiao long bao que foi furado e perdeu todo o caldinho de dentro.

Tia Jade sobe com um pote de canja de galinha, percebe meu olho vermelho e se senta ao lado da minha cama.

— Brigou com o Theo?
— A gente terminou.

Ela suspira.

— E de quem foi a ideia?
— Minha.
— Por causa do pai dele? Ele disse alguma coisa terrível pra você ontem, não foi?
— Não importa. — Repetir as últimas palavras que falei para Theo emite uma nova pontada no meu peito. Tia Jade não precisa saber do cheque que devolvi. — Odeio ter que admitir, mas o pai dele tem razão. Somos diferentes demais. Nunca daria certo.

Ela coloca um braço em volta de mim.

— Sinto muito. Sei como ele era importante pra você.

Mordo a parte interna da minha bochecha. Agora imagino o conflito interno que Chang'e devia estar passando quando bebeu o elixir... o único jeito de impedir que o estudante do mal se tornasse todo poderoso. Mas ela teve que abandonar quem amava e flutuar até a lua, onde ficariam separados para sempre. Uma escolha terrível e impensável.

 Tia Jade tem uma reunião no banco para discutir a possibilidade de pegar outro empréstimo. Depois que ela sai, levanto da cama. Minha tia não vai deixar uma notificação de despejo impedi-la de lutar pelo nosso bem. Tenho que parar de ficar me lamentando e fazer a mesma coisa. Se quero ganhar o concurso, não preciso fazer um bolo da lua bom. Preciso fazer um bolo da lua *perfeito*.

 Devoro um sanduíche que sobrou e parto para o metrô. Vou rumo a rua 74 e à Broadway, e depois pego o trem 7 até Flushing, no Queens.

 A Chinatown de Flushing é parecida com a que temos no Sunset Park, com placas tanto em inglês quanto em chinês. Há uma mistura de estabelecimentos coreanos e tailandeses também. As pessoas falam umas por cima das outras numa cacofonia de diferentes dialetos, o que me faz lembrar de como minha mãe e tia Jade costumavam conversar e brincar em cantonês. Agora, as palavras são como uma música familiar que não ouço há algum tempo, e me preenchem de uma nostalgia esquisita e de arrepiar.

 Passo por um monte de lojas de ervas tradicionais e especiarias, mas não encontro nenhuma que venda gula melaka. Um lojista me garantiu que a gula jawa, da Indonésia, é tão boa quanto. Mas Lawrence Lim cresceu na Malásia, então conhece bem o gosto. Preciso da gula melaka de seu país de origem. Se o açúcar tiver um gosto só um pouquinho diferente, ele perceberia num piscar de olhos.

 Enquanto passo por um antiquário, uma elegante caixa artesanal no formato de um antigo armário de boticário chinês me chama a atenção. Cada gaveta tem delicados puxadores dourados em anel. Já assisti programas de culinária o bastante para saber que a apresentação é uma métrica importante nessas disputas — quase tão crucial quanto a comida em si.

Entro na loja. Ser incapaz de passar por uma arara de camisetas com frases engraçadinhas sem comprar nada seria motivo para eu coringar, então, junto com a caixa para bolos da lua, fico com uma camiseta azul-marinho que diz minha psicóloga é peluda e tem patinhas.

Uma adolescente asiática cuida do caixa enquanto assiste a vídeos no celular. Ao lado, há uma pequena bancada de confecção de joias com um anúncio feito à mão: ARTE CUSTOMIZADA NO ARROZ.

— Você vai querer? — Ela faz um gesto com a mão para os frascos de vidro acoplados em correntes, pingentes e pulseiras. — Meu vô saiu pra fumar, mas posso ir chamar. Ele escreve qualquer coisa que você queira num grão de arroz. Até *um pequeno jabuti xereta viu dez cegonhas felizes.* — Ela sorri. — Brincadeira. O seu nome, talvez?

Um espasmo doloroso se espalha pelo meu peito. Agora entendo por que dizem que dói ficar de coração partido.

— Não, valeu — respondo. — Já me deram um desses de presente.

Ela dá de ombros, devolve meu troco e volta a mexer no celular.

Quando saio para a calçada, tento me empolgar com as compras... mas a lembrança da expressão devastada de Theo quando lhe devolvi a pulseira é tão nítida quanto o círculo de pele exposta ao redor do meu pulso.

Na véspera do Festival de Meio do Outono, uma chuva pesada bate contra as janelas de nossa sala. Fechamos o delivery e trancamos as portas uma hora atrás, e estou fazendo minha tarefa de cálculo enquanto o último álbum do Blackpink estoura dos alto-falantes de Megan. Ela está praticando a coreografia que ela e as amigas aprenderam com um vídeo de dança.

Tim sai de nosso quarto segurando o violino.

— Meg, dá pra abaixar a música?

— Tim, olha só isso aqui. — Megan faz um passo complicado que termina com um movimento de peito e um giro. — Tô fazendo a Lisa...

— Não tô nem aí! Minha prova é daqui a dois dias!

Tia Jade põe a cabeça para fora de seu quarto. Ela está de pijama, com o secador em uma das mãos e a metade molhada do cabelo presa em cima da cabeça.

— O que tá acontecendo aqui?

— Tô tentando ensaiar, mas todo mundo tá fazendo o máximo de barulho que conseguem — responde Tim. Clover late. — Para, Clover!

Um estrondo alto vem lá de baixo. Todos paralisamos.

Megan desliga a música no celular. A tensão aumenta. A invasão de alguns meses atrás continua vívida: descer as escadas, encontrar cacos de vidro pelo chão e ver o caixa arrombado. Talvez o raio tenha dado um curto-circuito em nosso novo sistema de alarme... ou então alguém achou um jeito de desligá-lo.

Há um zunido agudo de eletricidade e então as luzes se apagam.

— O que tá rolando? — Megan parece estar em pânico.

Nós nos movemos pelo escuro usando os celulares, e xingamos conforme esbarramos nos móveis. O vento uiva através das pequenas frestas, e um barulho esquisito e sinistro vem lá do andar debaixo.

— Não é bem assim que os filmes de terror começam? — diz Tim, com a voz trêmula.

— Deve ter caído a energia por causa da tempestade — explica tia Jade. — Vou descer a escada e religar o disjuntor do porão.

— Mãe, não — se intromete Megan. — É perigoso demais...

— Eu vou com ela — digo para minha prima. — Vocês dois fiquem aqui. Se a gente não voltar em cinco minutos, não liguem para a polícia... — Faço uma cara de zumbi sob a luz da tela do meu celular. — Fujam.

Ela me dá um tapa no braço.

Um namorado para viagem 229

— NADA engraçado.

Clover late enquanto eu e tia Jade passamos pelo portãozinho. As trovoadas se demoram e deformam as sombras, e o barulho de água jorrando vai ficando mais alto conforme, com cuidado, descemos os degraus usando os flashes como lanterna.

Quando o delivery na penumbra fica visível, nós dois paramos, em choque.

A calçada virou um rio de correnteza rápida. Um enorme galho caiu contra nossa porta e arrebentou o vidro. Torrentes de água escorrem para dentro; a inundação já deve estar com uns trinta de centímetros de altura, e continua aumentando sem parar.

Faço menção de ir adiante, mas tia Jade agarra meu braço.

— Espera! — Ela aponta para uma tomada perto do chão, agora submersa. — Você pode ser eletrocutado!

— Não se preocupa, o disjuntor desligou a energia — digo.

Ela reclama baixinho enquanto vou para a frente e piso na água. Felizmente, não sou frito.

A força do vendaval faz a chuva torrencial soprar quase horizontalmente pela entrada quebrada, e açoita nossos rostos enquanto recuperamos o que conseguimos. Tia Jade vai direto para o caixa. Vou com pressa salvar as fotos na parede. Tudo mais pode ser substituído, mas essas memórias não. Os moldes de madeira para os bolos da lua que comprei de tia Chan estão sobre o balcão, e eu os pego também.

Estamos encharcados e tremendo quando subimos as escadas correndo. Tim e Megan estão no portãozinho, nos esperando ansiosos, e pegam os porta-retratos de mim. Tia Jade encolhe os ombros, incapaz de esconder a impotência que todos sentimos agora. Mas ela põe o cabelo molhado para o lado e se esforça para assumir uma expressão corajosa.

— O importante é que tá todo mundo bem. — E coloca os braços ao redor de Tim e de Megan. — Hoje à noite a gente enfrenta a tempestade aqui em cima e de manhã lidamos com o resto. Vamos lá. Já tá tarde. Se agasalhem e tentem dormir um pouco.

Meus primos voltam para os quartos. Sento no sofá e começo a limpar os retratos. Enquanto passo o pano pelo vidro da foto de nós cinco em Singapura ano passado, olho para o rosto de minha mãe. Parece que tudo está desmoronando, e não sei o que fazer. Mais do que nunca, queria que ela estivesse aqui para me ajudar a colocar minha vida de volta nos eixos.

— Dylan. — Tia Jade estende uma caneca fumegante. — Chá de gengibre. Tá meio forte, mas não tem nada melhor pra tirar a umidade e o frio do corpo.

Solto o porta-retratos, envolvo a caneca com as duas mãos e beberico devagar.

Tia Jade se senta ao meu lado e assente para a foto.

— Se a sua mãe estivesse com a gente aqui, nessa tempestade, o que você acha que ela faria?

Penso um pouco.

— Ela estaria no celular, fazendo triagem com os grupos de bem-estar animal e se oferecendo pra cuidar das chamadas de emergência por causa de animais perdidos aqui perto. E você estaria gritando, chamando ela de maluca por sair na enchente.

Tia Jade dá uma risadinha.

— Acho que seria isso mesmo. Quando a sua mãe se dedicava de coração pra alguma coisa, não tinha como impedir.

Encaro o fundo da caneca.

— Queria conseguir ser tão forte quanto ela era.

Tia Jade me dá um sorriso esquisito.

— Você me faz lembrar dela de tantas formas diferentes. Até quando me enganou a respeito da viagem pra ser o acompanhante do Theo, eu sabia que você só não queria que eu me sentisse mal por ter pegado dinheiro de um estranho. — Pisco, surpreso, e ela mexe as sobrancelhas para cima e para baixo. — Pois é, eu me dei conta desde o início que o dinheiro tinha vindo direto do Theo. Ele fez bem mais do que te ajudar a preencher a papelada. Fundação Revolc? Fala sério. Você tá falando com a rainha dos caça-palavras. Vi o nome da Clover ao contrário na mesma hora.

— O Theo não queria que a senhora descobrisse — digo, acanhado.

— Foi muita gentileza dele. — Ela me olha nos olhos. — De vocês dois.

A tempestade ruge lá fora e espanca as janelas.

— A gente tem seguro contra enchente? — pergunto.

Sua expressão cansada é a resposta.

— Eu não esperava que o delivery fosse ser destruído do nada por uma enchente numa área livre de perigos como esta. — Tia Jade aperta minha mão. — Não se preocupa. A gente vai dar um jeito. Vai ficar tudo bem.

— Quando a chuva passar, a primeira coisa que vou fazer é descer a escada e tapar a porta com tábuas de madeira — declaro. — Não quero ninguém roubando seja lá o que sobrou dos nossos pertences.

Ela meneia a cabeça.

— São só coisas materiais, Dylan. Dá pra consertar, substituir. Tô mais preocupada é com você. Te ver tão magoado pelo que aconteceu com o Theo é muito pior do que uma vitrine estilhaçada.

Algumas lágrimas escapam do canto dos meus olhos. Eu as limpo, mas não tenho vergonha de chorar na frente de minha tia. No dia em que minha mãe morreu, foi ela que, com firmeza, cuidou de tudo. Ainda estarrecido demais para sentir qualquer coisa que fosse, só fiquei no automático. Me mudei para cá naquela noite. Depois que achei que todos tivessem ido dormir, ela me achou encolhido no canto do banheiro, encharcando a camiseta de PARA DE DRAMA, LHAMA com meu pranto. Sem dizer nada, ela se achegou, me abraçou e nós choramos juntos.

Agora, tia Jade põe o braço em volta de mim.

— Quando decidi me separar do pai da Meg e do Tim, eu liguei lá de Hong Kong pra sua mãe e chorei até não dar mais. Falei que não fazia a menor ideia do meu próximo passo. E sabe o que ela me disse? "Eu também não, mas você não devia ter que descobrir sozinha." Horas depois, comprei três passagens só de ida pra Nova York.

Olho para ela.

— Ficar de coração partido sempre dói tanto assim ou é só na primeira vez?

Tia Jade fica com os olhos marejados.

— Ah, meu amor. Dar o coração pra alguém é que nem aprender a andar de bicicleta. A gente rala os cotovelos e os joelhos, mas a dor passa. Você vai se recuperar. E, um dia, as cicatrizes vão ser uma lembrança não do tombo, mas de levantar de novo.

Esfrego os olhos e dou uma fungada. Aqui estou eu, chorando no ombro de minha tia enquanto o delivery dela — tudo pelo que se matou de trabalhar pelos últimos cinco anos — se afoga no andar de baixo.

Tia Jade me cutuca com carinho.

— Lembra a história do Hou Yi e da Chang'e que o Tim contou aquele dia no jantar? Pouca gente sabe que tem outra versão da história com um final completamente diferente.

— O que acontece?

— Hou Yi ainda derrubou os nove sóis, recebeu o elixir e se tornou rei pela vontade do povo. Mas a adoração e a glória o corromperam, e ele virou um tirano. Chang'e roubou e bebeu o elixir pra impedir que o marido cruel ficasse imortal. Quando ele descobriu, ficou com tanta raiva que atirou flechas nela. Mas Chang'e escapou flutuando até a lua, que virou seu refúgio.

Consigo dar uma risada sem emoção.

— Dá pra entender por que a senhora resolveu contar pro Tim a versão sobre o amor eterno e não a da tentativa de assassinato. Mas por que a senhora tá me falando isso agora?

— Porque toda história pode ter um final diferente. — Tia Jade assume uma expressão que diz muito, mesmo sem palavra alguma. — Depende só de em qual você quer acreditar.

Capítulo trinta

A fúria da tempestade finalmente para no amanhecer. Passei a noite inteira acordado. Tia Jade e eu vestimos nossas galochas para nos protegermos. A água da enchente diminuiu e agora está na altura do tornozelo, mas a marca de sujeira nas paredes mostra a altura em que chegou durante a madrugada. As banquetas tombaram e a mesa está coberta por folhas mortas que o vento trouxe.

— Pelo jeito o universo ficou de saco cheio das minhas habilidades de decoração. — Ela solta uma risadinha tensa. — Eu bem que tava procurando um motivo pra comprar móveis novos.

Sinto um aperto no coração quando recolho a caixa de bolos da lua que comprei no antiquário. A madeira elegante agora está manchada e toda imunda. Consegui salvar os moldes junto com os retratos, mas não deu para pegar os ingredientes que preparei para o concurso. Estão arruinados também.

O prejuízo da despensa no porão foi o pior. Não conseguimos descer nem metade dos degraus lá para baixo. O freezer está boiando em pelo menos sessenta centímetros de uma água catinguenta e salobra. Teremos que jogar quase tudo fora. Milhares de dólares de estoque que, simples assim, se vão pelo ralo.

Passo o braço pelos ombros de tia Jade. Ela está tremendo um pouquinho e com os olhos marejados. E eu sei que não é só por causa do ar gelado da manhã.

Garantimos que esteja tudo seguro antes de deixar Megan e Tim descerem as escadas. Tia Jade liga para nosso proprietário, para a empresa de energia e para a prefeitura. Passamos a manhã inteira limpando e enchendo baldes com água de chuva que parecem não acabar nunca. Megan recupera seu avental favorito da Hello Kitty, e, com cuidado, Tim limpa o gato da sorte de porcelana com um pano antes de colocá-lo numa prateleira mais alta. Descarto a caixa arruinada de bolos da lua junto com a sujeira e os detritos que boiaram aqui para dentro.

Enquanto levo dois sacos de lixo para a calçada, chega uma BMW. A janela se abaixa e uma jovem com cabelo loiro-acobreado coloca a cabeça para fora.

— Dylan!

Paro.

— Terri? O que você tá fazendo aqui?

— A Megan me falou que o concurso de bolos da lua é hoje — responde. — Vem, eu te levo.

Pisco.

— Mas eu não tenho os ingredientes. Estragou tudo na enchente.

— A gente para pra comprar no caminho. — Ela acena para Megan e para tia Jade, que vieram aqui fora cumprimentá-la. — Anda logo que já são quase duas da tarde.

Hesito. Os outros competidores devem estar se organizando no estúdio enquanto conversamos. Já estou atrasado. Bolos da lua com casquinha de neve levam cerca de três horas para ficarem prontos, talvez menos. Ainda tenho uma chance de terminá-los a tempo... mas não quero deixar minha tia e meus primos limpando essa bagunça sozinhos.

Como se estivesse pressentido meus pensamentos, tia Jade toca meu braço com a mão.

— Tenho que ficar aqui pra cuidar das coisas, mas você deveria ir. — Ela consegue dar um sorriso. — Não vamos deixar uma chuvinha de nada nos desanimar.

— Vai, Dyl. — Megan se mete na conversa. — A gente consegue... e você também.

De repente, estou mais determinado do que nunca a vencer essa disputa.

— Me dá dez minutos — falo para Terri.

Corro escada acima para tomar banho e me trocar. Clover derrubou meu cesto de roupa limpa de novo e espalhou tudo pelo chão. Agarro uma camiseta branca e uma calça jeans. Jogo minhas coisas na mochila, inclusive os três moldes de madeira. Que bom que eu os trouxe para o segundo andar, onde ficaram seguros.

Meus olhos recaem sobre o molde redondo com o caractere 念. O que comprei para me lembrar de minha mãe. Quando Theo veio jantar aqui, eu o impedi de comer o bolo da lua com essa estampa. Agora não tenho mais certeza do que *reminiscência* significa para nós.

Clover aparece com algo na boca, e solta o objeto aos meus pés.

É o boné de beisebol de Theo. O que ele estava usando quando veio e ajudou Tim com as bebidas (antes de a gente ir para o meu quarto se pegar).

Sinto um nó se formar na garganta enquanto pego o boné de Theo. Clover me encara com um olhar solene.

Não nos falamos desde o término. Queria dizer que a esperança não me faz sentir um frio na barriga sempre que a tela do meu celular acende... mas seria mentira. Estou morrendo de saudade.

Guardo o boné na mochila e a coloco sobre o ombro.

— Obrigado mesmo, parceirinha.

Com a língua de fora, Clover abana o rabo.

Vou para a cozinha. Estou com os moldes de madeira, e posso comprar ingredientes frescos no mercado, mas, assim tão em cima da hora, provavelmente não vou conseguir encontrar outra caixa decorativa tão única para dispor meus bolos da lua.

Não quero perder pontos por causa de uma apresentação chinfrim, então vou ter que improvisar.

Vasculho pelos armários nas paredes até encontrar um tingkat vintage (um pote bento redondo de aço inoxidável que meus avós usavam para levar marmita antigamente, antes dos recipientes descartáveis). Quatro compartimentos diferentes mantêm o prato principal, o arroz e a sopa separados.

Tia Jade chega por trás de mim.

— Sua Por Por deu esse bento pra sua mãe no aniversário dela de doze anos. Ela amava tanto esse tingkat que se recusava a colocar comida dentro.

A pintura verde-esmeralda — com garças em pleno voo, nuvens delgadas e coelhos saltando rumo à lua cheia — é chique e clássico ao mesmo tempo.

Não consigo conter a empolgação.

— É perfeito pra exibir os bolos da lua.

Tia Jade sorri.

— Sua mãe iria adorar.

Tim, Megan e Terri estão nos esperando na fachada do delivery.

— Que horas começa o festival? — pergunta meu primo.

— Às seis na praça do estúdio do Lawrence Lim, lá no Midtown — respondo. — A apuração é às sete.

— Pode chover, fazer sol, cair uma enchente ou dar um eclipse total — diz Megan. — Mas a gente vai tá lá.

Tia Jade me dá um abraço apertado.

— Desculpa não poder te ajudar. Mas você vai arrasar. Eu sei que vai.

Dou um beijinho na bochecha dela.

— Eu nunca conseguiria ter feito isso sem a senhora... quer dizer. Deu pra entender?

Tia Jade fica reluzente de felicidade. Seu cabelo está bagunçado, seu rosto todo sujo... e eu nunca senti tanto amor por ela quanto agora.

O Festival de Meio do Outono é uma época para a família. Para reencontros. Os Revolucionários na Dinastia Yuan faziam bolos da lua porque estavam lutando por suas famílias. Nunca imaginei que, séculos depois, eu estaria fazendo a mesma coisa.

O Guerreiros do Wok sobreviveu à enchente inesperada. Não vou deixar que o trabalho árduo de minha tia seja em vão.

Quando entro no carro de Terri, ela abre um sorrisão.

— Amei a sua camiseta, viu?

Olho para baixo. Não prestei atenção quando a vesti, mas é a que diz COELHO, COELHO MEU.

Capítulo trinta e um

Paramos numa mercearia para comprar farinha de arroz glutinoso preparada, açúcar de confeiteiro, amido de trigo, gordura vegetal, óleo de amendoim, maltose, gotas de chocolate branco e o restante dos ingredientes. Por sorte, o mercadinho asiático ao lado vende sementes de lótus com as cascas intactas. Encontro gula jawa também, que pego junto com um pacote de flores secas de cunhã.

Enquanto aceleramos rumo ao túnel Battery, olho para Terri.

— Como tá o Theo?

Terri fica séria. Ele ou Megan devem ter contado que terminamos.

— Ele tá bem. Olha, eu não engulo a situação de merda que vocês passaram com o pai dele.

Me obrigado a dar de ombros.

— Duas pessoas não deveriam ter que abrir mão de tudo só pra ficarem juntos. A gente acabaria ressentido um com o outro pelo que perdemos, e isso acabaria nos afastando de qualquer jeito no fim das contas.

Terri fica em silêncio por um momento.

— Não sei direito quanto você sabe sobre clínicas de reabilitação — começa ela. — Mas não pode levar celular, videogame, baralho… nem mesmo esmalte de unha. Dá pra acreditar? Dizem que essas regras ajudam os pacientes a se concentrarem mais na recuperação, mas às vezes a sensação é que a gente tá preso em algum tipo de prisão zen.

Com cautela, questiono:

— Quanto tempo você passou lá?

— Dois meses. O Theo me visitava todo fim de semana. A gente jogava banco imobiliário, que é meu jogo de tabuleiro favorito... e ele nunca tentou transformar minha obsessão em comprar todas as ferrovias em alguma análise psicológica do motivo pra eu ter acabado com a minha vida de um jeito tão espetacular. — Sua voz assume um tom melancólico. — Todo mundo queria que eu ficasse bem. A Nora vivia perguntando "tá se sentindo melhor?". E a minha mãe ficava, tipo, "a reabilitação tá funcionando?". Meu pai prometia que a gente ia comprar um carro quando eu saísse. Mas o Theo era o único que sabia que eu não queria ser lembrada das partes de mim que necessitavam de conserto. O que eu precisava era ser lembrada das partes de mim que continuavam inteiras.

Quando chegamos ao estúdio de Lawrence Lim em Midtown, o relógio no painel mostra que acabou de passar das três da tarde. Fico maravilhado quando o próprio, em carne e osso, sai para nos receber. Ele me dá um aperto de mão.

— Você deve ser Dylan Tang, nosso último participante. — Com um terno, mas sem gravata, ele está elegante, e a covinha quando sorri é tão charmosa pessoalmente quanto na tv. Ele arqueia as sobrancelhas quando Terri salta do banco do motorista. — Terri Leyland-Somers? A que devo essa honra?

Ela dá um sorriso.

— Eu falei que ia voltar pra repetir o prato depois de experimentar aquela carne rendang deliciosa que você fez no evento pós-Grammy do Bruno.

Esses dois se conhecem? Só que, mais uma vez, eu não deveria me surpreender — é normal que chefs mundialmente renomados sejam íntimos de celebridades e famílias ricas de socialites que os contratam para jantares privativos. E se tem algo que Terri é, pode ter certeza, é memorável.

Lawrence se vira para mim.

— Sr. Wu, o organizador do concurso, tava ficando preocupado, mas eu garanti que você iria aparecer.

— Desculpa o atraso — digo, ainda um pouco ofegante. — A tempestade ontem à noite inundou o delivery da minha tia. Era pra ela ser a minha sous-chef, mas teve que ficar pra cuidar da bagunça.

— Então você participar sozinho hoje? — pergunta ele.

Assinto.

— Acho que não tenho escolha.

Tiramos os ingredientes do carro. Lawrence, sempre um cavalheiro, ajuda Terri com as sacolas. Os comerciantes estão montando seus estandes sob duas tendas enormes de festival na praça lá fora, e há funcionários preparando o palco e o telão.

Quando entramos no lobby espaçoso e seguimos para o estúdio culinário, o apresentador fala:

— A maioria dos concursos de culinária e de confeitaria são individuais, mas, na vida real, a grandeza de um chef depende de seus ajudantes — diz ele. — Claro, queremos ver o chef fazendo a maior parte do trabalho sozinho, e ficamos de olho nisso... mas os heróis desconhecidos são aqueles que sabem exatamente qual colher passar sem que o chef precise pedir.

— Já que a tia do Dylan não pode ajudar, será que eu posso substituir ela? — sugere Terri. — Ou não pode?

Lawrence para em frente a um par de portas fechadas.

— Sempre tentamos ser prestativos. Mas infelizmente vou ter que dizer não. As regras são claras: o Dylan só pode ter um sous-chef.

Pisco. Como é que é?

Ele abre as portas. Uma operadora de câmera vaga sob as fortes luzes fluorescentes enquanto grava os sete pares de participantes ajeitando suas estações. E, sozinho numa mesa de aço lá no fundo, está Theo.

Meu coração batuca no peito.

— Oi, Dylan. — Ele caminha em minha direção com um jarro cheio de cristais marrom-avermelhados nas mãos. — Adorei a camiseta.

Abro a boca, mas nenhuma palavra sai. Terri e Lawrence estão sorrindo. Os dois estavam metidos nessa história também. A operadora de câmera anda ao nosso redor com a lente apontada para mim e para Theo. Será que isso está passando ao vivo no Instagram de Lawrence? Ele tem vinte milhões de seguidores.

— Sua tia ligou hoje de manhã e explicou a situação — me conta o apresentador. — Claro que fomos compreensivos. Ela perguntou se tinha mais alguém pra te ajudar.

Apesar de tudo, tia Jade não apenas se lembrou da competição, como também entrou em contato com o organizador sem me contar. Estou tão comovido que não sei nem o que falar.

— Conversei com o sr. Wu e com o meu produtor — continua Lawrence. — E a decisão foi unânime. Concordamos que eram circunstâncias excepcionais e que você deveria poder escolher outro sous-chef. — Ele assente para Theo. — Parece que seu amigo passou um trabalhão pra arranjar um ingrediente especial.

Theo estende o jarro.

— A sua avó me garantiu que essa aqui é a mesma gula melaka que ela usava na receita dela de bolo da lua.

Desacreditado, eu o encaro.

— Espera aí… você falou com a minha avó?

Ele assente.

— E vi ela também. Você me deu a ideia quando perguntou pra sua tia se o único jeito de conseguir gula melaka era embarcar num avião e voar pra Singapura. Então foi exatamente isso o que eu fiz.

— Dois voos de dezoito horas, um atrás do outro — acrescenta Bernard, que aparece às minhas costas. Sua gravata está frouxa ao redor do pescoço, que ele esfrega com uma careta. — Tô ficando velho demais pra essas coisas.

— E eu trouxe outra coisa. — Theo pega uma garrafa de vidro cheia de flores roxo-azuladas. — São da cunhã do jardim da sua avó. Sei o quanto você queria que a receita fosse o mais parecida possível da original.

Não acredito que Theo realmente voou até o outro lado do mundo para trazer a peça que faltava na receita da minha Por Por. Quero envolvê-lo com meus braços e abraçá-lo, mas estou travado.

— Obrigado — sussurro.

Ele sorri.

— E vamos de fazer uns bolos da lua.

Começamos a trabalhar. Os fornos e freezers são compartilhados, mas cada estação é equipada com uma pia própria, um cooktop por indução, utensílios de cozinha, eletrodomésticos e instrumentos de confeitaria.

— Vamos começar pelo recheio de trufa de chocolate branco. — Pego os ingredientes. — Dá pra chegar no ponto mais rápido com o ultrarresfriador.

Enquanto Theo derrete o chocolate branco no micro-ondas e vai mexendo, eu fervo as sementes de lótus no fogão por indução. Quando ficam prontas, começamos a esfregar as cascas e a arrancar os brotinhos de dentro. Terri, vagando ao nosso redor com a equipe de gravação, nos filma.

Levamos mais de meia hora para terminar esse passo. Fervo as sementes de lótus pela segunda vez e as jogo no liquidificador, enquanto Theo vai até o freezer para conferir o recheio de trufa.

— Tá chegando no ponto bem direitinho — relata ele.

A chef influencer, Valerie Leung, está na estação ao nosso lado. Sua avó, toda preocupada com os bolinhos, fala em cantonês. Ao que parece, já estão quase prontas para levá-los ao forno (a última etapa para os bolos da lua assados). Os de casquinha de neve não precisam dessa parte, mas têm que esfriar antes de serem servidos. Nem começamos as casquinhas ainda... Será que vai dar tempo de finalizarmos tudo?

Os cristais marrom-avermelhados do açúcar gula melaka viram um xarope grosso quando derretidos no fogo. Enquanto preparo o wok para saltear a pasta de semente de lótus, Theo acidentalmente encosta na panela quente do xarope. Ele puxa a mão com um chiado agudo.

Me viro.

— Você tá bem?

— Aham, tudo certo — responde, rápido.

Mesmo assim, pego sua mão e a examino. A pele está avermelhada, mas não há nenhuma bolha.

— Toma cuidado. — No automático, levo a ponta de seus dedos aos meus lábios. — Eu me sentiria péssimo se você se machucasse.

Um flash dispara quando o fotógrafo tira uma foto espontânea. Theo fica corado. Terri dá uma piscadinha para Valerie e gesticula "não são uns fofos?", com a boca.

Lawrence vai indo de dupla em dupla para conversar com os candidatos a respeito de suas histórias e inspirações na culinária. Casualmente, eu os escuto falando com empolgação dos restaurantes favoritos que escolheriam para aparecer no *Cozinha Fora da Caixinha* caso vençam.

Quando ele vem até nós, aponta para o purê de sementes de lótus.

— Percebi que vocês passaram um tempão tirando as cascas das sementes — diz. — Tem algum motivo pra não terem pegado as que já vêm descascadas?

— Com certeza seria mais fácil — respondo. — Mas melhor, não, já que as sementes de lótus iriam perder o sabor. Descascar na hora garante que a pasta vai manter o frescor e o aroma.

O apresentador assente em aprovação.

— É uma ótima técnica.

Salteio o purê com o xarope de gula melaka no wok. Quando a pasta engrossa o bastante a ponto de desgrudar com facilidade das laterais, levo a mistura ao ultrarresfriador. Theo traz o recheio de trufa, que ficou firme, mas não tão denso. Ele faz as esferas com o boleador, e eu as cubro com outra camada de chocolate branco.

— A gente vai fazer a casquinha agora? — pergunta.

— Aham. Vamos precisar de farinha de arroz glutinoso preparada, amido de trigo, açúcar e gordura vegetal.

Meço os ingredientes e os misturo com água gelada. Num copo, Theo faz a infusão com as cunhãs de Por Por. Acrescento o reluzente chá índigo até a massa pegar o tom certo de azul, e cuido para que fique macia e elástica do jeito que tia Jade instruiu. Depois, divido em montinhos menores, que abrimos para que virem discos planos.

As trufas ficaram no ponto certo, mas a pasta de semente de lótus não resfriou tanto quanto eu esperava. Mas não dá para esperar. Temos que fazer a montagem. O recheio de trufa vai no meio e é cercado por uma camada generosa da pasta de sementes de lótus. Mostro para Theo como fechar as bordas da massa para selar o recheio antes de pressionar as bolas nos moldes de madeira untados com farinha.

O relógio marca seis horas, horário em que somos obrigados a soltar os utensílios e, por algum milagre, temos vinte bolos da lua. Olhamos um para o outro, ambos com manchas de farinha e sorrisos satisfeitos no rosto.

E chegou a hora. Escolho o bolinho mais deformado, porque assim guardo os melhores para a competição. Quando o corto com uma faca, fico com medo de que o troço inteiro se desintegre... mas não.

Theo abocanha um pedaço.

— Como ficou? — pergunto.

Ele mastiga minuciosamente.

— Já comi bolos da lua antes, mas nenhum tinha esse gosto.

— Como assim?

Theo abre um sorrisão.

— Ficou gostoso pra caramba.

Dou uma mordida. É verdade. A pasta está lisinha e aveludada, e a gula melaka adiciona um gosto defumado delicioso. E a casquinha de neve ficou tão macia que simplesmente derrete na boca.

Senhor Wu nos manda levar os doces para o lado de fora e, com cuidado, organizamos os bolinhos nos compartimentos do tingkat de minha mãe.

Quando terminamos, Theo se vira para mim.

— Desculpa pelo meu pai ter te acusado daquelas coisas terríveis. Eu devolvi o cheque. Ele sabe que você não quer o dinheiro dele. E também falei que se ele não ficar longe de você e da sua tia, a próxima notícia bombástica vai ser falando de como ele tentou subornar um adolescente e destruir o negócio de uma mulher trabalhadora com suas mentiras.

— Me desculpa também — digo. — Por ter te obrigado a se afastar naquela noite. Você queria ajudar, mas não te dei chance. Eu não tava pensando direito.

— Você só tava tentando ajudar a sua família — responde Theo. — E eu queria ajudar também. Pedi pra sua tia não te contar que eu tava indo pra Singapura pegar a gula melaka porque podia ser que não desse pra voltar a tempo. Não queria que você ficasse decepcionado.

— Decepcionado? — Pego a mão dele. — Você perdeu aula, pegou um avião pro outro lado do planeta. Mesmo se voltasse sem nada… o que você fez por mim é de outro mundo.

As bochechas de Theo ficam vermelhinhas. Ele mexe no bolso e pega a pulseira com o frasco de vidro. Hesita.

— Tô com uma coisa sua aqui.

Estendo o braço. Ele passa o bracelete ao redor do meu pulso e encaixa o fecho.

— E eu com uma sua — digo.

Alcanço minha mochila e pego o boné de beisebol.

Um brilho reluz nos olhos de Theo.

— Você trouxe pra cá?

Visto o boné antes de lhe dar um selinho.

— Pra dar sorte.

Capítulo trinta e dois

Quando saímos do estúdio, há pessoas circulando sob as enormes tendas na praça espaçosa para comprar comida e lembrancinhas dos estandes. Há luzinhas amarradas na árvores e lanternas elétricas penduradas em pedaços de madeira junto aos postes. Mesmo que tia Jade e minha mãe nos digam que, em Singapura, a Chinatown só ganha vida para as celebrações depois do pôr do sol, os eventos do Festival de Meio do Outono nos Estados Unidos costumam acontecer durante o dia. Lawrence provavelmente viveu essas mesmas experiências durante sua infância na Malásia, e deve ser por isso que ele escolheu fazer festividades noturnas em Nova York.

Um grande telão no palco transmite cenas dos participantes nos bastidores. Nossos bolos da lua estão expostos em mesas decoradas com tecidos vermelhos. Escrevo a descrição num cartãozinho: BOLINHO SOZINHO NÃO FAZ OUTONO — *casquinha de neve feita de flores de cunhã com pasta de semente de lótus e recheio de trufa de chocolate branco.*

Socializamos com os outros concorrentes e admiramos seus bolinhos. Valerie e a avó exibem seus bolos da lua de oleaginosas numa caixa de bambu tradicional cercada por um bule de argila roxo e quatro xícaras de chá. Outra dupla — um rapaz do terceiro ano do ensino médio que trabalha numa confeitaria no Queens e seu primo mais velho, que cursa o primeiro ano no Instituto de Culinária dos Estados Unidos —, fez bolos da lua de martíni de yuzu e lichia com casquinha de neve e os dispuseram numa caixa de couro sintético vermelho decorada com copos de uísque. Eu não trouxe nenhum acessório, mas nossos bolinhos não ficam para trás no elegante pote tingkat de minha mãe.

— Tô morrendo de fome. — Terri aparece e nos puxa em direção aos estandes. — Vamos comer alguma coisa.

Os comerciantes vendem comidas tradicionais do Festival de Meio do Outono: pato à Pequim, bolo de taro, abóbora, pomelos, gelatina de osmanthus... até mesmo caracóis de rio, cozidos numa sopa com diversas ervas. Theo e Terri experimentam de tudo com satisfação.

— Sério, isso aqui é melhor do que escargot — declara Terri, enquanto toma a sopa audivelmente. Ela dá uma olhada para trás de mim e acena. — Olha, sua tia e seus primos chegaram! E trouxeram a sua cachorrinha!

Com a língua de fora, Clover vem trotando ao lado de Tim. Ninguém parece ficar nem um pouco impressionado ao ver Theo.

— Todo mundo sabia? — pergunto.

— Ele me fez prometer que não ia te contar — responde tia Jade. — Você não faz ideia como foi difícil não deixar nada escapar.

— Eu não iria ter como encontrar seus avós sem a ajuda da sua tia — explica Theo.

— Mas e aí, como ficaram os bolinhos? — questiona Megan.

— Fantásticos! — diz Theo. — Vocês precisavam ter visto o Dylan. Ele nasceu pra cozinha.

Dou um sorriso.

— Tive um ótimo sous-chef.

A voz de sr. Wu ressoa pelas caixas de som anunciando que a deliberação do concurso está prestes a começar. Nos reunimos ao redor do palco enquanto os jurados são apresentados: o próprio Wu, dois proprietários de padarias famosas no Brooklyn e, é claro, Lawrence Lim.

— Boa noite a todos! — fala sr. Wu. — Obrigado por terem vindo ao nosso concurso de bolos da lua mais empolgante até hoje. Um agradecimento especial a nosso convidado, o famoso Lawrence Lim, por patrocinar o prêmio e tirar um tempinho de sua agenda cheia para julgar esses doces deliciosos. Agora vou pedir para que cada participante venha até o palco e nos conte um pouco mais a respeito da inspiração por trás de suas criações.

Engulo em seco. O formulário de inscrição não informava que eu precisaria ficar na frente de algumas centenas de estranhos e falar sobre meu bolo da lua. Não posso admitir que minha esperança é ganhar para salvar nosso delivery. Tia Jade está prestes a perder seu negócio e sua casa, e eu é que não vou expô-la na frente de todo mundo.

Valerie é a primeira. Com eloquência, ela explica como a avó a ensinou que os cinco tipos de oleaginosas em seu bolo da lua (amendoins, nozes, gergelim, sementes de melão e amêndoas) representam as cinco virtudes da antiga filosofia chinesa: benevolência, integridade, compostura, sabedoria e fidelidade.

Tento não surtar conforme os dois próximos concorrentes são chamados. Talvez eu possa me esconder no banheiro até que pulem a minha vez.

— E a seguir temos Dylan Tang! — anuncia sr. Wu.

Droga, tarde demais. Terri dá um grito, e Theo aperta minha mão para me encorajar. Minhas pernas estão meio bambas enquanto subo ao palco. Senhor Wu me passa um microfone.

— Dylan, nos conte mais a respeito do seu bolo da lua com casquinha de neve azul — pede Lawrence. — O que dá essa coloração tão distinta de azul? E o que te levou a decidir trocar o tradicional recheio de gema de ovo pela trufa de chocolate branco?

— O azul é uma tintura natural feita das flores de cunhã.
— Hesito antes de responder a segunda pergunta. As câmeras estão gravando, e não quero ficar muito piegas. — Ano passado, minha mãe queria que a gente entrasse juntos nesse concurso... mas nunca tivemos a chance. Ela amava chocolate branco, então mantive a pasta de semente de lótus, mas adicionei um recheio de trufa de chocolate branco. Reconstruir a receita de bolo da lua perdida da minha avó foi um dos últimos desejos dela, e foi isso que eu vim fazer aqui.

— Que homenagem profunda. — Lawrence faz um gesto para a equipe de filmagem, e um close do bolinho com o 念 surge no telão. — Pra quem não lê chinês, esse caractere é *niàn*... e significa "reminiscência".

A multidão assente e aplaude.

— Você também recebeu uma entrega inesperada de ingredientes vindos lá da Singapura — continua Lawrence. — Pode nos contar essa história?

— Claro. A receita da minha avó precisava de gula melaka, um tipo de açúcar de palma da Malásia que não tem aqui — respondo. — A gente se esforçou muito pra encontrar alternativas, só que não eram a mesma coisa. Acontece que alguém foi muito mais longe por mim. Na verdade, dezesseis mil quilômetros mais longe.

Lawrence sorri.

— Deve ser uma pessoa especial.

Acanhado, olho para Theo.

— Ele é mesmo.

O público solta um *own*.

— E eu também não teria conseguido sem a minha tia Jade — acrescento, e a indico em meio ao público. Ela acena, toda animada. — Ela trabalha seis dias por semana no nosso delivery, o Guerreiros do Wok... mas sempre tirava um tempinho pra fazer os bolos da lua comigo, não importava o quanto estivesse ocupada.

— E então, o que você aprendeu com essa experiência? — pergunta Lawrence.

Penso em como responder. Mesmo que nossa vida esteja um caos agora, estamos todos aqui, celebrando o Festival de Meio do Outono juntos. Tudo parece estar dando errado, mas ainda temos uns aos outros.

— Ao contrário de outros tipos de bolo, os bolos da lua eram feitos em momentos de provação — digo. — E essa semana foi assim pra gente. Eu estava a um passo de desistir desse concurso. Mas então lembrei que os rebeldes da China antiga estavam no meio de uma revolução… e que fazer bolos da lua provavelmente não era uma prioridade pra eles também. Mas, mesmo assim, acharam um jeito de tirar proveito da situação. Os bolos da lua uniram aliados e inspiraram o povo a se levantar e lutar pelas pessoas que amavam. E foi assim que uma guerra foi vencida.

Localizo minha família. Tim acena, Megan faz um joinha e tia Jade está radiante.

— Acho que aprendi que, às vezes, quando tudo parece impossível, a melhor solução é manter a calma e fazer bolos da lua.

A multidão aplaude enquanto saio do palco.

Depois que todos os participantes têm sua vez, os jurados experimentam os doces, fazem anotações e passam alguns minutos debatendo antes de Lawrence vir para a frente segurando o microfone.

— O que mais gostamos nesses bolos da lua não é só o fato de estarem deliciosos, mas da história por trás de cada um… dos sufocos, dos contratempos, da solidariedade. Esse mesmo espírito uniu as pessoas e transformou os bolos da lua nessa parte tão amada das celebrações de Meio do Outono. Foi muito difícil escolher o primeiro e o segundo lugar. Agora, conto com a ajuda de vocês para parabenizar nossos finalistas: Valerie Leung e Dylan Tang!

Fico perplexo ao ouvir meu nome. Será que realmente sou um dos dois melhores?

— Esses dois jovens chefs se destacaram por razões diferentes, mas igualmente importantes — continua Lawrence. — Os bolos da lua de oleaginosas é exuberante tanto no sabor quanto nos valores que representa. Essa sobremesa conta a história de uma confeiteira experiente passando para sua neta não apenas uma receita, mas também uma tradição. E o com casquinha de neve realmente honra o nome, é macio como neve por fora, e doce e suave por dentro. O sabor da gula melaka é tão autêntico que parece que voltei pra cozinha da minha própria Por Por. — Ele faz uma pausa. — E o prêmio vai para...

A ansiedade atravessa zunindo pelo meu corpo. Theo pega minha mão.

— BOLINHO SOZINHO NÃO FAZ OUTONO! — anuncia Lawrence. — Uma salva de palmas para o Dylan e seu sous-chef, Theo!

Os aplausos irrompem em meus ouvidos, mas a emoção é tanta que nem consigo me mexer.

Megan me dá uma cotovelada na costela.

— Vai, sobe lá!

Juntos, Theo e eu vamos até o palco. Lawrence nos parabeniza e me entrega um troféu.

— Tenho uma pergunta para o sous-chef — diz para Theo. — Você se esforçou horrores para conseguir os ingredientes dos avós do Dylan. Qual é a sensação de ter ajudado-o a vencer o concurso?

— Eu me sinto muito sortudo — responde ele. — Nasci aqui, mas minha mãe era de Hong Kong. Nunca tive a oportunidade de me reconectar com as origens asiáticas da minha família... até conhecer o Dylan. — Ele olha para mim. — Por fazer os bolos da lua pra se lembrar da sua mãe e me deixar fazer parte disso... você me deu a chance de honrar a minha também.

Me emociono um pouquinho.

— Quer dizer mais alguma coisa pra ele? — pergunta Lawrence.

Theo se vira para mim. Seu sorriso ilumina a noite inteira.

— Na primeira vez que entrei no delivery da sua tia, eu soube que queria ficar contigo — diz ele. — Você me faz feliz, Dylan. Mais do que imagina. Só torço pra ser capaz de fazer a mesma coisa por você.

A audiência solta um *aaahh*. Meu coração parece um xiao long bao estufado com recheio demais.

Dou um passo adiante, e a última coisa que vislumbro é a surpresa nos olhos de Theo quando o beijo. Quase não consigo acreditar que isso aqui é real. Nossos mundos impossivelmente diferentes se uniram da melhor maneira possível, e tudo parece mágico.

No afastamos sob aplausos do público. Megan e Terri, incapazes de conter a alegria, estão pulando para cima e para baixo.

Senhor Wu convida todos para experimentarem os bolos da lua, que foram cortados em fatias pequenas para que mais pessoas possam provar. Há pratos descartáveis e garfinhos de madeira para petisco à disposição.

Quando saímos do palco, tia Jade é a primeira a nos alcançar e me puxa para um abraço de urso.

— Tô tão orgulhosa de você, querido! — Depois ela abraça Theo. — E você... essa foi coisa mais maluca e romântica de todos os tempos!

Megan e Tim nos abraçam também.

— Foi épico!

— Aqueles bolos da lua são uma loucura de tão gostosos! — exclama Terri.

— Obrigado por trazer o Dylan pro estúdio — agradece Theo. — Te devo uma, esquila.

Ela faz um gesto de "deixa para lá".

— Que nada, estamos quites. Eu sei que você odeia banco imobiliário.

Um namorado para viagem

— Parabéns Dylan — diz Bernard. — Sua Por Por estaria morrendo de orgulho. Na verdade, tenho uma mensagem dela pra você.

Ele estende o celular e toca um vídeo. Theo aparece na tela, coçando os olhos enquanto sai do Aeroporto Changi, na Singapura. Abro um sorrisão. Até com o fuso horário ele é um gato.

Bernard, que está filmando, fala atrás da câmera.

— Como você tá, Theo?

— Cansado, mas tô pilhado. Vou conhecer os avós do Dylan e tô meio nervoso porque sei lá o que eles vão achar de mim.

Há um corte para o jardim dos meus avós. Theo, agachado em frente a um pé de cunhã com uma tesoura na mão, não sabe que está sendo filmado.

— Tia, tô me sentindo muito mal por cortar a planta da senhora — diz ele para Por Por. — Quantas flores são o suficiente?

— Pega quantas precisar! — responde minha avó.

Na próxima cena, os rostos sorridentes de Por Por e Gong Gong preenchem a tela.

— Gostariam de falar algumas palavras para encorajar o seu neto? — pergunta Bernard.

— Por Por tá muito emocionada por você se esforçar tanto pra fazer os meus bolos da lua — diz ela. — Mesmo que eu não me lembre da receita, no meu coração eu sei que você vai conseguir.

— Gong Gong te ama muito e te apoia até o fim — acrescenta meu avô. — Sua mãe ficaria feliz da vida por você.

Meus olhos se enchem de lágrimas.

Por Por se inclina para mais perto com um sorriso conspiratório.

— O Gong Gong vivia dizendo pra sua mãe e pra tia Jade: "achem um sujeito que iria até a lua e voltaria por vocês". — Ela olha para Theo, que está colhendo flores no jardim, e dá uma risadinha. — Acho que voar até a Singapura já dá pro gasto.

Gong Gong a encara.

— Eu nunca falei isso pras meninas.

Por Por franze o cenho.

— Falou, sim! — Sua expressão fica mais suave. — E eu também escrevi no meu diário que você passava duas horas pedalando de uma ponta à outra da ilha duas vezes por semana pra me ver.

Gong Gong dá uma risadinha.

— Minha mãe vivia me perguntando por que é que eu não podia namorar uma vizinha.

Eu rio também e enxugo os olhos. Não tem dinheiro que pague a felicidade e o amor no rosto dos meus avós.

Theo se vira para Bernard.

— Enquanto a gente tava cozinhando, você se ocupou editando esse vídeo?

Ele assente.

— A Por Por me deu a ordem seríssima de fazer uma surpresa pra ele.

Tia Jade arqueia uma sobrancelha.

— Espera aí, foi você que filmou os meus pais?

Bernard sorri.

— A senhora deve ser a tia do Dylan. Pelo visto o charme e o bom humor são de família.

Ela cruza os braços.

— Não foi você que acabou de tentar separar os meninos uns dias atrás?

Ele parece arrependido.

— Espero que a senhora perdoe meu infeliz lapso de bom senso.

Antes que tia Jade possa responder, uma voz gélida se intromete.

— Bom, odeio ter que interromper essa encantadora confraternização... mas eu gostaria de trocar uma palavrinha com o meu filho.

Um namorado para viagem **255**

Capítulo trinta e três

Malcolm Somers veste um terno sob medida, sem gravata. Tia Jade e Megan o encaram, de cara feia. Meu estômago dá um nó de nervosismo. A temperatura à nossa volta de repente parece ter ido para baixo de zero.

— Pai? — diz Theo com a voz tensa. — Tá fazendo o que aqui?

Malcolm firma os olhos nos meus.

— Eu tinha que ver pessoalmente pelo quê você foi e voltou do outro lado do mundo às minhas custas.

— Por quem — interrompe Theo, e pega minha mão. — Por *quem* foi que eu fui e voltei do outro lado do mundo. E qualquer coisa que você tenha pra me falar, pode falar na frente do Dylan.

Malcolm analisa os arredores e absorve a atmosfera festiva. Instrumentos chineses tocam músicas animadas pelas caixas de som, lanternas se embalam ao vento e as conversas e risadas das pessoas nas filas dos estandes preenchem o ar fresco da noite.

Bernard lhe oferece um prato descartável com um pedaço de bolo da lua.

— Talvez o senhor queira experimentar o bolo vencedor do Dylan?

Todos ficam em silêncio. Malcolm analisa a comida com um olhar crítico antes de fincar com o garfo de madeira a fatia e dar uma mordida. Ele mastiga e, nesse momento, parece… mais humano do que jamais foi.

— Sei que você acha que não tô à altura do seu filho — digo, rapidamente.

Malcolm se vira para mim, e todos os outros também. Continuo.

— Minha família não tem muito... a gente só pode dar pro Theo uma fração da vida que ele já tem. No entanto, mais do que tudo, eu quero é que ele seja feliz. Que faça parte de uma família. E se você não é capaz de achar um espaço pra ele na sua... vai sempre ter um lugarzinho guardado pra ele na minha.

Malcolm arqueia uma sobrancelha. Não arredo o pé. Theo arregala os olhos.

Ele se vira para o filho.

— Tem certeza de que é isso o que... quem... você realmente quer?

— Desde quando você se importa? — sussurra Theo.

— Fala pra fora, filho.

É agora que Malcolm corta os laços. Que o renega. Quero dizer para Theo não provocar mais o pai... porém essa batalha não é minha. Tudo o que posso fazer é ficar ao seu lado.

Ele respira fundo.

— Depois que a minha mãe morreu, parecia que eu tinha perdido vocês dois. — Sua voz emerge mais firme e mais clara do que eu esperava. — Sei que você nunca quis ter filhos... mas, naquela época, eu era só uma criança de cinco anos com saudade da própria mãe e que não entendia por que o pai nunca tava em casa. Fui pro casamento porque queria que você soubesse como era a sensação de ser abandonado pela própria família. Se tá achando ruim, então resolve comigo. Deixa o Dylan e a família dele de fora disso... porque a única coisa que eles fizeram foi me acolher pra eu me sentir em casa de um jeito que você nunca nem tentou.

Malcolm o analisa com uma intensidade que faria qualquer outra pessoa se contorcer.

— Você lembra quem foi que te levou pra comprar o seu primeiro violino?

A expressão de Theo vacila um pouco.

— Foi você.

— A sua mãe te levava pras aulas de violino, filmava os ensaios e mandava os vídeos pra mim enquanto eu viajava a trabalho. — Malcolm troca um olhar com Bernard. — Depois, o Bernard continuou fazendo a mesma coisa. Como qualquer pai, eu queria que você seguisse os meus passos... que fosse pra faculdade de direito, virasse um homem de negócios bem-sucedido e um dia se provasse digno de assumir as rédeas das minhas empresas. — Ele meneia a cabeça. — Mas eu me dei conta, até antes mesmo de você perceber isso, que eu iria me decepcionar.

Há um longo instante de silêncio. Me preparo para o pior.

Malcolm continua a falar.

— Fiquei sabendo que a Julliard tem um programa acadêmico altamente seletivo para universitários de destaque. Menos de dez pessoas são escolhidas por ano.

Theo não consegue esconder a incredulidade.

— Tá falando sério?

Seu pai estende a mão.

— Você vai se inscrever esse semestre, e espero ver o seu nome naquela lista.

Theo ainda parece chocado enquanto troca um aperto de mão com o pai. Tenho plena certeza de que Malcolm não abraçou o filho nenhuma vez nos últimos dez anos, e de que claramente não tem a mínima intenção de mudar isso hoje à noite. Mas pelo menos a guerra entre os dois enfim acabou. Terminou com uma trégua, mas que, de algum jeito, parece mais uma vitória.

— Feliz aniversário atrasado, filho.

Quando ele vai embora, eu me viro para Theo.

— Espera aí, seu aniversário foi quando?

— Ontem. Mas tecnicamente nem fiz aniversário esse ano. Perdi um dia quando voei de Nova York pra Singapura e, quando eu voltei, já era o dia seguinte.

— Desculpa por você ter perdido seu aniversário de dezoito anos por minha causa — digo.

— Valeu a pena. — Um caleidoscópio de emoções gira pelos olhos de Theo. — O que você acabou de dizer pro meu pai... você não meu deu uma fração do que eu tenho, Dylan. — Sua voz falha um pouquinho. — Você me deu uma peça inteira que faltava.

Ele me beija. Dessa vez é suave e gentil, e o toque de seus lábios permanece em mim mesmo depois que nos afastamos.

Olho para os sorrisos indulgentes nos rostos ao nosso redor: Terri, Bernard, tia Jade, Megan e Tim. Continuo segurando o troféu — que é feito de plástico dourado, mas parece mais pesado, como se eu estivesse carregando o peso da esperança e dos sonhos da minha família. Entrar no concurso e recriar a receita secreta de Por Por era um dos últimos desejos de minha mãe. E ganhar o espaço no *Cozinha Fora da Caixinha* pode nos dar a publicidade que precisamos para salvar o Guerreiros do Wok.

E conseguimos. *Nós* vencemos.

Clover trota até Theo e arranha a barra de sua calça jeans. Ele se abaixa e fez carinho nela.

— Você veio até aqui apoiar o seu humano?

Clover levanta a cabeça e late.

— Ela disse que agora vai me dividir — falo para ele.

Theo se agacha sobre um joelho na frente da corgi.

— Valeu, parceirinha. Prometo que vou cuidar dele tão bem quanto você tem cuidado. — Ela abana o rabinho e lambe o rosto dele. — Vi um estande vendendo petiscos em formato de bolo da lua. Quer ir lá dar uma conferida?

Clover late e sai puxando a coleira. Enquanto Theo e Tim são guiados em direção a esse tal estande, tia Jade vem para o meu lado. Mesmo que eu seja mais alto, ela coloca um braço em volta dos meus ombros.

— Sua mãe estaria tão orgulhosa de você.

Eu a beijo na bochecha.

— A senhora me fez lembrar de que eu precisava acreditar que toda história pode ter um final diferente.

Ela aperta meu braço.

— E você me fez lembrar de que a coisa mais importante que a gente tem não é o dinheiro e nem um negócio, mas um ao outro.

Ficamos observando Theo e Tim rindo e conversando enquanto compram petiscos para Clover.

— A sua mãe iria gostar muito do Theo, sabe — comenta tia Jade.

Sinto a felicidade florescer no meu peito

— Também acho.

Quando Theo e Tim voltam, Clover está com um biscoitinho em formato de bolo da lua na boca. Tia Jade diz para Bernard que o bolo da lua de martíni de yuzu e lichia que está experimentando precisa de muito mais gim. Terri e Megan nos trazem copos descartáveis com chá de oolong e pu'er.

— O Meio do Outono é um momento pra família. — Minha tia levanta seu copo. — À união.

Todos brindamos a isso.

Quando sr. Wu vem para nos parabenizar de novo, Megan pede:

— O senhor pode tirar uma foto de nós todos juntos?

Terri e Megan lhe entregam os celulares, e a gente se amontoa. Pego Clover para que ela apareça, e Theo passa o braço ao redor de mim.

— Que beleza! — diz sr. Wu. — Digam bolinhos!

— BOLIIIINHOS! — proferimos em coro quando o flash dispara.

Quando as meninas pegam os telefones de volta, sr. Wu estende um envelope.

— Um cavalheiro me pediu para te entregar isso em nome dele.

De um empreendedor para outro, diz o recado escrito à mão na frente. *Parabéns.*

Retiro o cheque administrativo em meu nome. Sinto uma palpitação. É o mesmo que Malcolm me deu no lado de fora do delivery, aquele que devolvi para Theo. Pela expressão no rosto de Theo, ele o reconheceu também.

Percebo que esse é o jeito de Malcolm de me dar algo que nunca esperei: sua aceitação. Ele quer que eu fique com esse dinheiro, não como caridade ou suborno, mas como algo que posso aceitar de cabeça erguida. E, acima de tudo, com Theo ao meu lado.

Tia Jade, Megan e Tim ficam boquiabertos quando veem o valor.

— A gente pode usar pra fazer os reparos no delivery — digo para ela.

Theo se manifesta:

— Na verdade, tenho uma ideia melhor.

Nos apertamos em dois carros. Megan e Tim vão com Terri, e Bernard insiste que tia Jade venha com a gente em seu Audi. Ele abre a porta do carona para ela com uma reverência.

— Não se preocupa comigo, Bernard, deixa que eu abro sozinho — diz Theo, com um sorrisinho irônico enquanto embarcamos no banco de trás com Clover.

Dirigimos até o Sunset Park. Theo instrui Bernard a parar a alguns quarteirões da Oitava Avenida. Terri estaciona a BMW atrás de nós, e ela, Megan e Tim descem. Nós sete nos reunimos na calçada.

— O que a gente tá fazendo aqui? — pergunta minha prima.

— Na primeira vez que o Dylan e eu saímos, ele me mostrou esse lugar. — Theo aponta para uma construção de dois andares, com uma sala comercial embaixo e um apartamento em cima, e uma placa de ALUGA-SE. — Ele falou que era o ponto perfeito pro restaurante dos sonhos da tia Jade. O Bernard entrou em contato com a corretora de imóveis e ela deixou a gente pegar a chave emprestada pra dar uma olhadinha.

Fico todo empolgado. De repente, tudo faz sentido, e me viro para tia Jade.

— Em vez de fazer os reparos no delivery, por que é que a gente não aluga esse lugar novo? Podemos usar o dinheiro pra dar conta do caução...

— Dava pra filmar o episódio do *Cozinha Fora da Caixinha* aqui e aí todo mundo vai saber onde nos encontrar! — acrescenta Megan.

Tia Jade pisca.

— Espera aí, nós vamos participar do programa do Lawrence Lim?

Troco um sorriso com Megan.

— Aham, é o prêmio do concurso de bolos da lua... o vencedor tem a chance de escolher um restaurante pra aparecer em um dos episódios. Não falamos nada antes porque não queríamos que você ficasse cheia de esperança.

Tia Jade continua parecendo apreensiva.

— Um lugar assim custaria muito dinheiro. E não sei se nosso proprietário iria deixar a gente sair sem custear os concertos depois dos prejuízos da enchente...

— Na verdade, se me permite — interrompe Bernard com um gesto de mão pesaroso. — Falei disso com o corretor. O seguro do proprietário de vocês vai cobrir qualquer dano estrutural causado pela enchente. Como inquilino, vocês vão ser responsáveis apenas pelos seus pertences.

— A gente pode comprar móveis e equipamentos novinhos em folha. — Não consigo conter o entusiasmo. — Talvez dê até pra fazer reformas!

— E tem um apartamento de três quartos no segundo andar — revela Theo. — Com uma entrada privativa separada, mas com acesso pela sala comercial também.

Tim fica boquiaberto.

— Quer dizer que a gente vai morar lá em cima?

— O imóvel não é mobiliado, então vocês podem trazer quase tudo pra cá — responde Theo. — Vai ser igual a casa antiga, só que um pouquinho maior.

— Que demais! — exclama Megan, e dá um soquinho no ar. — Quando a gente se muda, mãe?

Tia Jade meneia a cabeça.

— Não posso aceitar, Dylan. Você devia guardar o dinheiro pra sua educação...

— Eu sei que a minha mãe pediu pra senhora cuidar de mim depois que ela se fosse — digo. — Mas a senhora fez mais do que isso. Me tratou como se eu fosse seu próprio filho. — Olho para meus primos. — Todos vocês me receberam de braços abertos. Estiveram presentes quando me senti sozinho. Agora deixem eu fazer a minha parte por essa família. Por favor.

Lágrimas escorrem pelo rosto de tia Jade. O sonho dela de ter um restaurante para chamar de seu está finalmente ao alcance, concretizado em tijolos e argamassa. Bernard não perde tempo e a oferece um lenço de tecido.

Ela dá uma risadinha tímida enquanto enxuga os olhos.

— Desculpa esse fiasco todo. Imagina só, ficar chorando na frente de um prédio vazio... mas é que não sei o que dizer.

Theo pega um molho com várias chaves e as entrega para tia Jade.

— Não diz nada até ver o lugar.

Minha tia destranca as portas da frente, ligamos as luzes e nos aventuramos para dentro. O salão está vazio, mas o espaço é grande o bastante para pelo menos vinte mesas.

— A gente pode colocar mesas perto das janelas pra aproveitar a luz natural ao máximo — diz tia Jade, girando em círculos. — E do outro lado, podemos colocar cabines vintage com luminárias em formato de lanterna de papel. Mas não quero que a decoração seja chique demais. Quero que nosso restaurante seja acessível, pra que pessoas de realidades diferentes possam vir e aproveitar comida boa.

Theo aponta para a escadaria que leva ao segundo andar.

— Vem, vamos continuar o tour lá em cima.

Clover começa a explorar o apartamento assim que abrimos a porta.

— Tem três quartos — comenta tia Jade. — O Dylan deveria ter um só pra ele, então...

— Que injustiça — exclamam Tim e Megan em uníssono.

Os dois franzem o cenho um para o outro.

— O quê? Desde quando um pirralhinho de onze anos tem quarto próprio?

— Você vai pra faculdade daqui a uns anos!

— Na verdade — interrompo. — Acho é que a mãe de vocês deveria ter um quarto só pra ela.

Tia Jade dá uma risadinha.

— Idade pra isso eu com certeza já tenho.

Megan bufa.

— Beleza. A gente só coloca uma divisória.

Clover late e ataca os cadarços de Theo. Surpreso, ele olha para baixo.

— Nossa. Ela tá tentando me dizer alguma coisa?

Tim ri.

— Você oficialmente faz parte da família também.

Esbarro um ombro no dele.

— Desculpa não ter te dado nada de aniversário.

Theo pega minha mão, e nossos dedos se entrelaçam.

— Não se preocupa — diz ele. — Tudo o que poderia querer tá bem aqui.

Epílogo

— **O Cozinha da Jade,** localizado num sobrado comercial rústico na Oitava Avenida, oferece a autêntica culinária sino-singapurense de dar água na boca e se garante em meio à disputada cena gastronômica da Chinatown — diz Lawrence Lim, parado no meio de nosso restaurante. — Com preços acessíveis, temperos caprichados e porções que não economizam nos ingredientes, a proprietária e chef Jade Wong se mantém fiel ao mantra que todo singapurense (e malaio) conhece: "bom e barato". Acreditem quando falamos que esse diamante não vai ficar escondido por muito tempo. As mesas são limitadas, então faça sua reserva com antecedência.

— Corta! — grita o diretor. — E é isso, minha gente!

Todos aplaudem e comemoram. Passamos o dia inteiro filmando nosso episódio de *Cozinha Fora da Caixinha*. Os clientes aproveitando a comida se levantam e batem palmas.

Com um brilho nos olhos, Tia Jade está radiante. Nosso restaurante abriu um mês atrás, e já estamos recebendo avaliações extraordinárias no circuito culinário. Os finais de semana estão lotados até o fim de dezembro, e vamos até sediar nossa primeira festa privativa no réveillon de Nova York.

Ontem à noite, Theo convidou o pai e a madrasta para um jantar. Quando chegaram, tia Jade apresentou a Malcolm um documento jurídico oferecendo uma participação de cinco por cento nos lucros como símbolo de nossa gratidão. Ele aceitou, e os dois apertaram as mãos.

Tia Jade continua no comando de tudo na cozinha, e eu sou seu aprendiz. As receitas são a força vital de um restaurante, e precisam ser mantidas entre a família. Contratamos funcionários suficientes para lidar com o restante: anfitriões, garçons, auxiliares de limpeza e pessoas para lavar a louça. Chung ainda cuida de nossas entregas com dois amigos.

Não vou mentir; equilibrar o último ano do ensino médio, a família, o namoro e a cozinha não é fácil. Faz semanas que Theo e eu não temos um encontro decente. Mas ele nunca reclama, e aproveitamos ao máximo o tempo que passamos juntos. Estou determinado a seguir em frente. A viver tudo isso.

— Olha só, um blogueiro de gastronomia que almoçou aqui semana passada postou sobre a gente, e tá fazendo sucesso. — Tim lê a resenha no celular. — "Amamos como o Cozinha da Jade não perde o charme de seu começo humilde como Guerreiros do Wok, o pequeno delivery gerido pela família anteriormente. Se você passar lá à noite e nos fins de semana, vai encontrar uma trupe de adolescentes — composta em grande parte por familiares da chef Jade, incluindo um rapaz que sonha em seguir os passos dela no mundo da gastronomia — circulando pelo local e oferecendo recomendações. Você vai se sentir mais como uma visita na casa deles do que um cliente de restaurante.

Dou uma risada.

— Somos uma trupe agora?

— A *Trupe da Jade* — diz Megan, toda orgulhosa. — A gente devia fazer um bóton.

Lawrence nos parabeniza de novo antes de sair. Enquanto a equipe de filmagem guarda os equipamentos, tia Jade e Bernard pegam seus casacos.

— Vão sair pra comemorar? — pergunta Megan.

Minha tia assente. Ela continua luminosa, graças ao maquiador.

— Não me esperem acordados, crianças. Tô levando a chave.

A mão de Bernard descansa na lombar dela enquanto seguem para a porta.

Tim vai para o andar de cima, e Megan dá uma olhada no relógio.

— Vou pra casa da Terri. A gente vai ter uma noite das meninas e assistir àquela comédia romântica que saiu agora num streaming.

— Tô de cara que você conseguiu fazer ela desgrudar do Lewis — comenta Theo.

— Pois é, aqueles dois são inseparáveis. — Megan revira os olhos. — Mas o Lewis pediu pros irmãos adolescentes dele ajudarem o nosso evento de adoção no fim de semana que vem. Não vejo a hora de conhecer aqueles lindinhos... — Ela percebe minha sobrancelha arqueada. — Que é? Tô falando dos filhotes de cachorro e de gato, é claro!

Theo ri. O aniversário de minha mãe seria no domingo que vem, e ele me ajudou a organizar a feira de adoção em homenagem a ela na clínica veterinária. Não consigo pensar num jeito melhor para celebrar esse dia do que ajudar animaizinhos a encontrar novos lares.

Quando Megan sai, eu me viro para Theo.

— Pelo visto todo mundo tem planos. Quer sair pra uma caminhada romântica comigo?

Ele sorri.

— Pensei que você não ia me convidar nunca.

Pegamos nossas jaquetas do cabideiro, que fica ao lado de nossa nova parede de retratos. A foto com minha mãe em Singapura está ao lado da que sr. Wu tirou no Festival de Meio do Outono (com nós sete, incluindo Clover).

Há também uma foto de Theo com Por Por e Gong Gong, cortesia de Bernard. Meus avós batem em seu pescoço, e ele está com um braço ao redor de cada um. Por Por segura o jarro de gula melaka, e Gong Gong a garrafa de flores de cunhã recém-colhidas.

— Minha Por Por pergunta de você sempre que fala comigo ou com a tia Jade — conto. — Ela colocou a foto de vocês na geladeira e escreveu seu nome pra não se esquecer.

— A gente devia se planejar pra visitar eles em algum momento — sugere Theo. — Talvez no verão que vem, se a tia Jade conseguir tirar um tempinho de folga.

Eu costumava ter pavor de voltar para Singapura sem minha mãe. Achava que a viagem deixaria a ausência mais intensa, mais dolorosa. Mas sei que ela ficaria muito feliz se nos visse agora.

Vamos para a rua. A luz da lua passa pelo letreiro iluminado sobre a porta: COZINHA DA JADE. O suporte com o cardápio tem o formato de uma pilha de pedras zen. Lá dentro, telas de treliça separam as cabines, e as luminárias minimalistas em rosé gold penduradas do teto preenchem o espaço com uma luz aconchegante. Em cada mesa, há um vasinho contendo um pé de jade com caules nodosos e folhas ovais — um símbolo de boa sorte.

Theo aponta para o céu.

— Olha. É lua cheia.

Começou a nevar de leve, e pequenos flocos flutuam até se assentarem no cabelo dele. Cubro sua cabeça com o capuz e visto o meu também.

— *Yǒu yuán qiān lǐ lái xiāng huì* — digo.

Theo dá um sorriso.

— "Nos encontrarmos é o nosso destino, mesmo a milhares de quilômetros de distância." — Ele passa as mãos ao redor da minha cintura e me puxa para mais perto. — Tô feliz que a gente achou o caminho um pro outro.

Eu me inclino e lhe dou um beijo.

— Eu também.

Agradecimentos

Assim como os chefs, a grandeza de um livro depende de seus times. É uma honra ter trabalhado com algumas das melhores pessoas do mercado editorial, que investiram tempo, se esforçaram e, acima de tudo, se dedicaram de coração para levar este livro para os leitores.

Bria Ragin, minha editora maravilhosa, que defendeu essa história a cada passo. Em chinês, 志同道合 (*zhì tóng dào hé*) pode ser traduzido como "irmã de alma", e é isso o que ela tem sido para mim, que sou uma autora de primeira viagem.

Minha extraordinária agente, Jess Regel, proprietária da Helm Literary, que é não apenas minha advogada literária, mas também uma líder de torcida, alguém otimista e uma âncora. Richie Kern, da Paradigm Talent Agency, que está levando este livro para espaços de TV e cinema com os quais eu apenas sonhava.

Sou grata pelo apoio que recebi na Penguin Random House: principalmente da vice-presidente e editora-executiva sênior, Wendy Loggia; da vice-presidente sênior e editora, Beverly Horowitz e da presidente e editora da Random House Children's Books, Barbara Marcus. Muitos outros se empenharam nos bastidores: a artista Myriam Strasbourg e a designer Casey Moses, que criaram esta capa genial. O diagramador Ken Crossland. A assistente editorial Alison Romig. As preparadoras Colleen Fellingham e Carri Andrews. A revisora Tamar

Schwartz. Os que fizeram a leitura sensível, Ivan Leung e Adam Mongaya. E a publicitária Sarah Lawrenson.

A Jason June, F.T. Lukens, Brian Zepka, Alison Cochrun, Adam Sass, Brian D. Kennedy, Caleb Roehrig e Steven Salvatore, autores que eu admiro profundamente e que, com muita generosidade, leram meu livro e compartilharam seus elogios dignos de serem citados na contracapa.

A Venessa Kelley, cuja ilustração capturou Dylan e Theo bem do jeitinho que eu imaginava. (Confiram o trabalho maravilhoso dela no meu site, caso ainda não tenham visto!)

A Naomi Hughes, minha mentora na Pitch Wars, por sua orientação e amizade. A Sarvenaz Tash, uma das primeiras a conhecer esta história e a me encorajar a continuar em frente. A Stephanie Willing, minha colega de turma na Pitch Wars, em quem eu confio para deixar tudo o que escrevo nos trinques. A meus maravilhosos parceiros de crítica: Jackie Khalilieh, Julia Foster, Richard C. Lin e Kate Chenli, que leram as edições no manuscrito mais vezes do que precisavam.

A meus talentosos amigos escritores: Vanessa Montalban, Gigi Griffis, Waka T. Brown, Kara HL Chen, Linda Cheng, Marith Zoli, Jessica Lewis, Cas Fick, Yvette Yun, Kevin Weinert e Aashna Avachat. Vocês preencheram essa jornada com muita alegria e camaradagem que, não fosse por vocês, teria sido solitária.

A meu #FDAMstreetteam, pelo entusiasmo inabalável. Celebro cada postagem, retuíte e stories que vocês fizeram para este livro.

Por fim, eu não seria quem sou sem minha família e meus amigos. Apesar de viverem confusos com as complexidades do mercado editorial, eles, com muito amor, toleraram a loucura de conviver com uma autora.

A meu marido, Fred: que é o golden retriever para o meu rottweiler, o ursinho Pooh para o meu Ió, o Zhou Zishu para o meu Wen Kexing. Você realmente é a minha melhor metade.

A meus pais, que sempre apoiaram o sonho de ver meu nome na capa de um livro. Este é para vocês dois.

Yilise Lin, Yingting Mok, Sze Min Lee e Catherine Tan: obrigada pelas décadas de amizade e incentivo.

E para dois amigos queridos que preferem se manter na anonimidade, cujos nomes guardo pertinho do coração.

Amo todos vocês até a lua (com casquinha de neve e recheio de trufa de chocolate branco).

Este livro, composto na fonte Fairfield,
foi impresso em papel Pólen Soft 70g/m na gráfica Coan.
Tubarão, Brasil, março de 2024.